대통령의
독서

한 권의 책이 리더의
말과 글이 되기까지

대통령의 독서

신동호 지음

지도자는 진지한 삶과 독서로 탄생합니다.
그의 말과 글에는 마치 수면 아래 빙산처럼
오랜 시간 다져진 지혜가 담겨 있습니다.
어떤 책이 그에게 존재의 외투가 됐을까요.

일러두기

- 책에 등장하는 대통령의 호칭은 각각의 연설문, 담화문, 기고문이 쓰인 시점을 고려해 '대통령'으로 통일했다.
- 연설문, 담화문, 기고문의 제목과 내용은 '대통령기록관' '대한민국 정책브리핑' 등 정부 공식 채널에 게재된 내용을 그대로 실은 것이다.
- 단행본, 정기간행물에는 겹화살괄호(《 》)를, 연설문, 담화문, 기사, 영화, 방송 프로그램에는 홑화살괄호(〈 〉)를 사용했다.

추천의 말

지도자는 말이 좋은 사람이어야 한다. 지도자의 좋은 말은 그 어떤 것과도 비교할 수 없는 강력한 정치적 영향력을 발휘한다. 대통령의 언어는 특히 그러하다. 지도자는 말로 공적 행위를 이끄는 사람이라서 그의 말은 정치적 실천 이성을 갖춘 말이면서 공감의 반경이 확장되는 말이어야 한다.

신동호 시인은 이 책에서 대통령의 연설이 어떤 논리와 사실에 근거해 연설의 주제를 심화시키며 쓰였는가(로고스)를 말하는 데 그치지 않는다. 듣는 이들의 정서와 감정을 어떻게 존중하며 글을 썼는지(파토스), 말하는 이의 덕성과 인격과 신뢰가 글에 어떻게 반영되어 연설문의 에토스가 살아났는지 그 과정 전반을 보여 준다.

이 책에서 만나는 연설문들은 아리스토텔레스가 정치적 이성의 핵심으로 여겼던 신중함과 절제와 균형이 돋보인다. 대통령의 언어는 결과에 대한 책임 때문에 신중해야 하고, 당위와 현실 사이에서 균형을 잃지 않아야 하며, 듣는 이들을 존중하기 때문에 절제되어야 한다. 그래서 대통령의 균형 잡힌 언어는 균형 잡힌 공동체를 만들어 가는 고도의 정치 행위가 되는 것이다.

이 책은 대통령의 독서의 힘이 연설문의 요소요소에 어떻게 반영되어 나타났는지, 한 권의 책이 대통령의 생각과 철학에 스며들어 얼마나 품격 있는 언어를 만들어 냈는지를 자세히 보여 준다. 문학적으로 아름다우면서도 정치적으로 격조 높은 연설이 어떻게 가능했는지 친절하게 알려 준다.

도종환_시인, 전 문화체육관광부 장관

책을 좋아한다는 것은 혼자 있는 시간을 내면의 대화로 채운다는 뜻이다. 하지만 정치는 사람 사이의 대화로 이루어지기에, 책을 좋아하는 대통령은 내면의 대화를 밖으로 꺼내 나눈다. 그 대화는 이제 정치가 되고 정책이 된다. 그래서 대통령이 읽은 책은 중요하다. 그 책이 결국 우리의 삶이 되기에.

대통령에게는 국정철학이라는 것이 있다. 이는 단순한 지식이 아니라, 한 나라를 이끄는 비전과 방향성을 의미한다. 이 또한 대통령이 읽은 책에서 비롯된다. 율곡 이이가 《격몽요결》에서 "성현들의 마음 쓰임과 선한 일을 배우고, 악한 일을 경계하는 길이 모두 이 글 속에 있다"고 했듯이, 대통령이 읽은 책은 국정을 수행하는 데 있어 귀중한 길잡이가 된다. 책은 과거의 지혜를 통해 현재를 성찰하고 미래를 설계할 수 있는 힘을 준다.

이 책 《대통령의 독서》는 대통령이 읽은 책을 소개하고, 그 책이 국정철학에 어떻게 스며들어 정책과 리더십에 영향을 미쳤는지를 보여 준다. 우리는 이 책을 통해 대통령이 책에서 무엇을 읽고 배우며, 그것을 어떻게 실천으로 옮겼는지 이해할 수 있다.

또한, 대통령이 읽었던 책들을 찾아보고, 그 이야기들에 공감하며 우리의 과거와 미래를 책처럼 넘겨 볼 수도 있을 것이다. 대통령이 읽은 책은 단순히 그의 개인적인 독서 이력이 아니다. 그것은 그의 국정철학을 비추는 거울이며, 우리 모두가 함께 읽고 사유해야 할 공동의 유산이다.

하림_음악가, 작가

책을 펴내며

"당신도 대통령이 될 수 있습니다."

당신이 대통령이 되겠다고 하면, 말릴 까닭이 없습니다. 단지 당신의 삶이 그동안 축적한 것에 달렸으니까요. 그렇지만 가능하다면 한 가지 질문을 하고 싶습니다. "무엇이 하고 싶어서 대통령이 되려는 건가요?" 만약 당신이 "내가 대통령이 된다면 다른 사람들보다 잘할 자신이 있다"거나, "위대한 나라를 만들겠다"고 대답한다면, 시인 비스바와 쉼보르스카의 이야기를 들려드릴 것입니다.

쉼보르스카는 우리가 꿈을 아주 부주의하고, 부정확하게 꾼다고 말합니다. "새가 되고 싶다"고. 이 사람도 저 사람도 그저 "새"를 꿈꾼다고 떠든다는 겁니다. 하지만 친절한 운명이 그 사람을 칠면조와 맞바꿔 준다면, 틀림없이 실망을 금치 못하리라고 걱정합니다. 궁극적으로 그가 원한 건 그게 아니었을 테니 말입니다. 대통령의 부주의한 꿈이 얼마나 나라 꼴을 이상하게 만들 수 있는지, 당신은 너무나 잘 알고 있습니다.

나무 한 그루 한 그루를 뭉뚱그려 다 같은 나무라고 말할 수는 없습니다. 자작나무이거나 떡갈나무라고 딱 지칭해야 합니다. 꿈도 그래야 합니다. '콜라주'의 시대입니다. 다른 하나가 자기 개성대로 살아도 때로 모여서 작품을 만듭니다. 당신은 인쇄물이지만 악보의 일부분일 수도 있고, 여백에 낙서가 담긴 가계부의 일부분일 수도 있습니다. 이별을 끝낸 손수건이거나 문짝에서 떨어져 나온 나뭇조각, 심지어 산책길에서 주운 나뭇잎이어도 상관없습니다. 그것 자체로도 의미 있고, 일부를 오려 그 위에 글씨를 쓴다 해도 그것의 의미는 그것대로 새로 생겨날 것입니다.

위대한 길이라는 것은 뭔가요. 있기나 한 걸까요. 소수를 품고 감쌀, 혹은 지배할 다수는 이제 없습니다. 다수는 분해되었습니다. 더 많은 소수가 있을 뿐입니다. 거대한 배후는 필요하지 않습니다. 각자가 자신의 배후입니다. 그러고 보니까 오히려 촛불의 물결이 더 대단해 보입니다. 분노의 수위가 다르고, 요구의 절실함이 다르니까. 그런 개인이 모였으니까 더 신명이 납니다.

위대한 길을 굳이 찾자면, 당신이 한 명의 개인으로서 존중받는 길이 아닐까요. 이는 모든 종교가, 사상이 오랫동안 염원했던 길입니다. 당신이 이를 수용해 주신 덕분에, 더 이상 힘과 권력이 사회에서 전적으로 지배력을 행사하지는 못합니다. 개인들 간의 미세한 상호작용이 계속 이뤄져 왔고, 그것이 중요히 여겨지게 되었습니다. 이미 그 세상 안에 당신은 들어와 있습니다. 이를 두고 역사학자 시어도어 젤딘은 "누가 더 우월한가에 지나치게 신경 쓰지 않고, 소심한 사람이나 비천한 사람 역시 위대한 모험에 공헌할 수 있다는 뜻"이라 말합니다. 제가 자주 되새겨 읽는 구절입니다.

독서도 큰 역할을 했습니다. 책을 통해 인간은 실수, 실패와 대화를 나눌 수 있었습니다. 어떻게 살아갈 것인지 그려 볼 수 있었습니다. 무엇보다 다른 사람과 만날 수 있는 기회를 무수히 갖게 되었습니다. 무작위적인 불행. 대다수의 사람들은 그동안 자신에게만 닥친 것 같은 비극에 허덕였지만 독서가 상황을 바꿨습니다. 비극들을 연결시키고, 온갖 일들이 벌어지는 인간사에 당신이 보편적으로 참여하고 있었다는 것을 느끼게 해 주었습니다. 비극이 당신을 성숙시키면서 당신은 드디어 자기 존재의 외투를 입을 수 있게 되었습니다.

대통령이 되려면 이제 5,000만 개개인의 이야기에 귀 기울여야 합니다. 각자가 다 다르거든요. 불가능하다고요? 그렇지 않습니다. 《전쟁과 평화》만 읽어도 599명, 자기의 얼굴을 가진 사람들의, 각자의 이야기를 들을 수 있습니다. 효율적이지 않다고요? 대표적인 이야기만 들으면 된다고요? 아닙니다. 그럴 수 없습니다. 더 이상 다수의 이야기를 들을 뜻이 없는데 어떻게 국민의 뜻을 알 수 있겠습니까. 개인의 뜻 전부를 국가 정책에 반영할 수 있겠느냐고요? 당연히 안 됩니다. 어떻게 모두의 요구를 다 수용하고 집행할 수 있겠습니까. 또한 그건, 권위주의 시대의 발상입니다. 대통령의 역할은 이제 명령하고 따라오라고 하는 데 있지 않습니다. 개인들의 생각을 조정하고, 서로의 대화를 이끌고, 차이가 있으면 중재하는 것에 있습니다. 이것이 새로운 리더십입니다. 그러려고 대통령이 되려는 것이 아니라고요? 그러면 목표를 수정하고 골목대장에 만족해야 합니다. 누구의 이야기가 진실이라거나, 옳다거나, 그런 것을 판단하지 말고 있는 그대로 받아들인다면 각각의 이야기가 어떻게 다른지, 또 어떻게 가끔은 '콜라주'를 이룰 수 있는지 체득하게 될 것입니다.

얼마 전에 신경과학자 로버트 M. 새폴스키의 책 《행동》에서 "부러워했던 타인의 전락에 고소한 마음을 느낄 때(샤덴프로이데)도 우리의 도파민 시스템이 활성화된다"는 내용을 읽었습니다. 어떤 사람의 인기, 매력, 부에 관한 정보를 접한 피실험자들에게 뒤이어 그 사람의 불운에 대해 알린 뒤 도파민 분비량을 측정하는 한 실험의 결론이었습니다. 질투를 더 크게 느낄수록 더 많은 도파민이 분비되었습니다. 어디서 비슷한 구절을 본 적이 있는데…, 한참을 끙끙대다가 《카라마조프가의 형제들》을 떠올렸습니다.

도스토옙스키는 '러시아의 수도사'라는 장에서 무심코 "사람이란 의로운 사람의 몰락과 그의 치욕을 좋아하게 마련이니까요"라 적습니다. 과학 실험의 결과를 도스토옙스키는 백수십 년 전에 사람을 관찰하면서 도출해 냈습니다. 사람을 이해하는 데는 문학이 과학을 앞선다는 생각이 들었습니다. 그래서 아인슈타인이 도스토옙스키를 두고 "어느 과학자보다 많은 것을 나에게 주었다"라고 한 모양입니다. 러시아는 문학을 '인간학'이라 불렀고요. 소설을 읽는 일이 개개의 사람을 이해하는 일이라 하면 소설 읽는 재미가 줄어들지 모르겠습니다. 그렇지만 훌륭한 대통령들은 소설에서 수많은 개인과 그의 존재 이유를 만납니다. 그들의 독서 목록에 언제나 소설이 빠지지 않는 이유입니다. 반대로 독재자가 소설 속 어떤 인물에게 감동을 느꼈다는 말을 저는 들어 본 일이 없습니다.

청와대 연설비서관으로 일하면서 '내가 이 일을 하려고 그토록 책을 떠나보낼 수 없었나 보다' 하고 생각한 적이 많습니다. 책을 좋아하는 대통령과 호흡을 맞추려다 보니 수시로 청와대 여민1관 지하의 도서관을 들락거려야 했습니다. 서너 권의 책을 탐독한 끝에 연설문 한 줄을 쓴 일도 비일비재합니다. 국민 전체가 아닌 개인, 포괄적 현장이 아닌 바로 그 자리, 과거와 미래를 연결하는 오늘의 역사에 맞춤이어야 했기 때문입니다. 대통령이 읽었던 책을 다시 뒤적이며 단지 대통령만을 이해한 것이 아니라 이 나라의 역사, 개인들의 분투를 더 깊게 이해하게 되었습니다.

대통령의 독서는 비단 대통령 한 사람의 독서가 아니라 이 나라의 독서입니다. 또한 당신의 독서가 대통령의 독서입니다. 타인과 공존하는 사회를 그리는 마음으로 정의와 민주주의, 경제와 과학, 외교와 통상, 역사와 인물에 대한 책을 읽어 본다면, 당신은 그저 직함만 다를 뿐 대통령과 같은 자리에 서 있는 것입니다. 당신이 대통령이 되어 보는 가장 알찬 방법이기도 합니다. 대통령 역시 그런 당신을 함부로 생각할 수 있을까요. 절대 그럴 수 없습니다. 존중할 수밖에 없습니다. 탄소 배출을 줄이자는 구체적인 목표 안에는 분명 당신들의 목소리가 조화롭게 담겨 있을 것입니다.

'대통령의 독서'가 한 권의 책이 되기까지 쉽지 않은 시간을 보냈습니다. 역량 부족이겠지만, 그래도 원고 하나를 마칠 때마다 청와대 5년의 시간을 허용해 주신 당신들께 빚을 갚은 심정이었습니다. 참, (정확히) '넓적부리황새'를 좋아하게 된 것은 쉼보르스카의 걱정에 공감했기 때문입니다. 이 책의 원고가 쌓이기까지 저를 격려해 준 이완 기자에게 각별히 감사드리고 싶습니다. 한겨레출판사 식구들의 따뜻한 마음을 늘 주머니에 담고 다닐 작정입니다.

2024년 12월
수락산 자락에서
신동호

차례

1장

언제나 두려움 속에서,
희망을 향해 책장을 넘기다

당신이 주머니나 가방에 책을 넣고 다니는 이유는 불행한 때에 당신을 행복하게 해 줄 다른 세계를 갖고 다니는 것과 같다.

—오르한 파묵,《다른 색Öteki renkler》, 1999

세계는 왜 뒷걸음질 치는가

인연이란 사람 사이에만 있지 않다. 사람과 사물 사이에도 있다. 특히 책과 맺은 인연은 자기 변화의 계기가 된다. 사회적으로 중요한 인물이 책 속에서 영감을 얻는다면, 책은 국가의 운명을 바꾸기도 한다. 당연히 모든 책이 그렇지는 않지만, 어떤 책은 이야기 혹은 정보로 심대한 영향을 미친다. 책과 인연을 맺는 시기도 적절해야 한다. 읽다가 아무렇지 않게 던져둔 책이 몇 년이 지나 삶을 폭풍우 속으로 몰아넣는 일도 있다.

내가 생텍쥐페리의 《어린 왕자》를 만난 건 중학교 1학년 때였다. 만화책을 사려고 용돈을 모아 서점에 갔는데, 거기에 국어 선생님이 계셨다. 어떤 책을 사러 왔느냐는 물음에 그만 "보고 고르려고요"라고 대답하고 말았다. 결국 선생님에게 선택권을 넘겼고, 그렇게 만난 《어린 왕자》는 리처드 바크의 《갈매기의 꿈》으로 이어졌다. 3학년 겨울에는 조숙한 독서가 가능했다. 이상의 《날개》, 조세희의 《난장이가 쏘아올린 작은 공》을 읽고 고등학생이 되었으니, 문예부에 관심을 갖게 된 건 어쩌면 당연할지 모른다. 지금도 가끔 내가 시인이 된 게 국어 선생님과 마주친 소도시의 작은 서점 때문이란 생각이 든다.

청와대 5년이라는 오랜 긴장의 시간을 벗어나 늦잠에 익숙해질 무렵 처음으로 집어 든 책은 움베르토 에코의 산문집 《가재걸음》이다. 책장에 여러 책들이 있었지만, 이 책의 부제인 '세계는 왜 뒷걸음질 치는가'에 눈길이 닿았다. 맞다. 갖은 고비를 넘어 이룬 것들이 하루아침에 제자리로 돌아가는 걸 제대로 보았기 때문이다. 새로 형성된 가치들이 깡그리 부정되기도 했다. 늘 후회가 먼저 자리 잡는 법, 잘된 일보다 잘되지 못한 일들이 가슴에 묵직하게 남아 있던 탓이리라.

《가재걸음》은 피터 홉커크의 《그레이트 게임》을 불러왔다. 《가재걸음》에 실린 〈왓슨 박사와 아라비아의 로렌스 사이〉라는 글에서 "매일 밤마다 조금씩 음미하면서 읽었다"라고 에코가 적은 책이다. 궁금하지 않을 수 없다. 바로 검색해 보니, 국내에 번역 출간이 되어 있다. 더군다나 책을 펴낸 곳이 사계절출판사 아닌가.

사계절출판사와는 홍명희의 대하소설 《임꺽정》 저작권을 중계한 일로 인연이 깊다. 그때까지 남북 사이에는 저작권과 관련한 아무런 합의가 없었다. 그렇기에 압록강 사이로 불법 계약서가 오갔다. 저작권 계약에 대한 경험도 전무했다. 그런 맨바닥에서 신뢰의 첫발을 내디딘 것이 《임꺽정》이었다. 홍명희의 손자인 소설가 홍석중을 만나기 위해, 사계절 강맑실 대표와 함께 금강산과 개성을 오가며 남북 간 저작권 교류의 시작을 알렸다. 체제는 달라도 같은 언어로 쓰인 결과물은 민족 전체의 성과가 아닐 수 없다. 《임꺽정》을 출판하고 저작권 계약까지 성사시킨 사계절출판사의 노력이 결코 간단치 않았다.

《가재걸음》을 읽고 며칠 뒤 《그레이트 게임》을 어렵게 손에 쥘 수 있었다. "재미있는 책이라고는 말하지 못하겠다"라는 에코의 말과 달리 책은 너무나 흥미진진했다. 캅카스에서 티베트까지, 젊은 열정과 무모함이 그대로 전해져 오면서 진이 빠졌던 몸과 마음이 되살아났다. 적절한 인연으로 새 기운을 얻는다.

《그레이트 게임》은 19세기 초부터 거의 100년, 중앙아시아의 황량한 사막과 언덕에서 전쟁을 벌인 영국과 러시아의 이야기다. 왕의 궁정들에서 전개되는 잠복, 참수, 암살이 주요 소재다. 젊은 군인, 냉철한 모험가, 측량사들이 순례자나 상인으로 변장하고 광대한 지역을 누비며 지도를 그리고 정보를 수집했다. 러시아인들은 인도까지 영토를 확장하려고 욕심을 부렸다. 영국인들은 자신들의 식민 제국을 보호하며 그 국경에 꼭두각시 통치자와 칸, 군주들이 다스리는 완충국을 만들려고 했다. 665쪽의 본문 페이지 내내 아프가니스탄과 인도 국경 산등성이 위에서 러시아와 영국의 군대가 포위 작전, 전쟁, 유격전을 벌인다.

《가재걸음》에서 에코는 이 책을 부시 전 미국 대통령과 푸틴 러시아 대통령에게 권하고 있다. 에코가 말하고자 하는 것은 중앙아시아가 다시 강대국들의 각축장이 되었다는 것이다. 아프가니스탄의 상황은 100년 전과 그리 달라지지 않았다. 아프가니스탄의 산에서 1만 6,000여 명의 영국 군인과 시민들이 학살당했다는 사실을 우리는 잊었다. 험난한 산간 지형과 그 지형에 익숙한 부족들, 기만과 속임수에 대해 우리는 아직도 정확히 알지 못한다. 그러나 이 책을 읽는 것만으로 가장 막강하고 잘 훈련된 군대도 속수무책이 될 수 있다는 점을 깨닫게 될 것이다. 에코의 경고대로 "우리가 세계화되었다고 믿는 세상에도 여전히 서로 간의 무지가 가득하다는 것을 느끼게 된다". 왜 지도자들은 세계를 제대로 이해하려 하지 않고 자신의 판단을 확신하는 오류를 반복할까.

대통령이 읽은 책들이 의미하는 것

한 권의 책과 인연을 맺은 사람이 대통령이라면 그 영향은 한 사람에게 그치지 않는다. 가까운 예로 김대중 대통령의 사례를 들 수 있다. 이희호 여사는 김 대통령의 부탁으로 여러 도서를 청주교도소로 넣어 주었는데, 어느 날 도움이 될 것 같다는 생각에 임의로 책 한 권을 구입해 전달한다. 앨빈 토플러의 《제 3의 물결》이었다. 김대중 대통령은 고백한다.

몇 번을 정독했다. 말할 수 없을 정도의 감명을 받았다. 아무것 도 없는 독방에서 인류의 미래를 설계했다. 부수고 다시 짓는, 즐거운 상상이었다. 새로운 세계의 지침서였다.
— 김대중, 〈21세기는 누구 것인가?〉, 《김대중 자서전 2》, 삼인, 2010

《제3의 물결》은 김 대통령 자신뿐 아니라 이 나라에도 희망 을 줄 책이었다. 특히 '아주 불행한 시기에, 자신을 행복하게 해 줄 다른 세계'였다.

그로부터 17년이 흘러 사형수 김대중은 대통령이 된다. 세 계는 이미 정보화 시대에 접어들었지만 김 대통령은 더 큰 꿈을 꾼다. 한국을 지식과 정보의 강국으로 만들고 싶었던 오래된 꿈 을 펼치기 시작한다. 그는 취임사에서 우리의 자라나는 세대가 지식정보사회의 주역이 되도록 힘쓰겠다고 약속한다. 세계에서 컴퓨터를 가장 잘 쓰는 나라로 만들어 정보 대국의 토대를 튼튼 히 닦아 나가겠다고 다짐한다. 1998년 12월 21일에는 정보통신 부가 21세기 국운을 좌우하는 중요한 부서라는 당부와 함께 남 궁석 삼성SDS 사장을 정보통신부 장관에 임명한다. 대통령의 독서로 시작된 새로운 시대의 첫걸음이었다. 지금 그 꿈이 대부 분 실현됐다는 것이 또한 놀랍다.

대통령이 어떤 책을 읽었을까 궁금해하는 것은, 우리 사회가 어느 방향으로 갈지 예측해 보는 일과 같다. 지난 이야기들을 어떻게 오늘의 지혜로 삼아 위기를 헤쳐 나갈지 살펴보는, 흥미진진한 관전 포인트다. 처칠 전 영국 총리는 에드워드 기번의 《로마제국 쇠망사》를 자신의 필독서로 삼았다. 다양한 인간의 모습과 대립된 생각을 읽으며 2차 세계대전의 승리를 이끌어 냈을 것이라 짐작해 본다. 링컨 전 미국 대통령은 삽을 들고 아버지를 따라 농사일을 하러 갈 때 주머니에 꼭 책을 넣었다. 그중 하나가 메이슨 로크 웜스(파슨 웜스)가 쓴 《워싱턴의 생애》다. 링컨은 조지 워싱턴의 생애를 읽으며 미국의 독립 정신을 이해한다. 온몸이 부르르 떨리는 경험을 통해 미국이 가진 거대한 잠재력, 세계사적 위치를 가늠했을 것이다. 모두 역사적인 독서로 널리 알려진 이야기들이다.

문재인 대통령은 한 인터뷰에서 책을 통해 사람을 만나는 걸 좋아한다고 말했다. 오랜 변호사 생활로 드러낼 기회가 없었지만, 문 대통령은 문학에도 조예가 깊다. 도스트옙스키의 《죄와 벌》《카라마조프가의 형제들》은 그의 필독서 목록에서 언제나 빠지지 않는다. 그는 등장인물들의 생각과 입장, 시대의 절망과 희망을 일찍부터 간접 체험해 왔을 것이다. 인권과 민주주의라는 원칙이 그 안에서 자랐고, "사람이 먼저다"라는 좌우명 역시 (대통령을 염두에 두지 않은 삶이었음에도) 시공을 넘나드는 사람들과의 대화 속에서 자연스럽게 싹텄을 것이라 짐작한다. 어떤 삶이든 소중히 여기며 권위주의를 내려놓은 지도자의 모습은 아직 모두에게 익숙하지 않다. 그러나 우리 사회는 결국 서로를 존중하는 길로 갈 것이다. 한 사람 한 사람이 자기 삶의 주인, 소설 속 주인공이 될 수 있다고 생각하면 모두가 이 길에 들어설 때까지 기다릴 수밖에 없다. 모두의 이야기에 귀 기울여야 하고, 그럴 시간이 필요하다. 문 대통령의 발걸음이 느린 이유를 지레 이해해 본다.

언젠가 우리의 구원을 도울

2019년 6월 14일, 스웨덴 의회에서 한국의 시 한 편이 낭송되었다. 문재인 대통령이 연설 중에 "스웨덴은 한국인에게 오랫동안 이상적인 나라였습니다"라고 운을 떼며 소개한 시는 신동엽 시인의 〈산문시 1〉이었다. 시인이 1968년, 전쟁의 상처 속에서 민주주의를 꿈꾸며 스웨덴을 묘사한 시는 이러했다.

스칸디나비아라든가 뭐라구 하는 고장에서는 탄광 퇴근하는 광부들의 작업복 뒷주머니마다엔 기름 묻은 책 하이데거, 럿셀, 헤밍웨이, 장자. 휴가 여행을 떠나는 총리는 기차역 대합실 매표구 앞을 뙤약볕 흡쓰며 줄지어 서 있을 때, 그걸 본 역장은 기쁘겠소라는 인사 한마디만을 남길 뿐, 평화스러이 자기 사무실 문열고 들어가더란다. (…) 그 중립국에서는 하나에서 백까지가 다 대학 나온 농민들 추럭을 두 대썩이나 가지고 대리석 별장에서 산다지만 대통령 이름은 잘 몰라도 새 이름, 꽃 이름, 지휘자 이

름, 극작가 이름은 훤하더란다. 애당초 어느 쪽 패거리에도 총 쏘
는 야만엔 가담치 않기로 작정한 그 지성 그래서 어린이들은 사
람 죽이는 시늉을 아니 하고도 아름다운 놀이 꽃동산처럼 풍요로
운 나라, 억만금을 준대도 싫었다. 자기네 포도밭은 사람 상처 내
는 미사일 기지도 탱크 기지도 들어올 수 없소 끝끝내 사나이 나
라 배짱 지킨 국민들, 반도의 달밤 무너진 성터가의 입맞춤이며
푸짐한 타작 소리 춤 사색뿐 하늘로 가는 길가엔 황톳빛 노을 물
든 석양 대통령이라고 하는 직함을 가진 신사가 자전거 꽁무니에
막걸리병을 싣고 삼십 리 시골길 시인의 집을 놀러 가더란다.

—신동엽, 〈산문시 1〉 부분, 《신동엽 시전집》, 창비, 2013

연설문에서는 원문 시 전부를 소개할 수 없었다. 시를 인용
하는 것에 대해 대통령과의 교감이 있었지만, 긴 시를 다 읽을
수 있을까 하는 실무자로서의 걱정에 나는 어렵게 시를 축약했
다. 그런데 대통령이 수정본에 많은 부분을 살려 놓았고, "한국
인들은 이 시를 읽으며 수준 높은 민주주의와 평화, 복지를 상
상했"다고 부연까지 추가했다. 시의 배경이 된 고장은 대통령이
설계했던 대한민국의 미래상, 또는 자신이 꿈꿨던 세상이었을
지도 모르겠다.

스웨덴은 한국전쟁 때 야전병원단을 파견해 2만 5,000명의
유엔군과 포로를 치료하고 한국의 국립중앙의료원 설립을 도
왔다. 또한 한반도 평화를 위해 서울과 평양, 판문점까지 3개의
공식 대표부를 둔 세계에서 유일한 나라다. 대통령은 스웨덴에

대한 고마움을 한 편의 시로 아름답게 전달했고, 스웨덴 의원들 역시 뜨거운 박수로 응답했다.

　노벨평화상 수상자 알바 뮈르달 여사는 스웨덴 의회에서 최초로 세계의 군축을 선언했다. 스웨덴은 2000년 남북 정상회담부터 역사적인 1·2차 북미 정상회담까지 한반도 평화를 만들 당사국들이 만나고 대화하는 기회를 마련한 나라다. 앞으로도 한반도와 세계 평화에 큰 역할을 할 것임이 분명하다. 문재인 대통령은 연설에서 '개발 기술을 가지고 있었지만, 핵무기를 포기하고 평화적인 군축을 제시한 스웨덴의 길을 믿는다'고 말했다. 한편으로 이는 북한에 보내는 메시지이기도 했다. 이어서 그는 스웨덴이 그렇게 할 수 있었던 것은 '인류가 새로운 미래를 만들 수 있다는 신뢰'가 있었기 때문이라고 역설했다. 강대국들에게 보내는 메시지였다. 평화적 방법으로만 평화가 실현될 수 있다는 믿음 속에서 핵 없는 한반도가 가능하다. 대화만이 길이다. 평화에 대한 좋은 기억과 현실적인 갈등 속에서 결국 올바른 길을 찾아낸 인류를 긍정해야 한다. 무력을 쓰지 않는 것 또한 용기다.

　《카라마조프가의 형제들》에필로그에서 알료샤가 소년들에게 남긴 믿음과 희망의 근거가 떠오른다. 알료샤는 "우리 마음속에 단 한 가지라도 좋은 기억이 남아 있다면 그것은 언젠가 우리의 구원을 도울" 것이라 했다. "자기가 지금, 이 순간 얼마나 선량하고 훌륭했는지만은 감히 마음속으로 비웃지 못할" 것이라 일렀다.

당신을 행복하게 해 줄 다른 세계를 만나기 위해

우리는 사실 매일 엄청난 독서를 하고 있다. 간단한 서평을 통해서도 많은 것을 배우고, 거리의 현수막을 통해, 영화와 만화를 통해, 뉴스와 핸드폰을 통해, 상대와의 대화를 통해 넘쳐나는 지혜를 접한다. 그러나 당신을 행복하게 해 줄 다른 세계를 만나기 위해서는 스스로 책장을 넘기는 수고를 거쳐야 한다. 물론 대통령이라면 거기서 한 발 더 나가 양질의 독서를 의무로 삼아야 한다. 언제나 두려움 속에서, 언제나 희망을 향해 책장을 넘겨야 한다.

비 내리는 저녁, 서점에 간다. 여전히 많은 사람이 비를 피해 떡갈나무 아래에서 과거와, 또 미래와 연결해 주는 지혜의 목소리를 듣고 있다. 책 속에 모든 길이 있을 수 없다. 그러나 새로운 길을 가는 데 독서가 든든한 친구가 되어 줄 것임은 분명하다.

한반도 비핵화와 평화를 위한 신뢰
—2019. 6. 14. 스웨덴 의회 연설

존경하는 국왕님, 안드레아스 노를리엔(Andreas Norlén) 의장님, 총리님과 의원 여러분, 내외 귀빈 여러분! 구 모론(안녕하십니까)!

노벨평화상 수상자 알바 뮈르달(Alva Myrdal) 여사는 바로 이 자리에서 전 세계 군축을 위해 노력하겠다고 처음으로 선언했습니다. 한국의 김대중 대통령도 노벨평화상 수상 직후 바로 이 자리에서 한반도 평화 비전을 재차 천명했습니다. 그로부터 19년이 흘렀는데, 한반도 평화에 얼마나 진전이 있었는지 되돌아보게 됩니다.

유서 깊은 스웨덴 의사당에서 연설하게 되어 영광입니다. 따뜻하게 반겨 주시고 연설 기회를 주신 스웨덴 국민과 국왕 내외분, 의원님들께 진심으로 감사드립니다.

스웨덴은 대한민국의 오랜 친구입니다. 한국전쟁 때 야전병원단을 파견해 2만 5,000명의 유엔군과 포로를 치료하고, 한국의 국립중앙의료원 설립을 도왔습니다. 민간 의료진들은 전쟁 후에도 부산에 남아 수교도 맺지 않은 나라의 국민을 치료하고 위로했습니다. 스웨덴은 한국인에게 오랫동안 이상적인 나라였습니다.

1968년 한국이 전쟁의 상처 속에서 민주주의를 꿈꾸던 시절 한국의 시인 신동엽은 스웨덴을 묘사한 시를 썼습니다. 그 시의 일부를 읽어 보겠습니다.

"스칸디나비아라든가 뭐라구 하는 고장에서는 탄광 퇴근하는 광부들의 작업복 뒷주머니마다엔 기름 묻은 책 하이데거, 럿셀, 헤밍웨이, 장자. 휴가 여행을 떠나는 총리는 기차역 대합실 매표구 앞을 뙤약볕 흡쓰며 줄지어 서 있을 때, 그걸 본 역장은 기쁘겠소라는 인사 한마디만을 남길 뿐, 평화스러이 자기 사무실 문 열고 들어가더란다. 그 중립국에서는 대통령 이름은 잘 몰라도 새 이름, 꽃 이름, 지휘자 이름, 극작가 이름은 훤하더란다. 자기네 포도밭은 사람 상처 내는 미사일 기지도 탱크 기지도 들어올 수 없는 나라, 황톳빛 노을 물든 석양 대통령이라고 하는 직함을 가진 신사가 자전거 꽁무니에 막걸리병을 싣고 삼십 리 시골길 시인의 집을 놀러 가더란다."

한국인들은 이 시를 읽으며 수준 높은 민주주의와 평화, 복지를 상상했습니다. 지금도 스웨덴은 한국인이 매우 사랑하는 나라입니다. 한국인들은 한반도 평화를 돕는 스웨덴의 역할을 매우 고맙게 여기고 신뢰합니다. 스웨덴은 서울과 평양, 판문점 총 3개의 공식 대표부를 둔 세계에서 유일한 나라입니다. 북한 역시 스웨덴의 중립성과 공정함에 신뢰를 보여 주고 있습니다. 이 자리를 빌려 지난 70년 동안 한반도 평화를 위해 변함없는 성의를 보내 준 스웨덴 국민과 지도자들께 경의를 표하며, 한국 국민의 뜨거운 우정의 인사를 전합니다.

의원 여러분, 내외 귀빈 여러분!

대한민국과 스웨덴은 유라시아 대륙의 반대편에 위치한 지리적으로 아주 먼 나라지만 서로 닮은 점이 많습니다. 대륙과 해양이 만나는 반도에 위치하여 역사적으로 많은 전쟁을 치렀고 주권을 지키기 위해 부단히 노력해야 했습니다. 스웨덴은 18세기부터 100년간 대기근으로, 한국은 20세기 식민지와 전쟁을 거치며 가난을 극복하기 위해 고군분투한 시기도 있었습니다. 그러나 위대한 국민의 힘으로 어려움을 이겨 냈다는 점이 특히 닮았습니다. 근면과 불굴의 의지를 가진 양국 국민은 제조업을 중심으로 가난한 나라를 잘사는 나라로 일으켰습니다. 잘 교육받은 청년들은 혁신과 도전을 두려워하지 않았고, 양국 정부는 이들이 마음껏 도전할 수 있도록 창업과 스타트업을 적극적으로 돕고 있습니다.

문화를 사랑하는 양국 국민이 이룬 예술적 성취 역시 놀랍습니다. 양국의 문화예술은 세계인의 사랑을 받고 있습니다. 세계인은 아바(ABBA)와 방탄소년단(BTS)의 음악을 좋아하고, 스웨덴 작가 린드그렌(Astrid Anna Emilia Lindgren)의《내 이름은 삐삐 롱스타킹》과 스티그 라르손(Karl Stig-Erland Larsson)의《밀레니엄》, 한국 작가 한강의《채식주의자》를 읽습니다.

무엇보다 두 나라의 가장 큰 공통점은 평화에 대한 강한 의지입니다. 스웨덴 국민의 훌륭함은 단지 자국의 평화를 지키는 데 그치지 않고 다른 나라의 평화에도 관심을 가졌다는 점입니다. 스웨덴은 전쟁의 위협으로부터 인류사회를 보호하는 국제사회의 평화수호자가 되었습니다. 고통받는 인류를 향해 기꺼이 손을 내밀어온 스웨덴의 역사는 한반도의 완전한 평화를 꿈꾸는 대한민국 국민께 많은 영감을 주고 있습니다.

지난해 4월 스웨덴의 여름만큼 아름답고 화창한 봄날의 판문점을 세계인이 주시했습니다. 북한의 김정은 위원장이 사상 최초로 군사분계선을 넘어와 남북 정상은 10년 만에 다시 얼굴을 마주했습니다. '다시는 전쟁으로 인한 불행을 겪지 않겠다'는 국민의 간절한 열망이 분단의 상징 판문점을 일순간에 평화의 산실로 되돌렸습니다. 어렵사리 만난 남과 북은 진심을 다해 대화했고, 평화와 번영, 공존의 새로운 길을 열기로 약속했습니다. 남북군사합의서를 체결하여 적대 행위 중지, 비행금지구역 설정, DMZ 내 감시초소 철수와 공동 유해 발굴 등에 합의했습니다.

그날의 만남으로 드디어 남북 사이에 오솔길이 열렸습니다. 정전협정 후 65년간 사람의 발길이 닿지 않던 비무장지대의 숲에 11개의 오솔길이 생겼습니다. 이제 곧 남북 국민께서 오가는 수많은 길이 생기게 될 것입니다. 올해는 DMZ 평화의 길이 열려 군인이 아니면 갈 수 없었던 비무장지대를 일반인들도 걸을 수 있게 되었습니다.

한국 국민께서는 이런 변화가 평화를 바라는 세계인의 지지와 성원, 국제적 연대 덕분이었다는 것을 잘 알고 있습니다. 특히 한반도 평화를 만들 당사국들이 만나고 대화할 수 있는 기회를 마련해 준 스웨덴의 역할에 감사드립니다. 우리는 스웨덴 국민의 응원으로 한반도 평화에 대한 희망을 더욱 크게 키울 수 있었습니다. 2000년 남북정상회담부터 역사적인 1·2차 북미정상회담까지 스웨덴이 했던 큰 역할을 결코 잊지 않을 것입니다.

의원 여러분, 내외 귀빈 여러분!

스웨덴의 오늘을 만든 힘은 신뢰라고 생각합니다. 스웨덴 국민은 서로를 신뢰하고 정부와 기업을 신뢰합니다.

1938년 역사적인 살트셰바덴 협약과 같이 노사가 합의를 거쳐 결정을 도출하고, 결정이 내려지면 모두가 받아들이고 실행하는 지혜가 정착되어 있습니다. '스웨덴의 쉰들러(Schindler)'라고 불리는 라울 발렌베리(Raoul Wallenberg)와 하얀 버스로 2차 세계대전 전쟁포로를 구출한 폴케 베나도트(Folke Bernadotte)의 활약은 개인이 어려움을 겪을 때, 누군가가 나서서 도울 것이라는 믿음을 가져왔습니다. 스웨덴 국민은 좋은 사회가 되려면 구성원 모두가 기여해야 한다는 것에 동의하고 실천하고 있습니다.

지구촌의 평화도 같다고 생각합니다. 지구촌의 평화를 위해서도 모든 나라의 기여가 필요합니다. 스웨덴은 개발 기술을 가지고 있었지만, 핵무기 보유를 포기했습니다. 새로운 전쟁의 위협에 대한 대처 방안으로 핵으로 무장하기보다 평화적인 군축을 제시하고 실천한 것은 스웨덴다운 선택이었습니다.

스웨덴이 어느 국가보다 먼저 핵을 포기할 수 있었던 데는 인류가 새로운 미래를 만들 수 있다는 신뢰를 가졌기 때문입니다. 세계가 궁극적으로 평화를 통한 번영을 선택할 것이라는 신뢰였습니다. 핵확산방지 활동, 최고 수준의 공적개발원조(ODA) 등을 통해 스웨덴은 자신의 신뢰를 실천하고 있습니다. 지금 세계는 스웨덴을 따라 서로에 대한 신뢰를 키우고 있습니다. 인류애와 평화에 앞장서고 있는 스웨덴 국민께 경의를 표합니다.

의원 여러분, 내외 귀빈 여러분!

나는 스웨덴의 길을 믿습니다. 한반도 역시 신뢰를 통해 평화를 만들고, 평화를 통해 신뢰를 더욱 단단하게 만들어야 합니다. 나는 오늘 이 자리에서 남과 북 간에 세 가지 신뢰를 제안합니다.

첫째, 남과 북 국민 간의 신뢰입니다. 평화롭게 잘살고자 하는 것은 남북이 똑같습니다. 헤어져서 대립했던 70년의 세월을 하루아침에 이어 붙일 수 없는 것도 사실입니다. 차이가 크게 느껴질 때도 있고 답답할 때도 있을 것입니다. 그러나 남북은 단일 민족 국가로서 반만년에 이르는 공통의 역사가 있습니다. 대화의 창을 항상 열어 두고 소통을 포기하지 않는다면 오해는 줄이고 이해는 넓힐 수 있습니다. 세 차례 남북정상회담을 통한 대화는 이미 여러 변화를 만들어내고 있습니다. 군사분계선에서의 적대 행위가 중단되었습니다. 남북의 도로와 철도가 연결되고 있습니다. 접경 지역의 등대에 다시 불을 밝혀 어민들이 안전하게 고기잡이에 나설 수 있게 되었습니다. 작지만 구체적인 평화, 평범한 평화가 이루어지고 있습니다. 이런 평범한 평화가 지속적으로 쌓이면 적대는 사라지고 남과 북의 국민 모두 평화를 지지하게 될 것입니다. 그것이 항구적이고 완전한 평화의 시작이 될 것입니다.

둘째, 대화에 대한 신뢰입니다. 세계는 남과 북이 평화롭게 공존하기를 원합니다. 어떤 나라도 남북 간의 전쟁을 원하지 않습니다. 한반도의 평화가 무너지면 동북아 전체의 평화와 안정이 무너지고 전 세계에 엄청난 재앙이 될 것입니다. 어떤 전쟁도 평화보다는 비싼 비용을 치르게 된다는 것이 역사를 통해 인류가 터득한 지혜입니다. 한반도 평화를 지지하는 것은 남북은 물론 세계 전체의 이익이 되는 길입니다. 평화는 평화로운 방법으로만 실현될 수 있습니다. 그것이 대화입니다. 북한의 평화를 지켜 주는 것도 핵무기가 아닌 대화입니다. 이는 한국으로서도 마찬가지입니다. 남북 간의 평화를 궁극적으로 지켜 주는 것은 군사력이 아니라 대화입니다. 서로의 체제는 존중되어야 하고 보장받아야 합니다. 그것이 평화를 위한 첫 번째이며 변할 수 없는 전제입니다. 북한이 대화의 길을 걸어간다면 전 세계 어느 누구도 북한의 체제와 안전을 위협하지 않을 것입니다. 북한은 대화를 통한 문제 해결을 신뢰하고 대화 상대방을 신뢰해야 합니다. 신뢰는 상호적이어야 합니다. 그것이 대화의 전제입니다. 한국 국민께서도 북한과의 대화를 신뢰해야 합니다. 대화를 불신하는 사람들이 평화를 더디게 만듭니다. 대화만이 평화에 이르는 길임을 남북한 모두 신뢰해야 할 것입니다.

셋째, 국제사회의 신뢰입니다. 반만년 역사에서 남북은 그 어떤 나라도 침략한 적이 없습니다. 서로를 향해 총부리를 겨눈 슬픈 역사를 가졌을 뿐입니다. 그러나 우발적인 충돌과 핵무장에 대한 세계인의 우려는 계속되고 있습니다. 국제사회의 제재를 풀기 위해 이 우려를 불식시켜야 합니다. 북한은 완전한 핵 폐기와 평화 체제 구축 의지를 국제사회에 실질적으로 보여줘야 합니다. 국제사회의 신뢰를 얻을 때까지 양자 대화와 다자 대화를 가리지 않고 국제사회와 대화를 계속해야 합니다. 다른 한편으로는 남북이 합의한 교류협력 사업의 이행을 통해 안으로부터의 평화를 만들어 증명해야 합니다. 국제사회는 북한이 진정으로 노력하면 이에 대해 즉각적으로 응답할 것입니다. 한국은 국제사회의 신뢰 회복을 위해 북한과 함께 변함없이 노력할 것입니다. 또한 남북 간의 합의를 통해 한국이 한 약속을 철저히 이행함으로써 한반도 평화에 대한 국제사회의 신뢰를 더욱 굳건하게 할 것입니다. 남북이 함께 국제사회의 신뢰를 회복하면 더 많은 가능성이 눈앞의 현실이 될 것입니다. 국제사회의 제재에서 벗어나 남북이 경제공동체로 거듭나면 한반도는 동북아 평화를 촉진하고, 아시아가 가진 잠재력을 실현하는 공간이 될 수 있습니다. 남북은 공동으로 번영할 수 있습니다. 한반도의 완전한 비핵화와 평화는 세계 핵 확산 방지와 군축의 굳건한 토대가 되고, 국제적·군사적 분쟁을 해결하는 모범사례로 자리 잡을 것입니다. 남과 북은 한반도의 평화를 넘어서서 세계 평화에 기여하게 될 것입니다.

존경하는 국왕님, 안드레아스 노를리엔 의장님, 총리님과 의원 여러분, 내외 귀빈 여러분!

냉전 시대의 첫 열전이었던 한국전쟁으로 남북뿐만 아니라 참전국의 장병들까지 수많은 목숨을 잃었습니다. 전쟁 개시 3년 만에 정전이 성립되었지만 비극의 전쟁은 끝나지 않았습니다. 종전이 아닌 정전이 지금까지 계속되고 있습니다. 휴전선을 사이에 두고 남북은 냉전에 갇혀 70여 년을 보내야만 했습니다. 평화와 공존을 위한 노력은 냉전 질서에 압도돼 번번이 좌절되었고, 한반도의 겨울은 끝나지 않을 것 같았습니다. 그러나 우리는 여전히 평화를 사랑하고 있었습니다.

지난 평창동계올림픽의 지독한 추위 속에서 한반도의 평화는 시작되었고, 한반도의 봄은 다가오고 있습니다. 스웨덴의 국민 시인이자 노벨문학상 수상자인 트란스트뢰메르(Tomas Gösta Tranströmer)의 시는 오늘의 우리를 격려하는 듯합니다.

"겨울은 힘들었지만 이제 여름이 오고, 땅은 우리가 똑바로 걷기를 원한다."

트란스트뢰메르가 노래한 것처럼 한반도에 따뜻한 계절이 오고 있습니다. 우리는 국제사회의 신뢰를 저버리지 않기 위해 언제나 똑바로 한반도 평화를 향해 걸어갈 것입니다. 지난 70년간 함께해 주신 것처럼 스웨덴 국민께서 함께 걸어 주실 것이라고 기대합니다. 경청해 주셔서 감사합니다.

탁 소 뮈케(감사합니다)!

2장

비과학의 악령이
출몰하는 세상에서

과학이 주는 선물 중 하나는, 세이건의 말을 빌리자면 '헛소리 감지
장치'다. 그의 책은 이 장치의 사용 설명서라고 할 수 있다. (…)《악
령이 출몰하는 세상》을 내가 썼다면 얼마나 좋을까? 하지만 그것은
불가능한 일이므로 내가 할 수 있는 최선은 친구들에게 이 책을 권
하는 것이다.

—리처드 도킨스, 〈진실과의 근접 조우〉,

《리처드 도킨스, 내 인생의 책들》, 김영사, 2023

과학의 고통스러움과 지루함

2020년 지난 미국 대선 직전,《네이처》의 사설이 눈에 띈다.
《네이처》는 사실과 진실에 대한 무시가 도널드 트럼프 행정부
에서 전면적으로 드러났다고 강조하며, "바이든의 진실, 증거,
과학과 민주주의에 대한 믿음이 그를 미국 대선의 유일한 선택

으로 만든다"라고 했다. 조 바이든은 기대에 부응했다. 그는 대통령 당선 뒤 아폴로 17호가 가져온 월석을 집무실로 옮기고, 과학과 진실을 국정의 중심에 세우겠다는 의지를 밝혔다. 바이든이 목표로 한 것은 진실을 가려내며 올바른 의사결정을 지원할 과학의 힘이었을 것이다.

물론 인간에게는 종교의 자유가 있다. 부엌의 조왕신에게 갓 지은 밥을 올리고 복을 빌어도 된다. 사람은 누구나 기댈 곳이 필요하고 앞날을 알고 싶어 한다. 절대적인 확실성을 바란다. 따라서 미신도 쉽사리 사라지지 않는다. 계시를 받았다거나 접신했다는 사람이 여전히 있고 이를 따르는 사람도 있다. 그렇지만 그건 모두 한 사람에게, 예외적인 집단에게 해당하는 이야기다. 여러 사람의 의견을 모아 실행해야 하는 일이라면 좀 더 합리적이어야 한다. 국가 운영과 관련한 것이라면 더더욱 설득을 위한 올바른 과정이 필요하다.

민주주의는 온갖 생각을 가진 사람들의 의견을 하나로 모아야 하는 운명이다. 아니, 다른 생각을 가진 사람이 못마땅하더라도 일단 함께하도록 해야 하는, 고난의 정치체다. 힘으로 억누를 수 없고, 기만과 거짓이 잠시는 통할지 모르나 영원히 속일 수는 없다.

칼 세이건은 《악령이 출몰하는 세상》에 실린 〈과학과 희망〉이라는 글에서, 과학이 변화의 시대에 민주주의를 지탱하는 본질적 도구라고 말한다. "과학적 사고방식은 창의적이고 훈련된 사고방식"으로, "과학의 성공에 중추적 역할"을 했다. 과학은 선입견을 수정한다. 사실이 선입견과 일치하지 않더라도 우리를 사실의 영역으로 초대한다. 어떤 가설을 구상하고, 그 가설을 사실과 지속적으로 맞춰 보게 한다. 가설에 열린 구조를 가진 과학은 그래서 아무리 황당하게 여겨지더라도 새로운 아이디어에 대해 개방적이다. 그렇지만 가장 냉정한 태도로 검토해야 한다. 새로운 것과 기성의 것 사이에서 "섬세한 균형을 유지"해야 한다.

이러한 사고방식은 과학자에게만 해당하지 않는다. 칼 세이건은 우리가 "자기비판을 하거나 우리의 생각을 바깥세상에 적용해서 검증할 때마다 과학을 하고 있는 것"이라 말한다. 우리가 "자신에 관대하고 무비판적일 때, 희망과 사실을 혼돈할 때, 사이비 과학과 미신에 빠져든다"라고 알려 준다.

어쩌면 자기비판, 자기 검증이야말로 민주주의의 출발점일지 모른다. 자기 생각이 틀릴 수 있다고 여기는 사람과 늘 옳다는 사람이 만나면, 자신이 늘 옳다는 사람이 이기는 것처럼 보인다. 스스로를 검증하는 사람에게는 자신을 돌아보고 상대방을 배려하는 시간이 필요하게 마련이고, 그 순간 승패가 기울게 되기 때문이다. 그러다 보니 우기고, 조롱하고, 배제하는 것이 승리의 지름길처럼 만연해진다. 그러나 과학의 발견이 언제나 즉각적으로 모든 것을 포괄하거나 만족시키지 않듯, 한 개인의 생각도 그렇다. 과학을 통해 잘못된 습관을 고치는 것은 민주주의를 살아가는 방식이다. 지루한 검증의 시간이 우리 모습을 바꿔 낼지 모른다.

대통령의 독서

과학은 시행착오를 겪으며 실험을 반복한다. 오류를 당연시하고, 오류를 줄여 나가는 방식으로 발전한다. 결코 결과로 한순간 옮겨 갈 수 없다. 천천히 축적하고, 원인과 과정을 중요시한다. 그래서 통시적일 수밖에 없다. 우리는 간혹 과학이 낳은 놀라운 기술을 접하며 그 지점에서 신비주의의 유혹에 빠지지만, 그것은 과학의 고통스러운 과정과 지루함에 귀 기울이지 않았기 때문이다. 또 과학은 가설을 세우고 언제나 반박을 허용한다. 흥분, 혼란, 의심, 갈등, 인내, 환호 속에서 항상 과학적 발견을 검증하고 합의해야 한다. 바이든은 당장 코로나바이러스감염증-19(이하 코로나19) 팬데믹을 극복할 뿐 아니라, 과학적 사유로 인간의 보편적 권리를 주장했던 건국 정신으로 돌아가 미국의 위상을 회복하려 했을 것이다.

독서대를 특허출원한 대통령

미국 건국의 아버지들은 과학적인 발견과 태도에 익숙했다. 피뢰침을 발명한 벤저민 프랭클린은 전기물리학이라는 새로운 영역의 창시자로 존경받는다. 2대 대통령 존 애덤스와 3대 대통령 토머스 제퍼슨 역시 변호사이자 과학자였다. 애덤스는 "모든 인류는 요람에서 무덤까지 화학자이다"라 했고, 제퍼슨은 "인류의 대다수가 등에 안장을 지고 태어나지 않았고, 혜택받은 소수가 장화를 신고 박차를 달고 태어나지 않았음을 증명한 것은 바로 '과학의 빛'이었다"라고 말했다. 그들이 미국 독립선언에 "우리 모두는 동일한 기회, 동일하며 양도할 수 없는 권리를 가져야 한다"라고 쓴 것은 과학적 방법과 민주적 절차의 유사성을 인식했기 때문이다.

김대중 대통령은 외환위기 시절 경제 회복만 생각하지 않았다. 국제통화기금(IMF)과 협의해 1999년 한국항공우주산업(KAI)을 출범시켰다. 나로호와 우주를 향한 우리의 도전은 그로부터 시작됐다. 과학기술처를 과학기술부로 승격했고, 김 대통령 자신이 직접 국가과학기술위원회 위원장을 맡았다. 과학도 민주주의도 인내를 통해 통시적으로 통찰하지 않으면 시작할 수도, 발전할 수도 없다. 민주주의로 훈련된 지도자가 과학을 국가 미래의 전면에 세운 일은 절대 우연이 아니다.

토머스 제퍼슨과 노무현 대통령은 역사를 뛰어넘은 닮은꼴이다. 무엇보다 제퍼슨이 회전식 독서대를 발명했던 것처럼, 노 대통령이 독서대를 만들어 특허출원한 일화가 흥미롭다. 노 대통령은 참여정부 국민소득 2만 달러 시대의 핵심 전략을 과학기술로 규정하고, 이명박 정부에서 교육부와 통합됐던 과학기술부 장관을 부총리로 격상했다.

노 대통령이 추천 도서로 꼽은 《수소 혁명》《거의 모든 것의 역사》에서는 미래를 위한 고민과 과학적 사고방식에 대한 훈련의 필요성이 읽힌다. 제러미 리프킨이 《수소 혁명》을 출간한 2002년 당시, 수소는 주목받지 못했다. 그러나 20년이 지난 지금 우리가 수소산업을 선도하고 있다. 수소산업의 전도사는 문

재인 대통령이다. 당시 노 대통령이 문재인 비서실장에게 영감
을 줬을 것이다. 빌 브라이슨의 《거의 모든 것의 역사》는 과학
이 사실 놀고, 깨닫고, 열의를 갖는 곳에 항상 함께 있었다고 알
려 준다. "이언 태터솔에 따르면, 그들은(150만 년 전 그 또는 그녀는)
수천 개의 손도끼를 만들었"고, "아프리카에는 돌도끼를 밟지
않고는 걸을 수 없는 곳도 있"다. 손도끼 만들기가 아주 까다롭
다는 것을 감안하면 이상한 일이라 "단순히 즐기기 위해서 만들
었던 것 같"다고 한다. 〈부지런했던 유인원〉이라는 장에서 발견
한 옛이야기다. 노 대통령 또한 우리가 과학을 즐기길 바라고,
양자역학을 밟지 않고는 걸을 수 없게 만들고 싶었던 것은 아닌
지, 혼자 살짝 웃어 본다.

민주주의가 과학에서 얻어야 할 힌트

문재인 대통령은 우리가 거듭된 실패를 딛고 인권과 정의를
지켜 냈듯, 대한민국의 미래가 실패의 축적을 기반 삼아 과학으
로 열릴 것이라 확신했다. 과학은 일식을 분 단위까지 정확하게
예측하고, 아이들의 병을 치료하기 위해 기도 대신 항생제를 처
방한다. 종교의 예언이 우리 삶에 아무런 기여도 못 했다고 자
신할 수 없지만, 과학이 그려 낸 미래가 그리 틀리지 않을 것이
라고는 자신 있게 말할 수 있다. 문 대통령은 미래를 향해 옷깃
을 여밀 줄 아는 사람이다. 선언적이거나 비합리적이지도 않다.

함부로 개인의 생각을 밀어붙이지도 않는다. 2019년 1월 24일, 대전에서 열린 4차 산업혁명 특별시 보고회에서 '선도형 경제'로의 전환을 선언한 연설을 주목한다. '선도형 경제'란 표현이 대한민국 최초로 등장한 연설이다.

이제 우리 앞에는 4차 산업혁명 시대가 기다리고 있습니다. 전 세계 모든 인류가 그 새로운 세계를 향해 뛰기 시작했습니다. 비로소 우리는 동등한 출발점에 섰습니다. 뒤따라갈 필요도 없고 흉내 낼 이유도 없습니다. 우리가 생각하고 만들면 그것이 세계 표준이 될 수 있습니다. 선조들은 첨성대를 만들어 별을 관찰했습니다. 세계 최초로 금속활자와 한글을 만들었으며 철갑선인 거북선을 600년 전에 만든 민족입니다. 상상력, 창의력, 손기술에 이르기까지 어느 것 하나 뒤지지 않습니다. 4차 산업혁명 시대는 우리에게 새로운 도전입니다. 추격형에서 선도형 경제로 나아갈 수 있는 절호의 기회입니다. 과학기술 혁신이 출발점이될 것입니다. (…) 과학기술의 많은 위대한 발견은 연구 전에 미처 예상하지 못했던 결과들입니다. 연구의 성공과 실패를 넘어 연구 수행 과정과 성과를 함께 평가하겠습니다. 성실한 실패를 인정하고 실패의 경험까지 축적해 나가겠습니다. 정부는 통제하고 관리하는 대신 응원하고 지원하겠습니다. 과학기술인 여러분이 내딛는 한 걸음이 대한민국을 4차 산업혁명으로 이끄는 새로운 지도가 된다는 사실을 기억해 주기 바랍니다.

대통령의 독서

문 대통령은 연설문에 "추격형에서 선도형 경제로 나아갈 수 있는 절호의 기회"라는 문장을 연필로 꾹꾹 적어 넣었다. 이 한 문장을 국민에게 내놓기까지 많은 사유와 데이터 분석이 뒷받침됐을 것이다. 이 문장에 대한민국의 역사, 희망과 용기를 모두 담고자 했다. 얼마 뒤 문 대통령이 청와대 직원들에게 선물한 이정동 교수의 책《축적의 길》에 그 생각의 단초가 담겨 있었다. 책 사이에는 "이제 새로운 세계를 우리가 설계할 수 있"고, "'나'의 실패를 우리 모두의 경험으로 만들면 '나'의 성공이 우리 모두의 행복이 될 수 있"다고 적은 작은 메모가 동봉되어 있었다. 시행착오의 귀한 경험은 결국 사람에게 차곡차곡 쌓인다. 또한 그 과정에서의 위험을 되도록 많은 사람이 나눠 감당해야 한다. 선도하기 위해서는 더 많은 지혜와 공동 행동이 필요하다. 지금은 우리끼리 승부를 겨룰 때가 아니다. 손을 잡아야 할 때다.

권력 주변을 서성인 탓에 나 역시 자주 정권 교체의 책임에 직면한다. 노무현 대통령이 제기한 절차적 공정과 문재인 대통령의 선한 동기를 조용히 말해 보지만 결과에 대한 당위와 촛불의 실패를 주장하는 목소리 앞에 늘 주눅이 든다. 그렇다고 반칙과 특권 없는 사회를 이루려던 두 대통령의 꿈이 국민 마음에서도 사라졌을까. 그렇지 않을 것이다. 단지 덜 축적됐고 합의에 이르는 방법에 미숙할 뿐이다. 축적의 시간이다. 달게 견뎌야 할지 모른다.

2016년 2월, '라이고(LIGO) 협력단'은 중력파의 최초 직접 검출을 발표한다. 중력파를 통해 우리는 블랙홀, 중성자별, 초신성을 바라보는 새로운 눈을 가지게 되었고, 2017년 노벨 물리학상은 라이고 프로젝트의 과학자들에게 돌아갔다. 해리 콜린스의 《중력의 키스》는 미지의 신호 GW150914가 감지된 2015년 9월 14일부터 2016년 2월 논문이 발표되기까지의 과정을 담은 책이다. 1,000명의 과학자들이 단 한 편의 논문을 써내기까지의 어려움, 합의까지의 고성과 갑론을박, 설렘과 불안, 은근한 경쟁까지 가감 없이 들여다볼 수 있다.

콜린스는 말한다. "과학적 합의의 과정이 사회적 합의와 마찬가지로 민주적 절차를 거치고 있다"라고. 아인슈타인의 상대성이론이 뉴턴의 고전물리학을 수정하듯, 과학은 언제나 완벽할 수 없다. 단지 최선의 절차를 통해 합의의 집합으로 발전한다. 그래서 콜린스는 "민주주의 사회에서 과학 실현의 과정이야말로 집단적인 가치의 등대로 구실 할 수 있는 유력한 대안이라고 본" 것이다. 과학은 늘 새로운 주장을 수용하지만, 과학적 사고방식에서 멀리 벗어나지 않은 것에 한해서만 그렇다. 유사 과학, 미신을 합리적 사회에서 분리하는 최소한의 조치이기도 하다. 인권과 정의 속에서 개인의 권리와 의견을 존중해야 하는 민주주의가 과학에서 얻어야 할 힌트다. 망신 주기와 조롱이 민주주의와 거리가 멀다는 증거이기도 하다.

우주에 대해 알수록 소중해지는 우리

2018년 3월 14일, 신의 계획서를 훔쳐봤다는 스티븐 호킹 박사가 타개했다. 그때 문 대통령의 과학에 대한 이해, 과학과 관련한 독서가 어떻게 진정성 어린 조사(弔詞)로 태어나 국민에게, 세계인에게 전해지는지 보았다. 잊히지 않는 문장이다.

스티븐 호킹 박사가 광활한 우주로 돌아갔습니다. 그는 시간과 우주에 대한 인류의 근원적인 물음에 대답해 왔습니다. 우리는 우주에 대해 더 많이 알수록 우주에서 더욱 소중한 존재가 되었습니다. 저는 호킹 박사가 21세부터 앓기 시작한 루게릭병을 극복한 것에 경이로움을 느낍니다. '육체뿐만 아니라 정신적으로도 장애에 갇히지 말아야 한다'는 그의 신념이 인류 과학 역사에 거대한 족적을 남겼습니다. 그는 갔지만 인류의 물음은 계속될 것입니다. 그의 죽음을 세계인과 함께 애도합니다.

—2018년 3월 14일 문재인 대통령 페이스북 글

대전의 꿈 4차 산업혁명 특별시 보고회

—2019. 1. 24.

존경하는 국민 여러분, 대전 시민과 과학기술인 여러분!

저는 오늘 대전에서 과학기술인 여러분과 함께 우리의 새로운 꿈을 이야기하고자 이 자리에 섰습니다. "우리는 달에 갈 것입니다." 1961년 미국 의회에서 케네디(John F. Kennedy) 대통령이 미지를 향한 미국의 꿈, 인류의 희망을 발표할 때 우리가 국산 기술로 만들 수 있었던 것은 라디오뿐이었습니다. 우리는 과학기술 경쟁에서 같은 출발점에 서지 못했고 운동화도 신지 못한 채 고군분투로 세계를 쫓아가고 있었습니다.

그로부터 60년, 우리는 올 3월 5세대(5G) 이동통신 서비스를 세계 최초로 시작합니다. 디지털 시대 선두 주자가 됐습니다. 이곳 대덕의 45개 연구기관, 카이스트와 충남대 등 7개 대학 연구실의 불은 꺼지지 않았습니다. 우리 과학기술 혁신역량을 OECD 7위까지 올려 결국 세계를 따라잡았습니다. 이제 우리 앞에는 4차 산업혁명 시대가 기다리고 있습니다. 전 세계 모든 인류가 그 새로운 세계를 향해 뛰기 시작했습니다. 비로소 우리는 동등한 출발점에 섰습니다. 뒤따라갈 필요도 없고 흉내 낼 이유도 없습니다. 우리가 생각하고 만들면 그것이 세계 표준이 될 수 있습니다. 선조들은 첨성대를 만들어 별을 관찰했습니다. 세계 최초로 금속활자와 한글을 만들었으며 철갑선인 거북선을 600년 전에 만든 민족입니다. 상상력, 창의력, 손기술에 이르기까지 어느 것 하나 뒤지지 않습니다.

4차 산업혁명 시대는 우리에게 새로운 도전입니다. 추격형에서 선도형 경제로 나아갈 수 있는 절호의 기회입니다. 과학기술 혁신이 출발점이 될 것입니다. 저는 대한민국 과학기술을 이끌어 온 대전이 그 사실을 증명할 수 있을 거라 굳게 믿습니다. 과학기술인 여러분의 땀과 열정을 치하하며, 우리 과학기술의 현재이며 미래인 대전에서 4차 산업혁명 시대를 향해 출발하고자 합니다.

과학기술인 여러분!

과학기술 혁신을 응원합니다. 4차 산업혁명 시대를 향한 여러분 꿈에 늘 정부가 함께할 것입니다. 데이터(Data), 네트워크(Network), 인공지능(AI)을 일컫는 D.N.A.는 4차 산업혁명 기반이 되는 기술입니다. 정부는 먼저 3대 핵심기반산업 육성을 지원하겠습니다. 올해부터 전략 혁신산업에 대한 투자가 본격화됩니다. 2023년까지 국내 데이터 시장을 30조 원규모로 키워 갈 것입니다.

데이터산업 규제혁신계획을 차질 없이 추진하고 인공지능 융합 클러스터를 조성해 데이터와 인공지능 전문 인력 1만 명을 양성하겠습니다. 인공지능 전문대학원을 올해 3곳, 2022년까지 6곳으로 늘리겠습니다. 초연결지능화, 스마트공장, 스마트시티, 스마트팜, 핀테크, 에너지신산업, 드론, 미래자동차 등 8대 선도 사업에도 올해 3조 6,000억 원의 예산이 투입됩니다.

R&D제도를 연구자를 위한 방향으로 혁신할 것입니다. 연구자 중심으로 선도적 기술이 만들어질 수 있도록 할 것입니다. 연구자가 연구 주제를 선택하는 기초원천 연구 투자에 올해 1조 7,000억 원을 지원합니다. 2022년까지 2조 5,000억 원으로 확대하겠습니다. 연구와 행정업무를 분리해 연구자들이 연구에 몰입할 수 있는 환경을 조성하겠습니다.

과학기술의 많은 위대한 발견은 연구 전에 미처 예상하지 못했던 결과들입니다. 연구의 성공과 실패를 넘어 연구 수행 과정과 성과를 함께 평가하겠습니다. 성실한 실패를 인정하고 실패의 경험까지 축적해 나가겠습니다. 정부는 통제하고 관리하는 대신 응원하고 지원하겠습니다. 과학기술인 여러분이 내딛는 한 걸음이 대한민국을 4차 산업혁명으로 이끄는 새로운 지도가 된다는 사실을 기억해 주기 바랍니다.

대전 시민 여러분!

대전은 4차 산업혁명 시대 선도 도시입니다. 대덕연구개발특구의 새로운 도약은 대한민국 과학기술의 성장으로 이어질 것입니다. 정부는 대덕특구의 연구개발이 대전의 일자리 창출과 혁신창업으로 이어지고 대덕특구가 대전시 혁신성장의 거점이 될 수 있도록 필요한 지원을 아끼지 않겠습니다.

대덕특구에는 한국 최고 역량과 열정을 가진 과학기관과 과학자들이 모여 있습니다. 대덕특구 인프라에 정부 지원을 더해서 첨단 신기술 상용화의 메카가 될 수 있도록 하겠습니다. 특구에 신기술 규제 실증 테스트베드를 구축해 새로운 기술 제품 서비스에 대한 규제 특례를 받을 수 있도록 하겠습니다.

시제품을 제작하는 데 필요한 예산도 지원하겠습니다. 지역 R&D 사업을 지방분권형 체계로 개편해 지자체가 지역 R&D 사업을 기획·제안하고 R&D 수행의 주체를 직접 선정할 수 있도록 할 것입니다. 중앙정부는 우수 성과를 사업화와 창업으로 연계할 수 있도록 뒷받침하겠습니다. 이와 함께 대전의 숙원 사업인 도시철도 2호선 트램에 대한 예비타당성조사 면제를 국가균형발전 차원에서 적극적으로 검토하겠습니다.

존경하는 국민 여러분, 대전 시민과 과학기술인 여러분!

4차 산업혁명 시대는 우리에게 주어진 새로운 기회입니다. 우리가 가는 길이 4차 산업혁명의 길이며 우리 과학기술인들이 연구해 낸 결과가 4차 산업혁명 시대의 모습이 될 것입니다. 국가 R&D 혁신은 우리가 함께해 내야 할 일입니다. 첨단으로, 새로운 것으로, 자신이 하고 싶은 것으로 미래를 개척해 주길 바랍니다. 새로운 산업 영역에서 세계를 매혹시키는 과학기술·ICT 기반 창업이 더욱 활성화되길 바랍니다.

정부는 간섭하지 않을 것입니다. 규제하지 않을 것입니다. 새로움에 도전하는 과학기술 연구자를 응원하고 혁신하는 기업을 도울 것입니다. 4차 산업혁명 시대는 우리 시대입니다. 대전의 시대입니다. 과학 엑스포가 아이들에게 과학의 꿈을 심어 주었던 것처럼 4차 산업혁명 특별시 대전에서 다시 아이들이 미래과학의 꿈을 키우길 희망합니다.

감사합니다.

3장

우리는
더 친절해져야 한다

누구의 죽음이든 그것은 나를 줄어들게 하는 것이니 그것은 내가
인류에 속해 있기 때문이다. 그러니 저 종소리가 누구의 죽음을 알
리는 종소리인가 알아보려고 사람을 보내지 마라. 그것은 그대의
죽음을 알리는 종소리이니.

— 어네스트 헤밍웨이, '존 던의 기도문', 《누구를 위하여 종은 울리나 1》,

김동욱 옮김, 민음사, 2012

받기만 하고 주지 못해 멸종한 공룡

허망한 죽음 앞에서 꽃을 생각한다. 저 홀로 피지 못하는 꽃.
벌과 나비의 가벼운 날갯짓을 빌려 꽃을 피우는 속씨식물들. 느
린 걸음마와 포대기 안의 유년들, 이른 아침 밥상과 사랑의 손
길이 필요한 소년들, 질풍노도와 실패의 강을 건너야 할 청년들.
한 송이 꽃이 피어나기까지 공감, 공생, 공존으로 살아온 생명들

이 얼마나 조마조마한 마음으로 친절을 베풀어 왔는지 생각한다. 흩날린 꽃잎들 사이에서 얼마나 더 표정을 일그러뜨리며 살아야 할지, 또 생각한다.

윤석열 정부는 미숙하다. 선술집에서 술기운에 자기들끼리 나눈 이야기로 허둥지둥 나라를 끌어간다. 그들은 일상의 고투, 함께 가고자 걸음을 늦춰야 했던 그 시련의 마음을 모른다. 자격시험으로 어른 대접을 받으며 성숙해질 시간을 갖지 못했다 (후지타 쇼조, 〈어느 상실의 경험〉, 《정신사적 고찰》). 과보호 속에서 살아와 타인의 안전에 관심이 없다. 무엇보다 큰 책임은 누구를 막론하고 우리의 일상을 이기심과 대결, 죄의 수렁에 빠뜨리는 광란에 호기심을 가진 것이다. 자신을 만족시키지 못했다고, 알아주지 못했다고, 그들이 승리하도록 내버려둔 책임도 아주 크다. 이태원의 참혹한 골목길 앞에서 자유롭기란, 너나없이 힘겹다.

식물은 오랜 세월 풍족했다. 이산화탄소는 풍부했고 기온은 높았다. 공룡들이 얼마든지 먹어도 또 자랐다. 그러나 지구가 식물에게 늘 최고의 환경만 선사한 것은 아니다. 식물은 더 이상 베풀기만 하면서 유전자를 보존할 수 없었다. 기온이 변했다. 잘 견뎠지만 달라져야 했다. 겨울에 잎을 떨구고도 자손을 남겨야 했다. 차가운 땅에서 살아남도록 씨를 보호하기 시작했다. 그렇게 천천히 속씨식물들이 늘어났다. 곤충과 작은 동물의 도움이 있었다. 속씨식물들은 그들에게 달콤한 꿀과 열매를 나누는 것으로 보답했다.

공룡들은 달랐다. 이전처럼 먹어 치우기만 했다. 속씨식물들은 공룡들을 외면했다. 겉씨식물을 먹던 공룡들은 속씨식물을 소화하지 못했다. 공룡은 어느새 지구를 뒤덮은 꽃에 외면당했다. 꽃을 피우는 속씨식물들의 친구가 되지 못한 것이다. 공룡 멸종에 대한 많은 가설이 있지만, 받기만 하고 주지 못한 탓에 멸종했다는 이 이야기가 가장 그럴듯하게 들린다. 물론 가장 가슴 아린 가설이기도 하다.

《휴먼카인드》의 저자 뤼트허르 브레흐만은 사람이 친절한 본성을 갖고 태어났다고 믿는다. 꽃들처럼, 나비와 벌처럼, 서로에게 기대고 친절하지 않았다면 이토록 번성할 수 없었다고 생각한다. 그렇지 않다고 주장하는 이들에게 브레흐만은 스스로가 얼마나 친절한지 돌아보라 한다. "사람들이 원래 친절하게 태어났다고 믿는 것은 감상적이거나 지나치게 순진한 것이 아니"고, "오히려 평화와 용서를 믿는 것은 용감하고 현실적"이라 말한다. 우리가 자주 잊고 싶어 할 뿐, "이는 세월만큼 오래된 진리이다". 우리는 인생에서 가장 좋은 것들과 마찬가지로 더 많이 줄수록 더 많이 가지게 된다. 브레흐만은 이것이 "신뢰와 우정에 대한 진실이자 평화의 진실"이라 말한다.

비관론자는 인간의 타락을 강조하고, 이상하게도 그들의 예측은 항상 맞는 듯 보인다. 그것은 그러한 사례가 드물게나마 언제든 나타나게 마련이기 때문이다. 아주 드문 사례를 일반화하는 것은 대부분 이기적인 목적에서다. 그 목적이 관심이든 판매든, 아니면 일확천금의 사기든, 그것 때문에 우리가 스스로를 깎아내릴 이유는 없다. 둘러보면 타락하지 않은 이웃 사이에서 타락한 이웃을 찾기란 참으로 어렵지 않은가.

비관론자는 자신의 비관론 때문에 최악을 피했다고 주장할 수도 있다. 그러나, 그렇지 않다. (도래하지 않을지도 모를) 위험한 상황과 더불어 (반드시 있을) 도움의 손길도 벗어났을 뿐이다. '방관자 효과'의 속사정을 알게 되면서 나는 오랫동안 우리를 부끄럽게 했던 일로부터 해방될 수 있었다. 《휴먼카인드》에 실린 〈캐서린 제노비스의 죽음: 언론이 만든 방관자 효과〉라는 글을 읽고서였다.

사실 우리에게는 서로가 있었다

1964년 3월 어느 날 새벽 3시, 미국 뉴욕의 아파트 현관에서 캐서린 제노비스가 칼에 찔려 숨졌다. "나는 관여하고 싶지 않았어요"라는 한 목격자의 증언에 38명의 목격자는 38명의 방관자로 전락했다. 좀 안다는 사람들이 대중의 싸늘함과 이기주의를 강조하며 비슷한 사건이 있을 때마다 이를 대표적 사례로 들었던 것이다.

그렇지만, 사실 캐서린은 혼자가 아니었다. 캐서린이 죽고 10년이 지나 그곳으로 이사 온 아마추어 역사학자 조지프 드메이가 자료를 모으기 시작하면서 그날의 그림이 한 조각씩 나타났다. 소피아는 캐서린이 아래층에서 피를 흘리고 있다는 소식을 듣고 1초도 망설이지 않았다. 소피아는 친구를 팔로 감쌌고 캐서린은 잠시 긴장을 풀고 그에게 기댔다. 소피아의 아들에 따르면 소피아는 당시 신문사의 한 여성과 이야기를 나눴다. 그러나 다음 날 기사에는 소피아가 관여하지 않고 싶어 했다고 실렸다. 그것 때문에 많은 주민이 이 지역을 떠났다. 이것이 다가 아니다. 5일 뒤 범인이 체포되었다. 대낮에 이웃집에서 텔레비전을 들고나오는 남자를 신고한 주민 라울 클리어와 잭 브라운의 덕이었다. 텔레비전을 훔친 그 남자가 살인자였지만, 이를 보도한 신문은 단 한 곳도 없었다.

사실 우리에게는 서로가 있었다. 그렇지 않다고 조작되었을 뿐이다. 희망은 충분하다. 지금도 가정에서, 거리에서, 회사에서 더 많은 사람이 친절을 베풀고 서로를 돕고 있다. 폭넓게 전염되고 있다. "인간의 선함을 옹호한다는 것은 조롱의 폭풍을 뚫고 나가야 함을 의미"(브레흐만)하고, "적을 이해하려는 노력은 시인이나 성인, 또는 변절자들의 특권"(에코)이었지만 이제는 모두의 것이 되었다. 우리는 우정과 친절, 협력과 연민을 용감하게 드러내야 한다.

기후변화, 불평등과 같은 전 지구적 위기가 고조되는 마당에 어떻게 인간의 선한 본성을 낙관할 수 있느냐는 경계의 목소리가 있다. 반은 맞고 반은 틀렸다. 인류 역사 대부분은 자연에 순응하는 삶이었고, 욕망의 시대에도 자성의 목소리, 선구적 실천은 항상 있었다. 문제는 욕망의 노예가 된 사람들이지, 선한 본성을 가진 대다수가 아니다. 국민을 피지배자로만 취급하는, 미숙하고 분노에 찬 윤석열 정부는 안전보다 원자력을 지지하고,

평범함보다 특별함을 선택한다. 규제를 앞세우기 위해서는 사람들이 어떤 세력으로부터 조종당하고 있다고 주장할 수밖에 없다. 권력을 좋아하는 사람들에게 인간 본성에 대한 희망적 견해는 곧바로 위협이 된다. 민주주의 리더십을 발휘해야 하기 때문이다. 기대할 게 없다. 오히려 위기를 극복할 희망의 단초는 서로의 안전을 걱정하는 평범한 우리의 본성 안에 있다.

2020년 7월 8일, 문재인 대통령은 국제노동기구(ILO) 글로벌 회담 연설에서 한국의 지역 상생형 일자리 모델을 소개했다. 대통령은 연설문에 그분들의 노력을 꼭 집어 담아내라 했다. 가령 광주형 일자리의 경우, 노사와 지자체가 오랜 협의를 거쳐 이뤄 낸 것이다. 노동자들은 임금을 양보하고, 회사는 양질의 일자리를 안정적으로 확보했다. 지자체는 지원을 아끼지 않았다. 광주민주화운동 당시 헌혈로 피를 나누고, 주먹밥으로 양식을 나눈 '광주 정신'의 새로운 발현이라 여겼다. 각자의 자리에서 서로의 입장을 이해하고 이타심을 발휘하지 않았다면 어려운 일이었다. 광주형 일자리가 하나의 문화로 정착해 전국으로 확산되어가는 과정도 무척 대단했다. 코로나19가 일자리를 위협하고 불평등을 심화하는 가운데 지역 상생형 일자리 모델은 위기 극복의 힘이 돼 주고 있었다. ILO 회담 연설 마지막, 도도새 이야기가 인상 깊다.

인도양 모리셔스에서는 도도새가 멸종하자 도도새의 먹이가 되어 씨앗을 발아시켰던 나무들이 자라지 못했습니다. 무엇보다 상생이 먼저입니다. 이웃이 살아야 나도 살 수 있습니다. 인류는

대통령의 독서

협력하도록 진화해 왔고, 분업을 통해 서로에게 필요한 것을 나눴습니다. 코로나19로 인해 연대와 협력의 중요성을 더욱 절실하게 느낍니다. 국제사회가 각자도생이 아닌 상생의 길로 가야 위기를 극복할 수 있습니다. 국제사회는 격차와 불평등을 좁히는 위기 극복을 위해 협력해야 합니다. 그 중심에 ILO가 있고, 한국도 함께 협력하며 행동할 것입니다.

적자생존의 '적자'는 강함이 아닌 친화력

2022년 7월, 문재인 대통령이 페이스북에서 추천한 《다정한 것이 살아남는다》는 《휴먼카인드》의 자연과학 버전이다. 책에 따르면, 우리는 자칫 멸종될 수 있었지만 중기 구석기시대에 이르러 우리, 오로지 우리 종 사이에서만 집중적인 친화력 선택이 진행됐다. 이를테면 산모가 아이를 분만할 때 옥시토신이 범람하는데, 이것이 충만하면 낯선 사람에게서 친절을 느끼게 된다. 설령 몸을 황토색 무늬로 치장한 이상한 사람이라도, 손을 잡을 수 있을 만큼 다가가 눈을 마주친다면 옥시토신이 다시 솟구친다. 그렇게 생긴 신뢰감과 돕고 싶은 마음이 우리 종을 특출하게 만들었다고 저자들은 말한다.

우리는 또 그렇게 우리의 본성으로 돌아가 공감, 공생, 공존을 통해 다시 특출해질 것이다. 문 대통령은 이 책이 "'적자생존'의 진화에서 '적자'는 강하고 냉혹한 것이 아니라 협력적 의사소통 능력에 의한 친화력이란 뜻밖의 사실을 많은 자료로 보여"준다고 소개한다. 사회와 국가의 번성도 협력적 의사소통 능력에 달려 있다는 것을 강조하고 싶었을 것이다. 정치 현실만 유독 친화력에서 멀어지고 있는 건 아닌지, 어지럽혀진 현장을 청소하는 일이 오직 국민의 몫이라는 게 안타깝다.

버락 오바마 미국 대통령은 가장 좋아하는 소설로 헤밍웨이의《누구를 위하여 종은 울리나》를 꼽았다. 그는 모든 연설과 담화에서 '모두를 위해(For every)'라는 문구를 즐겨 썼고, '누구를 위한(For whom)' 희생정신이냐를 중요하게 여겼다. 그렇기 때문에 소설에서 공감과 공존을 읽어 낸 것이다. '인종도, 성별도, 사회적 위치도 다른 모든 사람이 조화를 이루며 공존하는 사회를 실현하기 위해 미국에 변혁의 종을 울려야 하지 않겠는가', 그는 이렇게 말하고 싶었을 것이다(마쓰모토 미치히로,《오바마의 서재》). 김대중 대통령이 꼽은 소설 목록에도《누구를 위하여 종은 울리나》가 자리하고 있다. 높은 위치에서 내려다보는 것이 아니라 한 사람 한 사람을 소중히 여기며 그들의 물음에 일일이 응답하는 자세는 타인에 대한 공감 없이 가능하지 않다. 모두 연결되어 있다는 사실을 김 대통령은 이 소설을 통해 내면화했을 것이다.

흩날린 꽃잎들을 진심으로 애도하는 길

한편에서는 끊임없이 증오를 부추기지만(증오는 윤석열 정부 집

권의 일등 공신이다, 또 그런 일이 반복되어서는 안 된다), 우리는 더 친절해져야 한다. 그것이 허망한 죽음을 막는 길이다. 불행한 시대에 우리의 관습이 되었던 비난, 폭력, 권위주의의 굳은 얼굴을 우리가 먼저 풀어야 한다. 그것이 새로운 시대를 여는 방법이며, 흩날린 꽃잎들을 진심으로 애도하는 길이다. 그러나 이를 위해 서둘러야 할 것이 있다. 더 많은 우리가 친절해져야 한다, 반드시, 후손을 위해.

우리는 알게 되었단다.
비천함에 대한 증오도
표정을 일그러뜨린다는 것을.
불의에 대한 분노도
목소리를 쉬게 한다는 것을. 아 우리는
친절한 우애를 위한 터전을 마련하고자 애썼지만
우리 스스로 친절하지는 못했다.

그러나 너희들은, 인간이 인간을 도와주는
그런 세상을 맞거든
관용하는 마음으로
우리를 생각해 다오.
—베르톨트 브레히트, 〈후손들에게〉 부분, 《나, 살아남았지》,
이옥용 옮김, F, 2018

새롭고 더 나은 일자리 – 상생의 길

─2020. 7. 8. 국제노동기구(ILO) 코로나19와 일의 세계 글로벌 회담

존경하는 가이 라이더(Guy Ryder) 사무총장님, 각국 정상과 노사 대표 여러분!

새롭고 더 나은 일자리를 만들기 위한 ILO(International Labour Organization: 국제노동기구) 글로벌 회담에 함께하게 되어 매우 뜻깊습니다.

먼저 코로나19로 희생된 지구촌의 형제들과 유가족, 병마와 싸우고 계신 분들, 일자리를 잃고 고통받는 분들께 위로의 마음을 전합니다. 아울러 인류의 건강을 지키기 위해 헌신하는 의료진과 방역 요원들께 경의를 표하며, 일자리를 지키기 위해 애쓰는 각국 노사정과 ILO 등 국제기구 관계자들께 감사드립니다.

'코로나19 지진'이 전 세계를 강타했고, 지진 후의 쓰나미처럼 일자리 충격도 벌써 우리 앞에 와 있습니다. 모든 나라가 방역과 함께 일자리를 지키기 위해 애쓰고 있지만 코로나19 상황이 여전히 좋지 않아 언제 어떻게 일자리가 안정될지 가늠하기 어렵습니다. 한 나라의 경제가 유지된다고 해도 세계 경제 침체가 계속되고 국제무역이 활성화되지 않는다면 일자리 위기는 계속될 것입니다.

코로나19가 가져온 경제 위기는 어느 한 경제 주체, 어느 한 나라의 힘만으로는 해결할 수 없습니다. ILO는 전 세계적으로 2,500만 명의 실업자 증가를 예상했고, 취약 계층이 겪는 고통은 더 가혹할 것이 분명합니다. 어느 때보다 사회적 대화와 국제 공조가 절실하며, ILO 같은 국제기구의 역할이 중요합니다.

ILO는 그동안 노동기본권과 양질의 일자리를 위해 큰 역할을 해 주었습니다. 노동은 상품이 아니라고 한 1944년 필라델피아선언에서부터 지난해 미래 일자리 보고서까지 항상 새로운 길을 개척해 왔습니다.

오늘 ILO 글로벌 회담도 매우 시의적절합니다. 글로벌 논의와 협력을 통해 일자리 위기의 해법을 함께 찾아내길 기대합니다.

사무총장님, 각국 정상과 노사 대표 여러분!

한국은 코로나19 피해를 먼저 입은 나라 중 하나였고, 일자리 충격도 일찍 시작되었지만 위기에 맞서 상생의 길을 선택했습니다.

한국의 노동자, 기업인, 정부는 '코로나19 위기 극복을 위한 노사정 선언문'에 합의했습니다. 인원 조정 대신 노동시간 단축과 휴직 등을 최대한 활용해 고용 유지에 함께 노력하기로 했습니다.

코로나19 이전부터 한국은 지역 상생형 일자리 모델을 추진해 왔습니다. 지역 노사정이 상생 협력하여 질 좋은 일자리를 만드는 방식으로, 전국 여러 도시에서 확산하고 있습니다. 한국의 전통적인 상호부조의 정신을 노사 간에 서로 양보하고 고통을 분담하는 문화로 키워 왔고, 이는 코로나19 위기 극복의 힘이 되어 주고 있습니다. 일자리뿐 아니라 노사 관계에도 변화를 가져오고 있습니다.

한국은 또한 격차를 좁히는 위기 극복에 집중하고 있습니다. 경제 위기 때마다 불평등이 심화하였던 경험을 되풀이하지 않기 위해 한국은 고용 안전망을 더욱 튼튼히 구축하고자 합니다. 최근 고용보험 대상을 확대하고 한국형 실업부조를 도입하는 등 고용 안전망 확충의 첫 단추를 끼웠습니다. 전 국민 고용 안전망 구축도 계획하고 있습니다. 격차를 좁히는 위기 극복은 우리 모두의 공통된 의지라고 믿습니다.

포스트 코로나 시대에 디지털 경제가 가속화되면서 일자리에 큰 변화가 예상됩니다. 이에 대응하기 위해 한국은 고용 안전망을 바탕으로 한국판 뉴딜을 추진하고 있습니다. 디지털과 그린이라는 새로운 가치와 시대 변화에 맞춰 미래 일자리를 준비하고 만들어 갈 것입니다.

한국은 오래전부터 '노동이 사회의 근본'이라는 인식을 가지고, 노동이 존중받는 사회를 향해 구준히 전진해 왔습니다. 노동시간 단축과 최저임금 인상을 위해 지속적으로 노력하고 있습니다. 한국은 상생의 길을 통해 일자리를 지키고 새롭게 만들어 낼 것입니다. ILO 핵심협약 비준을 비롯해 노동자의 삶의 질을 높이기 위한 노력에 국제사회와 함께할 것입니다.

존경하는 사무총장님, 각국 정상과 노사 대표 여러분!

인도양 모리셔스(Mauritius)에서는 도도새가 멸종하자 도도새의 먹이가 되어 씨앗을 발아시켰던 나무들이 자라지 못했습니다. 무엇보다 상생이 먼저입니다. 이웃이 살아야 나도 살 수 있습니다. 인류는 협력하도록 진화해 왔고, 분업을 통해 서로에게 필요한 것을 나눴습니다. 코로나19로 인해 연대와 협력의 중요성을 더욱 절실하게 느낍니다.

국제사회가 각자도생이 아닌 상생의 길로 가야 위기를 극복할 수 있습니다. 국제사회는 격차와 불평등을 좁히는 위

기 극복을 위해 협력해야 합니다. 그 중심에 ILO가 있고, 한
국도 함께 협력하며 행동할 것입니다.

감사합니다.

4장

권력 따위
지옥에나 보내 버려!

종이와 잉크는 지옥으로나 보내 버려! 상품, 이익 좋아하시네. 광산, 인부, 수도원 좋아하시네. 이것 봐요. 당신이 춤을 배우고 내 말을 배우면 우리가 서로 나누지 못할 이야기가 어디 있겠소!

— 니코스 카잔자키스, 《그리스인 조르바》,
이윤기 옮김, 열린책들, 2009

존경하는 '등 굽은 어머니와 기름때 박힌 아버지'

우리는 더 이상 권력을 존경하지 않는다. 등 굽은 어머니를, 손톱 밑 기름때가 박힌 아버지를, 자신을 인정해 주는 친구를, 분리수거장에서 눈인사를 나누는 이웃을 존경한다. 영웅이 되기 위해 정치인이 되거나 전장에 나갈 필요는 없다. 영웅은, 감염을 무릅쓰고 중증 환자를 돌보거나 물에 빠진 아이를 구하는 주변 사람들이다. 우리는 지금 누군가 일일이 명령을 내려 주지 않아도 각자의 자리에서 자신의 의무를 다하며 산다. 성취를 이룬 이들을 경외하지만 내 삶의 영역에서 내 이야기, 의견을 말하지 못할 이유가 없다.

우리 모두 바라던 일이다. 한 사람 한 사람 자기 삶의 주인이 됐으면 했고, 그것이 세계를 더 나아지게 하리라 여겼다. 문명이 발생한 이래, 우리는 대부분 존재감 없는 복종자로 살거나 더 약한 희생자를 찾았다. 이제 우리는 다르다. 압박에 쉬 굴복하지 않고, 함부로 남을 대하지 않는다. 그렇게 쓰지 않고 남은 에너지는 사생활로 돌린다. 자신을 전진시킨다. 이기적이 아니다. 자존감이 올라가면서 더 많은 돌봄, 상호 존중으로 거대한 적의에 맞선다. 아직은 두 세계가 공존한다. 한쪽에서는 권력 투쟁이 지속되지만 끝내 우리 세상은 가치에 헌신하는 개인에 의해 변화할 것이다.

개인의 존재를 드러내야 한다는, 《인간의 내밀한 역사》의 저자 시어도어 젤딘의 말이 서늘하고 눈물겹다. 인간 역사에서 얼마나 열망하던 일인가 말이다. 젤딘은 말한다. "과거를 너무 빨리 재생시키면 인생은 무의미해 보이고, 인류는 수도꼭지에서 곧장 하수구로 떨어지는 물과 같은 존재가 된다." 그래서 젤딘은 역사 서술 방식을 바꾼다. 개인의 이야기가 곧 역사인 방식이다. 개인의 이야기이기 때문에 화면 전개가 느리고, 필요 없어 보이는 부분도 있다. 그러나 그것이 제대로 된 역사, 자존감의 역사다. 젤딘의 주장에 동의하지 않을 수 없다. "현대의 역사 영화는 느린 화면으로 상영되어야 한다. 비록 밤하늘이 흐려 잘

보이지 않을지라도 모든 사람들이 별과 같은 존재로서 살아왔음을, 여전히 탐험의 손길이 미치지 않은 신비로운 존재로서 살아왔음을 보여 줘야 한다."

북한산은 벤츠를 타고 오르지 못한다. 청계천 여공이던 한 누님은 바리바리 싸 온 반찬들, 등산 배낭이 터질 듯 꽉 채운 다정함으로 등산학교의 우등생이 됐다. 북한산에서는 사람을 바라보는 눈이 다르다. 그렇다, 다른 곳도 있는 것이다, 있어 왔던 것이다. 강남의 기준과 다른 세계, 미국의 기준과 다른 세계가 언제나 대안의 세계가 될 것이다. 직장의 부조리를 달리기와 라이딩 뒤로 떨쳐 내는 일, 따뜻한 국밥 한 그릇을 나누는 일은 아주 작은 행동이지만 이것이 한 개인의 삶에 개입할 때는 인생을 역전시키기도 한다. 무명의 노동과 예술은 드러나지 않은 채 생활에 개입해 주변 사람들의 깊숙한 변화를 이끈다. 자기 안의 정원을 가꾸는 것은 자유를 향한 첫걸음이다. 사람 수만큼 가치도, 주장도 존재한다. 민주주의 역시 여기서 다시 도약한다.

영웅담에 숨겨진 평범한 비극

김대중 대통령은 이를 직접민주주의라 불렀다. "21세기에 들어서 마침내 모두가 국정에 참여하기 시작했다. 직접민주주의의 시작, 그것을 나는 촛불 시위에서 보았다."(김대중, 〈그래도 영원한 것은 있다〉, 《김대중 자서전 2》) 김 대통령은 니체를 좋아한다. 한 사람 한 사람이 위버맨쉬(Übermensch, 니체가 추구하던 인간상)가 되길 바랐던 것일까. "나는 홀로 가련다. 너희도 각각 홀로 길을 떠나라. (…) 인식하는 인간은 자신의 적을 사랑하는 것뿐만 아니라 자신의 벗을 미워할 줄도 알아야만 한다. (…) 너희는 어찌하여 내가 쓰고 있는 월계관을 낚아채려 하지 않는가?"(프리드리히 니체, 《차라투스트라는 이렇게 말했다》) 니체는 성장하는 인간, 개인의 생명력을 긍정했다. 김 대통령은 적어도 언젠가 개개인이 자기의 언어를 가지리라고 짐작했을 것이다.

노무현 대통령은 '사람 사는 세상'을 꿈꿨다. 2007년 국무위원들에게 선물한 장시아의 산문집 《까치집 사람들》에는 저자 자신이 혹독한 가난을 겪으면서도 자신보다 더 어려운 사람들을 위해 봉사하는, 자기 안의 정원이 담겨 있었다.

젤딘은 "명령을 내리는 권력은 더 이상 충분하지 않다"라고 말했다. 문재인 대통령 또한 2019년 독일 일간지 《프랑크푸르터 알게마이네 차이퉁(FAZ)》의 기고문에서 권력을 넘어 새로운 세계 질서를 만들어 가는 평범한 개인에 주목했다. 광주민주화운동은 국가폭력에 맞선 평범한 시민들의 항쟁사였고, 엄청난 자제력으로 질서를 유지한 개인사였다. 문 대통령은 "도덕적 승리는 느려 보이지만 진실로 세상을 바꾸는 가장 빠른 방법"이라 여겼다. 역사책에는 단 한 줄도 나오지 않는 사람들, 나무꾼이나 머슴으로 불렸던 사람들이 자기 이름으로 불려야 한다고 적었다. "난세에 영웅이 난다"라는 옛말도 "평범한 힘이 난세를 극복한다"라는 말로 바뀌어야 한다고 쓴다.

중국의 고전 《사기》의 〈손자오기열전〉에 이런 구절이 있습니다. "人曰, 子卒也, 而將軍自吮其疽, 何哭爲." 사람들이 말하기를 "아들이 졸병인데 장군이 몸소 아들의 종기를 입으로 빨아 주었소. 어째서 우는 것입니까?" 울 필요가 없는데 왜 우느냐는 뜻입니다. 어머니는 아들이 장군의 행동에 감격해 전쟁터에서 죽기 살기로 싸우다가 죽을까 봐 운 것입니다. 사마천은 장군 오기의 훌륭한 행동을 이야기하려는 것이지만, 이 이야기에는 남편을 잃고 자식까지 잃을까 걱정한 부인의 안타까운 처지가 행간에 숨어 있습니다. 우리가 좋아하는 영웅담에는 항상 스스로의 운명을 빼앗긴 평범한 사람들의 비극이 감춰져 있습니다.

영웅 열전에 대한 대통령의 해석이 무척 현실적이었다. 자기 운명을 결정할 자신감, 일상을 유지해 가는 평범함이 세계를 새롭게 구성한다는 확신에서 나온 반전일 것이다. 영웅담 뒤의 비극을 오늘 우리는 수동적으로 견디지 않는다.

촛불의 이유는 촛불의 개수만큼 다양하다

이제 상당 부분 개인의 언어가 갖춰졌다. 각자의 의견이 실시간으로 세상에 드러난다. 좋아하고, 응원하고, 개입하고, 함께 변화한다. 역할 분담이다. 방탄소년단(BTS)의 〈러브 유어셀프 전 '티어'(LOVE YOURSELF 轉 'TEAR')〉 앨범이 미국 '빌보드 200' 1위에 올랐을 때, 문재인 대통령은 "BTS와 함께 세상을 향해 자신의 목소리를 내는 팬클럽 '아미'도 응원합니다"(2018년 5월 28일 페이스북)라는 구절을 담아 축전을 보냈다. '아미'는 스타를 무작정 쫓아다니는, 영혼 없는 팬이 아니다. 자기 삶의 연장선상에서 일곱 소년의 날개가 되고 있다.

팬덤, 이 용어는 우리 시대를 적절하게 표현하지 못한다. 포퓰리즘은 철 지난, 지배 집단의 언어다. 상호작용이 배제됐다. 젤딘의 말을 빌리면, "다수는 분해되어 점점 더 많은 소수로 변하고 있다". 촛불을 들 이유는 촛불의 개수만큼 다양하다. 정치인은 '대충' 의견을 공유하는 사람들과 함께 정당을 만든다. 정치인이 대중의 의견을 반영한다는 것은 '대충' 자신에게 유리한 의견만 취합한다는 뜻이다. 점점 복잡해지고 서로 충돌하는 의견이 정치에서 중재될 수 있을지 의문이다. 법에 전적으로 맡기는 것도 그만두어야 한다. 권위주의와 함께 만들어진 법은 의견이나 가치에 대해서는 중립을 지키지 못한다. 불행한 일이지만, 중립을 모를 가능성이 크다. 언젠가는 성장하는 개인에게 걸맞은 법이 오늘의 자리를 대신하게 될 것이다.

이제 대화의 시간이다. 우리가 다양해졌으니, 우리가 서로의 말을 배워 이야기를 나눠야 한다. 지그문트 바우만은 《위기의 국가》에 실린 〈철회된 약속〉이라는 글에서 "오늘날 '좋은 사회'의 청사진을 설계하는 데 매달리는 사람은 거의 없다"라고 했다. 그도 그럴 것이 개인 시대에 걸맞은 시간표 짜기도 벅차다. 전인미답의 길이다. 오늘날 전략들이 겨냥하는 것은 더 이상 사회 전체가 아니고 개인이다. "다리가 아직 멀리 떨어져 있을 때는 가까이 갈 때까지 다리 건설에 대해 걱정하지 않는다"라고 한 바우만의 말이 비관적이지만은 않다. 개인의 이상이 공동체의 이상과 만나길 기다리는 것도 그리 잘못된 일은 아니다. 너무 오랫동안 공동체의 이상을 위해 개인이 희생해 왔지 않았던가. 그렇다. 대화를 나누면 된다. 사안에 따라 뭉치고 흩어졌다를 반복하면서 기존 질서를 무너뜨린 자리에 무엇을 건설해야 할지, 우리 스스로 청사진을 만들면 된다.

매일 아침 대지에 발 딛는 이들의 힘

법정 스님, 알베르트 슈바이처 박사 같은 선구자들의 도서 목록에는 항상 《그리스인 조르바》가 자리하고 있다. 조르바의 원초적 자유에 매료된 이들이 많겠지만 어쩌면 지식인, 지배자들은 일찍부터 민초의 생명력이 부러웠는지 모른다. 민초의 낙관에 기대어 하루하루를 보냈는지 모른다. 단지 그것을 《그리스인 조르바》를 추천하며 표현한 것이었을지 모를 일이다.

"우리가 복잡하고 난해하다고 생각하는 문제를 조르바는 칼로 자르듯, 알렉산드로스 대왕이 고르디아스의 매듭을 자르듯이 풀어낸다"라고 니코스 카잔차키스는 표현한다. "온몸의 체중을 실어 두 발로 대지를 밟고 있는 이 조르바의 겨냥이 빗나갈 리 없다. 아프리카인들이 왜 뱀을 섬기는가? 뱀이 온몸을 땅에

붙이고 있어서 대지의 비밀을 더 잘 알 것이라고 믿기 때문이"
고, "뱀은 늘 어머니 대지와 접촉하고 동거한다". 카잔차키스는
조르바의 경우도 이와 같다고 한다. "우리들 교육받은 자들이
오히려 공중을 나는 새들처럼 골이 빈 것들일 뿐…."

세계가 지금 위기라고 여기는 것들은 평범한 삶이 해결해야
할 것들이다. 작은 행동이 쌓여야 변화할 것들이다. 이제까지 국
가가 하지 못한 것, 정치가 쫓아가지 못한 일을 더는 그들에게
맡겨 놓을 수 없다. 매일 아침 대지에 발 딛는 것은 평범한 우리
다. 권력 따위 지옥으로나 보내 버려! 의견이 다른 이들이 바로
평범한 '나'이고, 이웃이다. 당신의 춤판에 내가 먼저 뛰어들어
야 할 것이다.

1. 광주

광주는 한국 현대사를 상징하는 도시입니다. 한국인은 광주에 마음의 부채를 갖고 있으며, 지금도 많은 한국인이 광주를 생각하며 끊임없이 스스로 정의로운지 되묻고 있습니다.

1980년 봄, 한국은 대학생들의 민주화운동으로 뜨거웠습니다. 유신 체제는 막을 내렸지만 신군부 세력이 정권을 장악해 가고 있었습니다. 신군부는 쿠데타를 일으키고 비상계엄령을 발동해 정치인 체포와 정치활동 금지, 대학교 휴교령과 집회·시위 금지, 언론 보도 사전 검열과 포고령 위반자 영장 없는 체포 등 가혹한 독재를 시작했습니다.

서울역에 모인 대학생들은 신군부의 무력 진압을 우려해 철수를 결정했습니다. 이때 광주의 민주화 요구는 더 활활 불타올랐습니다. 공수부대를 투입한 신군부는 시민들을 대상으로 학살을 자행했고, 국가폭력으로 수많은 시민이 사망했습니다. 5월 18일 떨어지기 시작한 광주의 꽃잎들은 5월 27일 공수부대의 도청 진압으로 마지막 꽃잎마저 지게 되었습니다.

광주의 비극은 처절한 죽음들과 함께 막을 내렸습니다. 그러나 한국인에게 두 개의 자각(自覺)과 한 개의 의무를 남겼습니다. 첫 번째 자각은 국가폭력에 맞선 사람들이 가장 평범한 사람들이었다는 것입니다. 폭력의 두려움을 이기고 용기를 낸 사람들은 노동자와 농민들, 운전사와 종업원들, 고등학생들이었습니다. 사망자 대부분도 이들이었습니다.

두 번째 자각은 국가의 폭력 앞에서도 시민은 엄청난 자제력으로 질서를 유지했다는 것입니다. 항쟁 기간 동안 단 한 차례의 약탈이나 절도가 없었다는 것은 이후 한국의 민주화 과정에서 자부심이며 동시에 행동 지침이 되었습니다. 도덕적 행동이야말로 부정한 권력에 대항해 평범한 사람들이 보여 줄 수 있는 가장 위대한 행동이라는 것을 한국인은 알고 있습니다. 도덕적 승리는 느려 보이지만 진실로 세상을 바꾸는 가장 빠른 방법입니다.

남겨진 의무는 광주의 진실을 알리는 일이었습니다. 광주에 가해진 국가폭력을 폭로하고 감춰진 진실을 밝히는 것이 곧 한국의 민주화운동이었습니다. 저도 부산에서 변호사로 일하며 광주를 알리는 일에 적극적으로 참여했습니다. 많은 젊은이가 목숨을 바치고 끊임없이 광주를 되살려 낸 끝에 한국의 민주주의는 찾아왔고 광주는 민주화의 성지가 되었습니다.

외로운 광주를 가장 먼저 세상에 알린 사람이 독일의 제 1공영 방송 일본 특파원이었던 위르겐 힌츠페터 기자였다는 사실이 매우 뜻깊습니다. 한국인은 힌츠페터에게 감사하고 있습니다. 고인의 뜻에 따라 그의 유품이 2016년 5월 광주 국립5·18민주묘지에 안치되었습니다.

2. 촛불혁명, 다시 광주

제가 1980년의 광주 이야기를 되새긴 것은 지금의 광주를 이야기하고 싶기 때문입니다. 2016년 혹독한 겨울 한파속에서 이뤄진 한국의 촛불혁명은 '나라다운 나라'란 과연 무엇인가를 물으며 시작되었습니다. 한국은 1997년 외환위기와 2008년 금융위기를 겪으며 경제 불평등과 양극화가 심화되었습니다. 금융과 자본의 힘은 더 강해지고, 비정규직 노동자의 양산으로 노동환경은 악화되었습니다. 여기에 특권 계층의 부정부패는 국민의 상실감을 더욱 크게 만들었습니다.

급기야 한국의 남쪽 바다 진도 맹골수도를 지나던 세월호에서 금쪽같은 아이들이 구조도 받지 못한 채 죽어 갔고, 슬픔을 안은 채 한국 국민은 스스로 새로운 길을 찾아 나섰습니다. 촛불혁명은 부모와 자식이 함께, 엄마와 유모차에 앉은 아이가 함께, 학생과 선생님이 함께, 노동자와 기업인이 함께 광장의 차가운 바닥을 데우며 몇 개월 동안 전국에서 지속되었습니다. 단 한 번의 폭력 사건 없이 한국 국민은

2017년 3월 헌법적 가치를 위반한 권력을 권좌에서 끌어내렸습니다. 가장 평범한 사람들이 가장 평화로운 방법으로 민주주의를 지켜 냈습니다.

1980년 광주가 2017년 촛불혁명으로 부활했던 것입니다. 저는 한국의 촛불혁명을 노래와 공연이 어우러진 '빛의 축제'로 묘사하며, 높은 수준의 민주주의 의식을 보여 줬다고 극찬한 독일 언론을 감사한 마음으로 기억하고 있습니다.

지금의 한국 정부는 촛불혁명의 염원으로 탄생한 정부입니다. 저는 한시도 '정의로운 나라, 공정한 나라'를 원하는 국민의 뜻을 잊지 않고 있습니다. 평범한 사람들이 공정하게 좋은 일자리에서 일하고, 정의로운 국가의 책임과 보호 아래 자신의 꿈을 펼칠 수 있는 나라가 촛불혁명이 염원하는 나라라고 믿고 있습니다.

평범한 사람들의 일상이 행복할 때 한 나라의 지속 가능한 발전도 가능합니다. 포용국가는 서로가 서로에게 힘이 되어 주면서 국민 한 사람 한 사람과 국가 전체가 함께 성장하고, 그 결실을 골고루 누리는 나라입니다.

한국은 지금 '혁신적 포용국가'를 지향하며 누구나 돈 걱정 없이 원하는 만큼 공부하고, 실패에 대한 두려움 없이 꿈을 위해 달려가고, 노후에는 안락한 삶을 누릴 수 있는 나라를 만들고 있습니다. 이런 토대 위에서 이뤄지는 도전과 혁신이 민주주의를 지키고, 우리 경제를 혁신성장으로 이끌 것이라 확신하고 있습니다.

포용국가는 사회경제 체제를 포용과 공정, 혁신의 체제로 바꾸는 대실험입니다. 한국은 고용 부문에서 더 좋은 일자리를 더 많이 만들기 위해 노력 중입니다. 노동자들이 더 나은 삶을 누리고 일한 만큼 정당한 대가를 받을 수 있도록 최저임금 인상과 근로 시간 단축을 사회적 합의를 통해 추진하고 있습니다.

청년 일자리 예산을 확대하고, 퇴직 이후에도 삶을 책임질 수 있도록 중년의 재취업 훈련을 지원했습니다. 기초연금을 인상했고, 어르신 일자리 예산을 늘렸습니다. 경제 부문에서는 그간 한국경제의 대들보였던 대기업과 중소기업이 상생할 수 있는 방안을 추진하고 있습니다. 혁신 창업·중소기업이 쑥쑥 커갈 수 있도록 규제를 과감히 걷어내고 금융도 혁신 친화적으로 바꿔 가고 있습니다. 복지 부문에서는 생애주기에 맞춘 사회보장 체계를 구축해 나가고 있습니다. 의료보험의 보장 범위를 확대하고, 아이를 마음 놓고 키울 수 있는 돌봄 서비스를 국가 차원에서 확충해 가고 있습니다. 누구나 차별받지 않는 사회를 위해 발달장애인의 생애 주기별

종합 대책을 세우고, 여성의 권익을 증진하는 한편 성차별에 단호히 대처하고 있습니다. 외국인 노동자들의 자녀와 다문화 가정에 대한 지원도 강화하고 있습니다. 교육 부문에서는 입시 경쟁과 암기식 교육에서 벗어나 창의성을 중시하는 혁신 교육으로 전환해 나갈 예정입니다.

그러나 익숙해진 관습에서 벗어나 변화하는 과정에는 갈등도 있을 수 있습니다. 이해관계가 다른 사람들 사이에 대화하고, 조정하고, 타협하는 시간이 필요합니다. 그를 통해 모두에게 이익이 되는 것을 찾아가야 합니다. 대실험이 성공하기 위해서는 사회적 대타협이 동반되어야 할 것입니다.

한국은 식민지와 전쟁으로 폐허가 된 땅에서 불과 70여 년 만에 세계 11위 경제 대국이 되었습니다. 이런 성과를 우리는 변화에 빠르게 대처하면서 이뤄 냈습니다. 농업에서 경공업, 중화학공업, 첨단 ICT에 이르기까지 그 어느 나라도 해내지 못한 엄청난 변화를 스스로 이뤄 내며 제2차 세계대전 후의 신생 독립국가 중 유일하게 선진국으로 도약했습니다. 한국은 맨손에서 성공을 이룬 저력이 있습니다.

한국 국민은 변화를 두려워하지 않고, 오히려 능동적으로 이용하는 국민입니다. 이즈음 광주에서 의미 있는 사회적 대타협이 이뤄졌습니다. 적정 임금을 유지하면서 더 많은 일자리를 찾기 위해 노동자와 사용자, 민간과 정부가 각자의 이해를 떠나 5년 넘게 머리를 맞댔습니다. 노동자는 일정 부분의 임금을 포기해야 했습니다. 사용자는 일자리를 보장하면서 노동자의 복지를 책임지는 가운데 비용을 유지해야 하는 어려움이 있었습니다. 인간다운 삶을 지키고자 하는 민간의 요구가 강했고, 각종 법규를 조정하고 안정적인 기업 운영을 지원해야 하는 정부 또한 타협에 어려움을 겪었습니다.

쉽지 않은 일이었지만 양보와 나눔으로 결국 대타협을 이뤘습니다. 한국에서는 이렇게 만들어진 일자리를 '광주형 일자리'라고 부릅니다. 한국인은 대의를 위해 자신을 희생하는 '광주 정신'이 이뤄낸 결과라고 여기고 있습니다. '민주화의 성지' 광주가 사회적 대타협의 모범을 만들었고, 경제민주주의의 첫발을 내디뎠다고 생각하고 있습니다.

'광주형 일자리'는 일자리를 만들어 내는 것 이상의 의미가 있습니다. 보다 성숙해진 한국 사회의 모습을 반영합니다. 산업 구조의 빠른 변화 속에서 노동자와 사용자, 지역이 어떻게 상생할 수 있는지 보여 주었습니다. '광주형 일자리'는 '혁신적 포용국가'로 가는 매우 중요한 전환점이 될 것입니다.

한국인은 오랜 경험을 통해 조금 느리게 보여도 사회적 합의를 이루면서 함께 전진하는 것이 모두에게 좋다는 것을 알고 있습니다. 조금씩 양보하면서 함께 가는 것이 결국은 빠른 길이란 것도 잘 알고 있습니다. 1980년 5월의 광주가 민주주의의 촛불이 되었듯, '광주형 일자리'는 사회적 타협으로 새로운 시대의 희망을 보여 주었고 포용국가의 노둣돌이 되었습니다.

포용은 평범함 속에서 위대함을 발견하는 일입니다. 평범함이 모여 변화를 만들어 낼 수 있는 새로운 환경을 조성하는 일입니다. 한국 정부는 지금 '광주형 일자리'의 성공이 전국적으로 확산될 수 있도록 전력을 다하고 있습니다.

독일은 포용과 혁신을 가장 이상적으로 구현한 나라 중 하나입니다. 평화로운 방법으로 통일을 이뤄낸 역사와 포용과 혁신으로 사회 통합을 이룬 사례는 우리에게 언제나 영감을 주었습니다. 한국의 광주도 새로운 질서를 모색하는 세계의 많은 사람들에게 영감을 불러일으키길 희망합니다.

3. 평범한 사람들의 세계

한국에서는 정확히 100년 전 평범한 사람들의 힘이 모여 새로운 시대를 열었습니다. 일제의 식민 지배를 받던 사람들이 1919년 3월 1일부터 독립만세운동을 시작했습니다. 202만 명, 당시 인구의 10퍼센트가 참가한 대규모 항쟁이었습니다. 나무꾼, 기생, 맹인, 광부, 머슴 등 이름도 알려지지 않은 평범한 사람들이 앞장섰습니다.

한국에서 3·1독립운동이 중요한 이유는 두 가지입니다. 하나는 이 운동을 통해 시민 의식이 싹텄다는 것입니다. 국민주권과 자유와 평등, 평화를 향한 열망이 한 사람 한 사람의 삶 속으로 들어왔고, 이를 통해 계층, 지역, 성별, 종교의 장벽을 뛰어넘었습니다. 한 사람 한 사람이 왕정의 백성에서 국민으로 탄생했습니다. 그리고 대한민국임시정부를 세웠습니다.

임시정부는 일제에 대한 저항을 넘어 완전히 새로운 나라를 꿈꿨습니다. 1919년 4월 11일 국호를 대한민국으로 정하고 '임시헌장'을 공포하며 대한민국은 군주제가 아닌 민주공화국임을 명확히 밝혔습니다. 임시헌장 3조에 "대한민국 인민은 남녀·귀천·빈부·계급을 막론하고 평등하다"고 명시했습니다. 여성을 포함한 모든 국민의 선거권과 피선거권도 보장했습니다.

당시 임시정부 구성에 참여했던 한국의 독립운동가 안창호는 이렇게 말했습니다. "과거에 황제는 한 명이었지만, 금일은 2,000만 국민이 모두 황제입니다." 민주공화국에 대한 참으로 명쾌한 표현입니다.

임시정부는 27년에 가까운 기간 동안 망명지에서 식민지

해방운동을 전개했습니다. 세계 식민지 해방운동사에서 전무후무한 사례입니다. 임시정부가 있었기에 열강들이 '카이로선언'을 통해 한국의 독립을 보장하게 됩니다.

둘째는, 마음을 합하는 것처럼 큰 힘은 없다는 것을 깨닫고, 서로를 믿으며 한 번도 가보지 않은 길로 나아갔다는 것입니다. 당시 3·1독립운동에 참여했다가 일제의 감옥에 갇힌 한국의 근대 소설가 심훈은 어머니에게 이런 내용의 편지를 보냈습니다.

"어머님! 우리가 천 번 만 번 기도를 올리기로서니 굳게 닫힌 옥문이 저절로 열려질 리는 없겠지요. 우리가 아무리 목을 놓고 울며 부르짖어도 크나큰 소원이 하루아침에 이루어질 리도 없겠지요. 그러나 마음을 합하는 것처럼 큰 힘은 없습니다. 한데 뭉쳐 행동을 같이하는 것처럼 무서운 것은 없습니다. 우리들은 언제나 그 큰 힘을 믿고 있습니다."

한국의 근현대사는 도전의 역사였습니다. 식민지와 분단, 전쟁과 가난을 넘어 민주주의와 경제 발전을 향해 전진해 왔습니다. 그 역사의 물결을 만든 이는 평범한 사람들이었습니다. 3·1독립운동 이후 100년의 시간 동안 한국인 모두가 저마다의 가슴에 샘 하나씩 품고 살아왔습니다. 위기마다 함께 행동했습니다. '잘살고 싶지만 혼자만 잘살고 싶지

대통령의 독서

는 않다' '자유롭고 싶지만 혼자만 자유롭고 싶지는 않다'는 마음들이 모여 역사의 힘찬 물결이 되었습니다.

저는 민주주의가 제도나 국가 운영의 도구가 아니라 내재적 가치라고 생각합니다. 평범한 사람들이 자신의 삶에 영향을 주는 결정 과정에 참여하고 목소리를 냄으로써 국민으로서의 권리, 인간으로서의 존엄을 찾을 수 있다고 여깁니다. 우리는 더 좋은 민주주의를 만들어 갈 수 있습니다. 존 듀이의 말처럼 민주주의의 문제를 해결하기 위해서는 더 많은 민주주의를 행하는 수밖에 없습니다.

민주주의는 평범한 사람들에 의해 존중되고 보완되며 확장되고 있습니다. 제도적이고 형식적인 완성을 넘어 개인의 삶에서 일터, 사회에 이르기까지 실질적인 민주주의로 실천되고 있습니다. 평범함의 힘이고, 평범함이 쌓여 이룬 발전입니다.

100년 전 식민지의 억압과 차별에 맞서 싸웠던 평범한 사람들이 민주공화국의 시대를 열었습니다. 자유와 민주, 평화와 평등을 이루려는 열망은 100년이 흐른 지금도 여전히 뜨겁습니다. 나라가 나라답지 못할 때 3·1독립운동의 정신은 언제나 되살아났습니다.

4. 평범함을 위한 평화

동양에서는 "난세에 영웅이 난다"는 말이 있습니다. 그러나 난세야말로 평범한 사람들이 자신의 삶을 스스로 꾸려 가지 못하는 시대입니다. 영웅은 탄생하지만 평범한 사람들은 불행에 빠지는 시대입니다.

중국의 고전《사기》의 〈손자오기열전〉에 이런 구절이 있습니다. "人曰, 子卒也, 而將軍自吮其疽, 何哭爲" 사람들이 말하기를 "아들이 졸병인데 장군이 몸소 아들의 종기를 입으로 빨아 주었소. 어째서 우는 것입니까?" 울 필요가 없는데 왜 우느냐는 뜻입니다. 어머니는 아들이 장군의 행동에 감격해 전쟁터에서 죽기 살기로 싸우다가 죽을까 봐 운 것입니다.《사기》에는 그 어머니의 남편 또한 똑같은 일을 겪고 죽기 살기로 싸우다가 죽었다고 나옵니다.

《사기》의 저자 사마천은 장군 오기의 훌륭한 행동을 이야기하려는 것이지만, 이 이야기에는 남편을 잃은 부인의 안타까운 처지가 행간에 숨어 있습니다. 우리가 좋아하는 영웅담에는 항상 스스로의 운명을 빼앗긴 평범한 사람들의 비극이 감춰져 있습니다.

한국 분단의 역사에도 평범한 사람들의 눈물과 피가 얼룩져 있습니다. 분단은 개인의 삶과 생각을 반목으로 길들였습니다. 분단은 기득권을 지키는 방법으로, 정치적 반대자를 매장하는 방법으로, 특권과 반칙을 허용하는 방법으로 이용됐습니다. 평범한 사람들은 분단이라는 '난세' 동안 자기 운명을 스스로 결정하지 못했습니다. 사상과 표현, 양심의 자유를 억압받았습니다. 자기 검열을 당연시했고, 부조리에 익숙해졌습니다.

이 오래되고 모순된 상황을 바꿔 보고자 하는 열망은 한국인이 촛불을 든 이유 중 하나였습니다. 민주주의를 지켜냄으로써 평화를 불러오고자 했습니다. 촛불이 평화로 가는 길을 밝히지 않았다면 한국은 아직도 평화를 향해 한 걸음도 내딛지 못했을 것입니다. 촛불혁명의 영웅은 지극히 평범한 사람들의 집단적 힘이었습니다. "난세에 영웅이 난다"는 동양의 옛말은 "평범한 힘이 난세를 극복한다"는 말로 바뀌어야 할 것입니다.

저는 계절이 변화하는 것처럼 인간사에도 과정이 있다고 믿습니다. 동·서독 간 철의 장막이 유럽을 관통하는 거대한 생명띠 '그뤼네스 반트'로 완전히 변모한 것처럼, 한반도의 평화가 동서를 가로지르는 비무장지대(DMZ)에만 머물지 않고 남북으로 뻗어 나가 한반도를 넘어 동북아시아, 유럽까지 번져 나갈 것을 기대합니다.

한반도 전역에 걸쳐 오랜 시간 고착된 냉전적 갈등과 분열, 다툼의 체제가 근본적으로 해체되어 평화와 공존, 협력과 번영의 신질서로 대체될 것을 목표로 하고 있습니다. 한국에서는 이것을 '신(新)한반도 체제'라 이름 붙였습니다.

　'신한반도 체제'는 한반도의 지정학적 대전환을 의미합니다. 한반도는 지정학적으로 대륙 세력과 해양 세력이 충돌하는 단층선에 있습니다. 유럽의 발칸반도와 비슷합니다. 이로 인해 역사적으로 잦은 전쟁의 수난을 겪어 왔습니다. 특히 남한과 북한이 비무장지대를 경계로 나눠진 이후 한국은 사실상 대륙과의 연결이 가로막힌 '섬과 같은 존재'였습니다.

　한반도에 새로운 질서를 만드는 것은 섬과 대륙을 연결하는 연륙교를 만드는 일입니다. 작년 4월 저는 판문점에서 북한의 김정은 위원장을 만났습니다. 북한의 최고지도자가 한국전쟁 이래 남한 땅으로 처음으로 넘어온 역사적인 순간이었습니다. 우리는 그곳에서 서로 간의 군사적 적대 행위를 멈추자고 약속했습니다.

　그 첫 번째 조치로 비무장지대의 초소 일부를 철수하고, 주변 지역의 지뢰 제거 작업도 실시했습니다. 비무장지대 안에서 남과 북을 잇는 도로가 개설되었고, 13구의 유해도 발굴하여 고국으로 돌아왔습니다. 이러한 작업을 진행하던 중

　　　　　　　　　　　　　　　　　　대통령의 독서

작년 11월에는 각각 남쪽과 북쪽에서 출발한 군인들은 한국 전쟁 마지막 격전지였던 화살머리고지에서 우연히 마주치는 일이 있었습니다. 그들은 총구를 내린 채 서로 악수하며 뜻밖의 조우를 즐겼습니다. 정전협정 65년 만에 이렇게 비무장지대에 봄이 왔습니다.

한반도의 봄은 베를린에서 시작되었습니다. 저는 김대중 전 대통령의 2000년 '베를린선언'에 이어 다시 한번 2017년 7월 촛불혁명의 열망을 담아 베를린에서 한반도의 새로운 평화 구상을 얘기했습니다. 그 당시 많은 사람들은 단지 희망 사항에 불과한 것이라 생각했습니다. 한반도의 겨울은 좀처럼 물러날 것 같지 않았고, 북한은 계속해서 핵실험과 미사일 발사로 위기를 조성하고 있었습니다. 주변국들도 제재의 강도를 점차 높여 가면서 '4월 위기설' '9월 위기설'이 돌았고 한국인은 실제로 전쟁이 일어날까 염려했습니다.

빌리 브란트 전 총리는 "한 걸음도 나아가지 않는 것보다 작은 걸음이라도 나아가는 게 낫다"고 했습니다. 저의 생각도 마찬가지였습니다. 무언가 시작하지 않으면 국민의 열망을 이룰 수 없었습니다. "작은 꿈을 꾸면, 타인의 마음을 움직일 힘이 없다"고 했던 괴테의 글을 떠올렸습니다. 겨울을 뚫고 봄의 새싹이 올라오려면 한반도 비핵화와 항구적 평화라는 큰 꿈을 이야기해야 했습니다. 국민과 함께 이룰 수 있는 큰 꿈이어야 했습니다.

북한은 2018년 1월 신년사를 통해 남북 관계를 개선할 용의를 표했고, 한국의 큰 꿈에 화답해 왔습니다. 이어 평창 동계올림픽 참가 의사를 전달해 왔습니다. 주변국들과 유럽의 국가들까지 한반도의 해빙에 지지와 성원을 보내 주었습니다. 한국 국민은 평창동계올림픽을 평화올림픽으로 만들어 내기 위해 뜻을 모았습니다.

'베를린선언'에서 저는 북한을 향해 "쉬운 일부터 하자"고 하며 네 가지를 제시했습니다. 평창동계올림픽 참가, 이산가족 상봉, 남북한 상호 적대 행위 중단, 그리고 남북 간 대화와 접촉을 재개할 것을 제안했습니다.

놀랍게도 이 네 가지는 2년이 지난 지금 모두 현실이 되었습니다. 작년 2월 평창동계올림픽 개회식에서 남북 대표 선수단은 세계인들이 보는 앞에서 한반도기를 들고 공동 입장했습니다. 이산가족들이 다시 만났고 이제 언제든지 화상 상봉을 할 수 있는 시스템을 갖추고 있습니다. 무엇보다 한반도의 하늘과 바다, 땅에서 총성은 사라졌습니다. 우리는 북한 땅 개성에 연락사무소를 개소하면서 일상적으로 서로가 대화하고 접촉하는 통로를 만들었습니다. 한반도의 봄이 이렇게 성큼 다가왔습니다.

대통령의 독서

그동안 제가 안타깝게 생각했던 일은 한국 국민이 휴전선 그 너머를 더 이상 상상하지 않는 것이었습니다. 한반도에서 남과 북이 화해하고, 철도를 깔고, 물류를 이동시키고, 사람을 오가게 한다면, 한국은 '섬'이 아닌 해양에서 대륙으로 진출하는 교두보, 대륙에서 해양으로 나아가는 관문이 됩니다. 평범한 사람들의 상상력이 넓어진다는 것은 곧 이념에서 해방된다는 뜻이기도 합니다. 국민의 상상력도, 삶의 영역도, 생각의 범위도 훨씬 더 넓어져서 그동안 아프게 감내해야 했던 분단의 상처를 치유할 수 있을 것입니다.

　　이제 남북의 문제는 이념과 정치로 악용되어서는 안 되며, 평범한 국민의 생명과 생존의 문제로 확장해야 합니다. 남과 북은 함께 살아야 할 '생명공동체'입니다. 사람이 오가지 못하는 상황에서도 병충해가 발생하고 산불이 일어납니다. 보이지 않는 바다 위의 경계는 조업권을 위협하거나 예상치 못한 국경의 침범으로 어민들의 운명을 바꾸기도 합니다. 이 모든 것을 제자리로 돌려놓는 일이 바로 항구적 평화입니다. 정치적이고 외교적인 평화를 넘어 평범한 사람들의 삶을 위한 평화입니다.

　　'신한반도 체제'는 수동적인 냉전 질서에서 능동적인 평화 질서로의 전환을 의미합니다. 과거 한국 국민은 일제 강점과 냉전으로 자신의 미래를 결정하지 못했습니다. 그러나 이제 스스로 운명을 개척하고자 하는 것입니다. 평범한 사람들이 자기 운명의 주인이 되는 일입니다.

한반도와 동북아의 기존 질서는 제2차 세계대전의 종전과 동시에 동북아에 심어진 '냉전 구도'와 깊이 연관되어 있습니다. 전후 처리 과정에서 한국인의 의사와 다르게 분단이 결정되었고, 비극적 전쟁을 겪어야 했습니다. 이때 한·미·일의 남방 3각 구도와 이에 대응하는 북·중·러의 북방 3각 구도가 암묵적으로 자리 잡게 되었습니다.

이러한 냉전 구도는 1970년대 데탕트와 1990년대 구소련 해체, 중국의 시장경제 도입으로 상당 부분 해소되었지만, 아직 한반도에서만은 그대로입니다. 남북한은 분단되어 있고, 북한은 미국·일본과 정상적 수교 관계를 맺고 있지 않습니다.

이러한 상황에서 남북한은 작년 '판문점선언'과 '평양선언'을 통해 서로 간의 적대 행위 종식을 선언함으로써 항구적 평화 정착의 첫 번째 단추를 채웠습니다. 동시에 북한과 미국은 비핵화 문제와 함께 관계 정상화를 위한 대화를 계속하고 있습니다. 북미대화가 완전한 비핵화와 북미 수교를 이뤄내고 한국전쟁 정전협정이 평화협정으로 완전히 대체된다면, 비로소 냉전 체제는 무너지고 한반도에 새로운 평화 체제가 들어설 것입니다.

평화는 또한 함께 잘사는 나라로 가기 위한 기반입니다. '신한반도 체제'는 평화경제를 의미합니다. 평화가 경제 발전으로 이어져 평화를 더 공고히 하는 선순환적 구조를 의미합니다. 남과 북은 항구적 평화 정착을 촉진하기 위해 함께 번영할 수 있는 길을 고심하고 있습니다.

이미 끊어진 철도와 도로 연결에 착수했습니다. 한국의 기술자들이 분단 이래 처음으로 북한의 철도 현황을 실사했습니다. 철도와 도로 연결 착공식도 개최했습니다. 남북 경제교류 활성화는 주변국과 연계하여 한반도를 넘어 동아시아와 유라시아의 경제 회랑으로 거듭날 수 있습니다. 남북한과 러시아는 가스관을 잇는 사업에 대해 실무적인 협의를 시작했습니다.

지난해 8월에는 동북아 6개국과 미국이 함께하는 '동아시아철도공동체'를 제안한 바 있습니다. 저는 '유럽석탄철강공동체'를 모델로 '동아시아철도공동체'를 동북아시아의 에너지공동체, 경제공동체로 발전시키고자 합니다. 나아가 이 공동체는 다자평화안보 체제로 발전할 수 있을 것입니다.

한국이 추진하고 있는 '신남방 정책'과 '신북방 정책'을 통해 한반도의 평화경제는 더욱 확대될 것입니다. 신북방 정책은 유라시아와 경제 협력의 물꼬를 트는 것입니다. 북한은 작넌 6월 처음으로 유라시아 국가들이 모두 참여하는 국제철도 협력기구에 한국이 가입하는 것을 찬성했습니다. 부산에서 베를린까지 철도로 이동할 수 있는 날이 올 것입니다. 한국은 남북 화해를 기반으로 동북아 평화의 촉진자가 될 것입니다.

신남방 정책은 한반도가 아세안, 서남아시아와 함께 새로운 전략적 협력을 모색하는 것입니다. 한국은 사람(People), 평화(Peace), 번영(Prosperity)의 공동체를 핵심 가치로 삼아 주변국과 인적, 물적 교류를 강화해 나갈 것입니다. 아시아가 지닌 잠재력을 함께 실현하고, 공동 번영의 길을 모색할 것입니다.

한국 국민은 평범한 사람들의 자발적인 행동이 세상을 바꾸는 가장 큰 힘이라는 것을 보여 주었습니다. 이러한 힘은 마지막 남은 '냉전 체제'를 무너뜨리고, '신한반도 체제'를 주도적으로 만들어 가는 원동력이 될 것입니다. 중요한 것은, 평범한 한 사람이 자기의 의지와 무관하게 불행에 빠지는 일을 막는 일입니다. 평화를 이루는 것도 결국 평범한 국민의 의지에 의해 시작되고 완성될 수 있다는 것을 세계에 보여 주게 되길 희망합니다.

5. 포용적 세계 질서를 향하여

제2차 세계대전 이후 유럽 역시 냉전의 한복판으로 휩쓸려 갔습니다. 각국 정부는 새로운 동맹전략을 모색했습니다.

냉전으로 분단된 독일은 평화를 향해 담대한 발걸음을 내디디며 유럽의 변화를 이끌었습니다.

베를린 장벽으로 하루아침에 생이별한 45만 명의 독일 시민이 통일과 평화에 대한 염원을 가지고 1963년 6월 서독 브란덴부르크 문 앞에 모였습니다. 그해 빌리 브란트 시장은 크리스마스 기간에 헤어진 가족과 친척을 만나게 하자는 협상을 제안했습니다. '동방 정책'의 시작이었습니다. 동·서독이 서로를 경쟁과 봉쇄의 대상이 아닌 협력과 상생의 대상으로 바라보게 되었습니다.

동독의 라이프치히에서는 1980년대 초부터 월요일마다 작은 기도회가 열렸습니다. 이 작은 기도회는 1989년 10월 9일 선거와 여행의 자유, 독일 통일을 요구하는 평화 행진으로 발전했습니다. 처음 7만 명으로 시작된 평화 행진은 불과 2주 만에 30만 명을 넘었습니다. 한 달 후인 11월 9일 베를린 장벽이 무너졌습니다.

유럽의 평범한 시민이 평화를 만드는 일에 나섰고, 적극적으로 각국 정부를 움직였기에 유럽의 질서가 바뀌었다고 생각합니다. 유럽 시민의 의지와 행동은 1952년 유럽연합의 모태가 된 '유럽석탄철강공동체'를 발족시켰고, 1975년 현재 유럽 안보 질서의 기원이라고 할 수 있는 '유럽안보협력회의'를 태동시켰습니다.

유럽의 사례에서 볼 수 있듯이 국가 간 관계에서 포용성은 매우 중요합니다. 국경과 분야를 넘어 포용하고 공정한 기회와 호혜적 협력을 보장할 때 세계는 함께 잘살고 함께 발전할 수 있습니다.

그러나 전후 질서의 근간인 자유무역주의와 국제주의가 현저히 약화되면서 다시 보호무역주의와 자국이기주의가 꿈틀대고 있습니다. 이러한 국제적 위기는 포용과 협력의 정신을 사라지게 하고 있습니다. 국제사회의 일원으로서 각국의 책임과 규범을 강조하는 협력의 정치가 절실합니다.

다시, 평범한 사람들이 중요합니다. 평범한 사람들이 바꿀 수 있는 것은 국내 문제에 한정되지 않습니다. 국가를 바꾸면 세계 질서도 바꿀 수 있습니다. 평범한 사람들 누구나 국가 운영을 자신의 권리와 책임으로 여기고, 세계의 운명을 자신의 운명과 연결 지어 생각할 때 새로운 세계 질서는 만들어질 수 있을 것입니다. 평범한 사람들이 국경과 인종, 이념과 종교를 뛰어넘어 서로 연대하고 협력할 때 세계는 더불어 잘사는 지속 가능한 발전을 이룰 것입니다.

사회적 약자를 배제하지 않고, 일한 만큼 노동의 대가를 받으며, 안정적인 복지로 다수가 성장의 과실을 누리는 세계가 포용적 세계입니다. 이미 우리는 한국과 유럽, 세계 곳곳에서 평범한 사람들이 포용을 통해 만들어 온 성취를 알고 있습니다.

독일은 자유로운 시장경제를 추구하면서 고용 불안, 임금 격차, 빈곤, 노후 불안 등 각종 사회적 위험에 대한 보장을 함께 제공하여 사회 통합을 이뤄 냈습니다. 북유럽의 국가들은 높은 비용을 수반하는 복지 체계가 국가 경쟁력을 약화시키지 않도록 끊임없는 교육 투자를 통해 국가의 혁신 역량을 보전했습니다.

특정 국가나 공공 부문의 노력만으로 기후변화 같은 지구 전체의 의제를 해결하기란 불가능합니다. 지난해 '기후변화에 관한 정부 간 협의체(IPCC)'는 〈지구 온난화 1.5도 특별보고서〉를 채택했습니다. 기후 전문가들은 산업화 이전에 비해 지구 온도 상승이 1.5도에 그치면 2도 올랐을 때보다 1,000만 명의 목숨을 구할 수 있다고 예견합니다. 국제적 지원과 협력으로 기후변화에 모든 나라가 공동 대응해야 이룰 수 있는 목표입니다.

세계적으로 포용성을 수용하는 것도 중요합니다. 기원전 2000년부터 아시아 국가들은 '치산치수(治山治水)'를 성공적인 국가 운영의 첫 번째 덕목으로 삼았습니다. '산과 물을 다스린다'는 의미 안에는 '자연을 존중한다'는 정신이 담겨 있습니다. 나무를 가꿔 산사태를 방지했으며, 물을 가두기보다 자연스럽게 흐르게 하여 홍수와 가뭄의 피해를 줄이고자 했습니다. 인간과 자연, 개발과 보전을 둘로 나누어 보지 않았습니다. 저는 이것이 세계가 추구하는 지속 가능한 발전과 일맥상통한다고 생각합니다.

그러나 현재 여전히 많은 국가들이 경제 발전과 환경보호를 별개의 것으로 간주하고 있습니다. 선진국과 개발도상국의 '역지사지'의 정신이 필요합니다. 우리뿐 아니라 미래 세대들이 함께 살아갈 지구를 위하여 인간과 자연이 더불어 살아가는 지혜와 평범한 사람들이 가지고 있는 포용의 힘을 발휘해야 할 때입니다. 그럴 때 새로운 세계 질서와 지속 가능한 발전의 꿈은 현실이 될 것입니다.

각 나라가 포용성을 강화해 국가 간 격차를 줄이고, 국민이 세계 시민으로서 사고할 수 있는 역량을 키워야 할 것입니다. 평범한 시민이 이룬 유럽의 통합과 번영은 세계를 더 나은 곳으로 만들고자 하는 인류에게 의지와 용기를 북돋아 줄 것입니다.

6. 평범함의 위대함
평범한 사람들이 지속적으로 자신의 삶을 꾸려 갈 수 있는 것, 일상 속에서 희망을 유지할 수 있는 것, 여기에 새로운 세계 질서가 있습니다. 역사책에는 단 한 줄도 나오지 않는 사람들, 이름이 아니라 노동자나 나무꾼, 상인이나 학생 등 일반명사로 나오는 사람들, 이 평범한 사람들이 한 사람 한 사람 자기 이름으로 불려야 합니다. 세계도, 국가도, '나'라는 한 사람에서 비롯됩니다. 일을 하고 꿈을 꾸는, 일상을 유지해 가는 평범함이 세계를 구성한다는 것을 우리는 소중하게 인식해야 할 것입니다.

그러기 위해서는 한 사람의 삶이 존중받아야 합니다. 한 사람의 삶의 가치가 얼마나 소중한지 스스로도 알아나가야 하겠지만, 역사적으로, 문화적으로 재평가되어야 합니다. 자신의 행동이 주변에 영향을 줄 수 있다는 것, 또 어떤 행동이 확산되며 결국 어떤 결과를 가져올 수 있는지 이야기되고 기록에 남겨져야 할 것입니다.

평범함이 위대해지기 위해서는 자유와 평등 못지않게 정의와 공정이 뒷받침되어야 합니다. 인류의 모든 이야기는 "착한 것을 권하고, 악한 것을 벌한다"는 평범한 진리를 되새깁니다. 동양에서는 '권선징악(勸善懲惡)'이라는 사자성어로 표현합니다. 이 간명한 진실이 정의와 공정의 시작입니다. 무한경쟁의 시대가 계속되고 있지만, 정의와 공정이 더 보편화된 질서가 되어야 합니다.

정의와 공정 속에서만 평범한 사람들이 세계 시민으로 성장할 수 있습니다. 아직은 모든 것이 진행 중인 듯하지만, 인류가 지나온 길에 새로운 세계 질서에 대한 해법이 있습니다. 동양의 옛글은 "곡식 창고가 넉넉하면 예절을 알고, 옷과 음식이 풍족하면 영예와 치욕을 안다(食廩實而知禮節, 衣食足而知榮辱)"고 말하고 있습니다. 정의와 공정으로 세계는 성장의 열매를 골고루 나눌 수 있게 될 것이며, 이를 통해 모두에게 권한이 주어지고 의무가 싹트며 책임이 생길 것입니다.

세계가 지금 위기라고 여기는 것들은 평범한 삶이 해결해야 할 것들입니다. 이것은 한 국가가 해결할 수 없는 문제이며, 한 위대한 정치인의 혜안으로 이뤄질 수 없는 일입니다. 힘든 이웃을 돕고, 쓰레기를 줄이고, 자연을 아끼는 행동이 쌓여야 합니다. 이 행동들이 한 사람에게 한정될 때, '무엇을 바꿀 수 있을까?' 의심스러울 수 있지만 이 작은 행동들이 쌓이면 물줄기가 크게 변합니다.

결국 우리는 세계를 지키고 서로의 것을 나누면서, 평화의 방법으로 세계를 조금씩 변화시킬 수 있게 될 것입니다. 평범한 사람들의 일상이 그러하듯이 괴테가 남긴 경구처럼 "서두르지 않고 그러나 쉬지도 않고".

5장

전쟁을 끝내고
평화로 갈 만큼 힘센 나라
전쟁과 평화 1

빌라르스키가 옆에서 러시아의 가난과 유럽보다 낙후된 점, 무지를 끊임없이 불평하며 지껄이는 말도 피에르에게는 기쁨을 불러일으킬 뿐이었다. 빌라르스키가 시체처럼 생기 없다고 여기는 곳에서 피에르는 놀랍도록 강렬한 생명을, 눈 덮인 그 광활한 공간에서 하나가 된 이 특별한 사람들 전체의 삶을 지탱하는 힘을 보았다.

—레프 톨스토이, 《전쟁과 평화 4》, 연진희 옮김, 민음사, 2018

'자신'의 나라를 비로소 대면하다

강원도 화천은 수복지구다. 38선 이북이던 땅을 6·25전쟁 당시 되찾아 수복지구라 부른다. 아버지는 소년의 머리를 쓰다듬으며 말하곤 했다. "서부지구 유엔군은 설렁설렁 싸워 땅을 빼앗겼다. 동부지구 국군은 악착같이 싸워 우리 땅을 이만큼 넓혀냈다." 아버지의 이야기는 단순한 무용담이 아니다. 아버지의 생을 규정하는, 빛나는 한 시절이다. 총알 자국이 박힌 교각을 눈앞에서 본다. 소년에겐 모든 것이 전쟁이 남긴 흔적이다. 공산 군을 무찌른 것에 대한 벅찬 감정은 전혀 이상한 게 아니다. 이 기자부대 포병의 훈련 소리가 그치지 않던 황량한 겨울 들판조차 소년에게는 아주 각별한 공간으로 새겨졌다.

전쟁은 통째로 삶을 바꾼다. 아버지 삼 형제는 한 부대에서 전쟁을 치르며 전남 여수에서 강원도 화천까지 왔다. 부대는 해체되었다가 다시 구성되고, 지리산에 갔다가 다시 양구로, 화천으로 이동했다. 전쟁이 끝났지만 삼 형제는 돌아가지 않았다. 막내인 아버지는 유복자로 태어나 어머니까지 잃었다. 아무것도 남아 있지 않은 여수보다 최초의 성취를 이룬 군부대 부근, 전방에서 할 것이 더 많았다. 여수가 고향인 큰어머니 두 분만 느닷없이, 남도의 맛깔스러운 음식 솜씨만 가지고 연고도 없는 전방 마을에 정착했다. 안방에서는 늘 소독약 냄새가 풍겼다. 폭격으로 상한 한쪽 귀를 아버지는 아침저녁으로 소독했다. 돌아가실 무렵에는 양쪽 귀 모두 세상과 단절한 상태였다. 삶이 간단치 않았을 것이다. 오직 맨손으로, 다른 아버지들처럼, 아버지 삼 형제는 폐허 위에서 새로운 삶을 일궜다.

전쟁의 참혹함은 글로 다 표현할 수 없다. 전쟁의 원인 분석도 전쟁을 막기엔 역부족이다. 단지 1950년 6월 25일, 전화 속으로 뛰어든 젊은 아버지들, 그 개개인을 다시 생각해 보고 싶다. 그들은 식민지에서 태어나 일제 소학교에서 기미가요를 배우고 차별에 익숙해지며 식민지 백성으로 길들여졌다. 《태백산맥》의 염상진·염상구 형제, 하대치처럼 시대를 상징하는 인물이 되기에는 순응적이었다. 그렇다고 자존심이 없었을 리 없다. 평범할수록 양심의 깊이가 보이지 않는 법이다. 식민지 소년의 삶에 부끄러움이 사라졌을 리 없다. 왕실과 양반, 높은 자리의 사람들에 대한 불만도 있었을 것이다. 힘없는 나라에 대한 인식이 어찌 없었겠는가.

그러나 임시정부는 너무 멀리 있었다. 목숨 바쳐 지켜야 할 나라가 어디 있는지도 몰랐다. 3·1만세운동으로 싹튼, 민족이라는 평등한 공동체 의식도 자기 것이 되기에는 갈 길이 멀었다. 먹고살기에도 빠듯했고, 집안을 일구는 것도 만만치 않았을 것이다. 이념이 있을 리 없다. 마음 가까운 이들이 곧 이념이었을 것이다.

평범한 아버지들이 비로소 '자신'의 나라를 직접적으로 대면한 곳은 전쟁터였다. 전우를 위해, 묵직한 느낌을 주는 어떤 목표를 위해 방아쇠를 당겼다. 아버지들은 식민지 백성의, 보잘것없던 삶에서 벗어날 수 있는 '특별한 사람들 전체의 삶을 지탱하는 힘'을 보았다. 《전쟁과 평화》의 피에르처럼 삶과 죽음의 갈림길에 이르러서야 '강렬한 생명'을 느꼈다. 아버지들은 그렇게 국민이 무엇인지 알게 되었고, 그렇게 국민이 됐다. 순응이 악착으로 바뀐 까닭은 바로 그것이다. 제대로 지킬 것이 생겼고, 존재 가치를 증명할 길이 생겼다. 무용담인 줄 알았던 아버지의 이야기 행간에는 비로소 국민이 된 한 개인이 버티고 서 있었다.

박명림 교수는 《한국전쟁과 사회구조의 변화》에 실린 〈한국

전쟁과 한국 정치의 변화〉라는 글에서 "한국전쟁이 남긴 상흔은 한국인의 역사와 기억 속에 깊이 각인되었"으며, "그것은 많은 곳에서 그들의 삶을 규정하는 기본 요소로 작용했다"라고 말한다. 같은 책에 실린 〈한국전쟁과 사회의식 및 문화의 변화〉라는 글에서 강인철 교수는 "'국민을 창출하는' 가장 중요한 역사적 기간이었다"라고 한국전쟁을 정의한다. "국가가 주도한 '문맹퇴치운동'도 국민개병제나 의무교육제, 보통선거제와 유사한 국민 형성 기능을 수행"했다. 강 교수는 문맹 퇴치 교육이라는 '근대적 시혜'를 통해, "과거에는 경험해 보지 못한 '국가와의 직접적인 대면'을 통해 '국민'이라는 정체성 또한 실감하게 되었을 것"이라고 강조한다.

전쟁이 뿌린 씨앗들

《전쟁과 평화》는 러시아 자체의 성장소설이기도 하다. "러시아는 나폴레옹과의 전쟁을 통해 정체성에 혼란을 느끼며 점차 자기 안의 커다란 잠재력과 힘을 자각했다."(연진희,《전쟁과 평화 4》, 작품 해설 〈변두리에서 중심을 바라보다〉) 6·25전쟁 역시 동족상잔의 비극으로 머물지 않았다. 아버지들의 삶은 투철한 반공정신으로, 우리도 '잘살아 보자'는 근면함으로, 국민주권과 민주주의 정신으로 다양하게 표출됐다. 유엔군 참전으로 아버지들의 세계사적 인식도 한껏 커졌다. 자유민주주의와 자유주의 국가들 간의 동맹과 연대, 근대화의 중요성을 깊이 각인했다. 비민주, 부정부패, 도덕적 해이를 묵과하지 않게 된 내면의 성장도 간과할 수 없다. 민주화의 초석이 그곳에 있었음을 우리는 자주 잊는다.

2020년 6·25전쟁 70주년을 앞둔 두어 달 전, 문재인 대통령이 내게 생각을 물었다. 두어 달 전은 이례적으로 이른 시간이었다. 6.25를 국민 의식이 싹트고 국민 전체의 정체성이 형성된 과정으로 설명하면 국민통합에 기여할 것이라 말씀드렸다. 대통령이 천천히 고개를 끄덕였다. 사실 새해 들어 고민의 상당 부분을 6·25전쟁 70주년에 할애하고 있었다. 수복지구에서 자란 소년에게 6·25전쟁은 아버지 삼 형제의 인생 전부이기도 했고, 6·25전쟁의 제대로 된 기억과 평가 없이 한반도 평화 또한 '눈 가리고 아웅' 하는 꼴이라 일찍부터 생각해 온 터였다. 그날의 연설문을 많은 시간 공들여 손보고, 대통령과 여러 번 성의껏 검토했다. 평범한 국민의 시각에서 역사를 재구성하고 이를 통해 새로운 역사로 전진하려는 대통령의 마음을 느낄 수 있었다. 태극기와 촛불이 한마음으로 물결치면 좋겠다는 소망도 커졌다.

6·25전쟁은 오늘의 우리를 만든 전쟁입니다. 전쟁이 가져온 비극도, 전쟁을 이겨낸 의지도, 전쟁을 딛고 이룩한 경제성장의 자부심과 전쟁이 남긴 이념적 상처 모두 우리의 삶과 마음속에 고스란히 살아 있습니다. 70년이 흘렀지만 그대로 우리의 모습이 되었습니다. 우리는 전쟁의 참화에 함께 맞서고 이겨 내며 진정

한 대한민국 국민으로 거듭났습니다. 국난 앞에서 단합했고 자유민주주의의 가치를 지킬 힘을 길렀습니다. 가장 평범한 사람을 가장 위대한 애국자로 만든 것도 6·25전쟁입니다. 농사를 짓다 말고, 학기를 다 마치지도 못하고, 가족을 집에 남겨 두고 떠난 우리의 이웃들이 낙동강 전선을 지키고 서울을 수복한 영웅이 되었습니다. 국가의 존재 가치를 체감하며 애국심이 고양되었고, 평화의 소중함을 자각하게 되었습니다. (⋯) 그러나 모든 이들에게 공통된 하나의 마음은 이 땅에 두 번 다시 전쟁은 없어야 한다는 것입니다. 자신이 살아가는 시대와 함께 자신의 모든 것을 헌신한 사람들은 서로를 존중하며 손잡을 수 있습니다. 우리는 6·25전쟁을 세대와 이념을 통합하는 모두의 역사적 경험으로 만들기 위해 이 오래된 전쟁을 끝내야 합니다.

《전쟁과 평화》에서 톨스토이는 559명의 등장인물 개개인에게 독자적인 눈과 목소리를 부여한다. 역사를 이끌어 가는 것은 영웅의 의지가 아니라 개개인 국민 의지의 총합임을 숭고한 깨달음으로 알려 준다. 러시아가 톨스토이를 낳고 또 스탈린을 낳은 것은 끊임없는 인류의 전쟁사만큼이나 이해하기 어려운 비극적 서사다. 그러나 원하지 않는 전쟁을 체험한 우리에게 《전쟁과 평화》가 왔을 때, 더 진지하게 읽혔다. 아버지들의 책꽂이에, 김대중과 문재인의 서재에, 단 한 사람의 소중함도 잃지 말라는, 작은 씨앗을 뿌려 놓았다.

우리가 전쟁을 반대한다고 전쟁이 그저 가만히 있어 주진 않

대통령의 독서

을 것이다. 이스라엘의 아자 가트는 《문명과 전쟁》에 실린 〈풍족한 자유민주주의 국가들, 최종 무기, 그리고 세계〉라는 글에서 "현재로서는 대량 살상을 초래하는 기술과 무기의 확산, 그런 기술과 무기를 사용할 법한 사람들을 전 세계에 걸쳐 엄중히 단속하는 것만이 그 위협에 맞서는 단 하나의 유용한 대응책"이라 말한다. 세계적인 전쟁 연구자도 근원적으로 전쟁을 막을 방법을 답하기에는 고려할 것이 너무 많았다. 하긴 팍스로마나나 팍스아메리카나와 같이 지금까지 가장 위대한 평화조차 강력한 군사력의 결과물이었다. 게다가 중심에 가까운 일부의 안전과 평화였지, 변두리에서는 다툼이 계속됐다.

평화를 향해 의지의 총합을

화천은 여전히 전방의 분단 마을이다. 아흔이 넘은 둘째 큰아버지만 겨울을 지키고, 대부분의 사촌은 자기 역사에 바빠 아버지들의 역사에 관심을 두지 않는다. 가끔 서운함이 드러나도, 그것 때문에 가족 문제를 전쟁으로 해결하지 않는다. 가족들에게, 산천어 축제를 준비하는 수복지구의 군민들에게, 안개 속 강물처럼 저기 어디 분명하게 평화가 깃들어 있다. 전쟁을 막는 길은 개인의, 가족의, 지역의 잇따른 평화가 아닐까 싶다. 적어도 본보기가 될 것이 분명하다.

분단은 그대로고 냉전이 떠난 자리에 반목이 계속되지만, 그것은 아버지들이 '세계의 방어자'라는 자부심으로 자유민주주의를 지켜낸 시간이다. 아버지들이 전쟁터에서 국가를 대면한 지 70년이 넘게 흘렀다. 이제 아버지들의 국가는 전쟁을 끝내고 평화로 갈 만큼 힘이 세다. 이해 못 할 자손의 다양한 목소리들 역시 아버지의 다른 목소리이며 한 사람 한 사람 국민의 목소리이다. '세계의 구원자'로 평화를 만들어 내는 일도 불가능한 꿈은 아니다. 평화를 향해 의지의 총합을 만들어 주시기를, 간절히 부탁드린다.

제70주년 6·25전쟁 기념사
2020. 6. 25.

존경하는 국민 여러분, 참전유공자와 유가족 여러분!

우리는 오늘 6·25전쟁 70주년을 맞아 백마흔일곱 분 용사의 유해를 모셨습니다. 서울공항은 영웅들의 귀환을 환영하는 가장 엄숙한 자리가 되었습니다.

용사들은 이제야 대한민국 국군의 계급장을 되찾고, 70년 만에 우리 곁으로 돌아왔습니다. 슬프고도 자랑스러운 일입니다. 지체되었지만 조국은 단 한 순간도 당신들을 잊지 않았습니다. 예우를 다해 모실 수 있어 영광입니다.

오늘 우리가 모신 영웅들 중에는 이미 신원이 밝혀진 일곱 분이 계십니다. 모두 함경남도의 장진호 전투에서 산화하신 분들입니다. 고(故) 김동성 일병, 고(故) 김정용 일병, 고(故) 박진실 일병, 고(故) 정재술 일병, 고(故) 최재익 일병, 고(故) 하진호 일병, 고(故) 오대영 이등중사의 이름을 역사에 새겨 넣겠습니다. 가족의 품에서 편히 쉬시길 기원합니다.

참전용사 한 분 한 분의 헌신이 우리의 자유와 평화, 번영의 기반이 되었습니다. 그리움과 슬픔을 자긍심으로 견뎌 온 유가족께 깊은 존경과 위로의 말씀을 드리며, 전우를 애타게 기다려 온 생존 참전용사들께 경의를 표합니다.

정부는 국민과 함께 호국의 영웅들을 영원히 기억할 것입니다. 아직 우리 곁으로 돌아오지 못한 12만 3,000 전사자들이 가족의 품으로 돌아오는 그날까지 포기하지 않고 찾아낼 것입니다.

우리 정부는 그동안 5,000여 명의 참전용사들에게 미처 전달하지 못한 훈장을 수여했고, 생활조정수당을 비롯해 무공명예수당과 참전명예수당, 전몰용사자녀수당을 대폭 인상했습니다. 참전용사와 유가족들의 예우에 계속해서 최선을 다하겠습니다.

오늘 영현단에는 우리가 찾아내어 미국으로 보내 드릴 미군 전사자 여섯 분의 유해도 함께하고 있습니다. 우리 국민은 미국을 비롯한 22개국 유엔 참전용사들의 희생을 절대 잊지 않을 것입니다.

워싱턴 '추모의 벽'을 2022년까지 완공하여 위대한 동맹이 참전용사들의 숭고한 희생 위에 뿌리내리고 있다는 사실을 영원히 기리겠습니다.

대통령의 독서

제가 해외 순방 중 만난 유엔 참전용사들은 한결같이 한국을 제2의 고향으로 여기며, 우리의 발전에 자기 일처럼 큰 기쁨과 자부심을 지니고 있었습니다. 미국, 프랑스, 뉴질랜드, 노르웨이, 스웨덴 참전용사들께 국민을 대표해 감사와 존경의 마음을 전했고, 태국 참전용사들께는 '평화의 사도 메달'을 달아 드렸습니다.

보훈에는 국경이 없습니다. 유엔 참전국과 함께하는 다양한 보훈 사업을 통해 용사들의 숭고한 희생을 기억하고 기리겠습니다. 6·25전쟁 70주년을 맞아 뜻깊은 영상 메시지를 보내 주신 유엔 참전국 정상들과 오늘 행사에 함께해 주신 각국 대사들께도 깊이 감사드립니다.

국민 여러분!

6·25전쟁은 오늘의 우리를 만든 전쟁입니다. 전쟁이 가져온 비극도, 전쟁을 이겨낸 의지도, 전쟁을 딛고 이룩한 경제성장의 자부심과 전쟁이 남긴 이념적 상처 모두 우리의 삶과 마음속에 고스란히 살아 있습니다. 70년이 흘렀지만 그대로 우리의 모습이 되었습니다.

우리는 전쟁의 참화에 함께 맞서고 이겨 내며 진정한 대한민국 국민으로 거듭났습니다. 국난 앞에서 단합했고 자유민주주의의 가치를 지킬 힘을 길렀습니다.

가장 평범한 사람을 가장 위대한 애국자로 만든 것도 6·25전쟁입니다. 농사를 짓다 말고, 학기를 다 마치지도 못하고, 가족을 집에 남겨 두고 떠난 우리의 이웃들이 낙동강 전선을 지키고 서울을 수복한 영웅이 되었습니다. 국가의 존재 가치를 체감하며 애국심이 고양되었고, 평화의 소중함을 자각하게 되었습니다.

어떤 난관도 극복할 수 있는 자신감의 원천도 6·25전쟁이었습니다. 참전용사들의 전쟁을 이겨낸 자부심과 군에서 익힌 기술이 전후 재건의 주축이 되었습니다. 전장에서 쓰러져 간 전우들의 몫까지 대한민국을 사랑했고, 이웃과 가족들의 긍지가 되었습니다.

그러나 아직 우리는 6·25전쟁을 진정으로 기념할 수 없습니다. 아직 전쟁이 끝나지 않았기 때문입니다. 지금 이 순간에도 전쟁의 위협은 계속되고, 우리는 눈에 보이는 위협뿐 아니라 우리 내부의 보이지 않는 반목과도 전쟁을 치르고 있습니다.

우리는 모두 참전용사의 딸이고, 피란민의 아들입니다. 전쟁은 국토 곳곳에 상흔을 남기며, 아직도 한 개인의 삶과 한 가족의 역사에 고스란히 살아 있습니다. 그것은 투철한 반공정신으로, 우리도 '잘살아 보자'는 근면함으로, 국민주권과 민주주의 정신으로 다양하게 표출되었습니다.

그러나 모든 이들에게 공통된 하나의 마음은 이 땅에 두 번 다시 전쟁은 없어야 한다는 것입니다. 자신이 살아가는 시대와 함께 자신의 모든 것을 헌신한 사람들은 서로를 존중하며 손잡을 수 있습니다. 우리는 6·25전쟁을 세대와 이념을 통합하는 모두의 역사적 경험으로 만들기 위해 이 오래된 전쟁을 끝내야 합니다.

전쟁의 참혹함을 잊지 않는 것이 종전을 향한 첫걸음입니다. 70년 전 이 땅의 자유와 평화를 위해 목숨 바친 유엔참전용사들과 평화를 사랑하는 세계인 모두의 염원이기도 합니다.

1950년 6월 25일 유엔 안전보장이사회는 전쟁 발발 10시간 만에 결의문을 채택해 북한군의 침략 중지와 38도선 이북으로의 철수를 촉구하고, 한반도의 평화와 안전의 회복을 위해 역사상 최초의 유엔 집단안보를 발동했습니다. 세계가 함께 고귀한 희생을 치렀습니다.

지금 우리에게 필요한 것은 오늘의 자유와 평화, 번영의 뿌리가 된 수많은 희생에 대한 기억과 우리 자신에 대한 자부심입니다. 독립선열의 정신이 호국영령의 정신으로 이어져 다시 민주주의를 지켜 내는 거대한 정신이 되었듯, 6·25전쟁에서 실천한 애국과 가슴에 담은 자유민주주의를 평화와 번영의 동력으로 되살려 내야 합니다. 그것이 진정으로 전쟁을 기념하는 길입니다.

국민 여러분!

6·25전쟁으로 국군 13만 8,000명이 전사했습니다. 45만 명이 부상당했고, 2만 5,000명이 실종되었습니다. 100만 명에 달하는 민간인이 사망, 학살, 부상으로 희생되었습니다. 10만 명의 아이들이 고아가 되었으며, 320만 명이 고향을 떠나고, 1,000만 명의 국민이 이산의 고통을 겪어야 했습니다.

전쟁에서 자유로울 수 있는 사람은 단 한 명도 없었습니다. 민주주의가 후퇴했고, 경제적으로도 참혹한 피해를 안겼습니다. 산업 시설의 80퍼센트가 파괴되었고, 당시 2년 치 국민소득에 달하는 재산이 잿더미가 되었습니다. 사회·경제의 기반과 국민의 삶의 터전이 무너졌습니다.

전쟁이 끝난 후에도 남과 북은 긴 세월 냉전의 최전방에서 맞서며 국력을 소모해야만 했습니다. 우리 민족이 전쟁의 아픔을 겪는 동안 오히려 전쟁 특수를 누린 나라들도 있었습니다.

그러나 우리에게 전후 경제의 재건은 식민 지배에서 벗어나는 것만큼이나 험난한 길이었습니다. 처음에는 원조에 의존해 복구와 재건에 힘썼고, 경공업, 중화학공업, ICT산업을 차례로 육성하며 선진국을 따라잡기까지 꼬박 70년이 걸렸습니다.

6·25전쟁을 극복한 세대에 의해 우리는 한강의 기적을 이뤘습니다. 전쟁이 끝난 1953년 1인당 국민소득 67달러에 불과했던 대한민국이 폐허에서 일어나 국민소득 3만 달러가 넘는 세계 10위권 경제 강국으로 발전했습니다. 원조를 받던 나라에서 원조를 주는 나라가 되었고, 추격형 경제에서 선도형 경제로 탈바꿈하고 있습니다. 코로나19 극복 과정에서 세계가 주목하는 나라가 되었습니다.

이제 국민께서 지켜 낸 대한민국은 국민을 지켜 낼 만큼 강해졌습니다. 평화를 만들어 낼 만큼 강한 힘과 정신을 가졌습니다. 우리 군은 어떤 위협도 막아 낼 힘이 있습니다. 철저한 대비 태세를 갖추고 있으며 우리는 두 번 다시 단 한 뼘의 영토·영해·영공도 침탈당하지 않을 것입니다.

우리는 평화를 원합니다. 그러나 누구라도 우리 국민의 안전과 생명을 위협한다면 단호히 대응할 것입니다. 우리는 전방위적으로 어떤 도발도 용납하지 않을 강한 국방력을 보유하고 있습니다.

굳건한 한미동맹 위에서 전시작전통제권 전환도 빈틈없이 준비하고 있습니다. 우리는 우리 자신의 힘을 바탕으로 반드시 평화를 지키고 만들어 갈 것입니다.

존경하는 국민 여러분, 참전유공자와 유가족 여러분!

우리는 전쟁을 반대합니다. 우리의 GDP는 북한의 50배가 넘고, 무역액은 북한의 400배가 넘습니다. 남북 간 체제 경쟁은 이미 오래전에 끝났습니다. 우리의 체제를 북한에 강요할 생각도 없습니다. 우리는 평화를 추구하며 함께 잘살고자 합니다. 우리는 끊임없이 평화를 통해 남북 상생의 길을 찾아낼 것입니다. 통일을 말하기 이전에 먼저 사이좋은 이웃이 되기를 바랍니다.

우리는 전쟁을 치르면서도 초·중등 피란학교를 세웠고, 여러 지역에서 전시연합대학을 운영했습니다. 우리는 미래를 준비했고, 평화를 지키는 힘을 기르며 아무도 넘볼 수 없는 나라를 만들었습니다. 이제 우리의 아들과 딸들은 포스트 코로나 시대를 남보다 앞서 준비하며 세계를 선도하는 대한민국의 주인공이 되었습니다.

전쟁을 겪은 부모 세대와 새로운 70년을 열어 갈 후세들 모두에게 평화와 번영의 한반도는 반드시 이뤄야 할 책무입니다. 8,000만 겨레 모두의 숙원입니다. 세계사에서 가장 슬픈 전쟁을 끝내기 위한 노력에 북한도 담대하게 나서 주기를 바랍니다.

남과 북, 온 겨레가 겪은 전쟁의 비극이 후세들에게 공동의 기억으로 전해져 평화를 열어 가는 힘이 되기를 기원합니다. 통일을 말하려면 먼저 평화를 이뤄야 하고, 평화가 오래 이어진 후에야 비로소 통일의 문을 볼 수 있을 것입니다.

남북의 화해와 평화가 전 세계에 희망으로 전해질 때 호국영령들의 숭고한 희생에 진정으로 보답하게 될 것이라 믿습니다.

감사합니다.

6장

함께 산 5000년, 헤어진 70년

전쟁과 평화 2

알룩조개에 입 맞추며 자랐나

눈이 바다처럼 푸를뿐더러 까무스레한 네 얼굴

가시내야

나는 발을 얼구며

무쇠다리를 건너온 함경도 사내

(…) 울 듯 울 듯 울지 않는 전라도 가시내야

두어 마디 너의 사투리로 때아닌 봄을 불러 줄게

손때 수줍은 분홍 댕기 휘 휘 날리며

잠깐 너의 나라로 돌아가거라

이윽고 얼음길이 밝으면

나는 눈포래 휘감아 치는 벌판에 우줄우줄 나설 게다

— 이용악, 〈전라도 가시내〉 부분, 《오랑캐꽃》, 시인생각, 2013

대통령의 독서

전라도에서 함경도까지, 한 뿌리 두 나라

북관(北關)은 함경북도를 이르는 옛말인데, 우리의 삶에서 지워졌다. 무산, 회령, 온성 같은 이름은 그저 사회과부도에 적혀 있을 뿐이다. "한반도에서 두 번째로 높은 산은?"이라고 누군가 물었을 때, 우리는 대부분 한라산을 떠올린다. 백두산의 높이는 2,744미터이고, 한라산은 1,950미터이다. 2,000미터 고지의 산 50개가 백두산을 시작으로 함경도 곳곳에 솟아 있다. 한라산은 한반도에서 정확히 51번째로 높은 산이다.

함경북도 경성군 주을읍과 무산군 연사면 경계에 있는 관모봉이 두 번째로 높은 산이다. 2,540미터다. 사시사철 눈 덮인 산이 흰 관을 쓴 것 같았다는데, 너무나 깊고 아름다웠던 탓에 일본인들이 봉(峰)이라고 격을 낮춰 불렀다. 여기서 시인 이용악이 태어나 자랐다. 관모봉 곁에서 두만강 너머 만주의 거친 바람 속 전라도 가시내를 봤을 것이다. 북관에 이른 전라도 사람들을 보고 감회가 남달랐을 것, 만주가 온전히 우리의 생활 영역이었을 때 '전라도 가시내'라는 절창이 탄생했다.

민영규 선생이 쓴 《강화학 최후의 광경》의 주요 무대도 만주다. 이건창·이건승·이건방 형제와 정인보, 또 황현과 이상설, 이회영 등, 황은을 입어서가 아니라 그저 부끄러워서, 자신의 양지를 배반할 수 없어 자결, 망명, 독립운동 투신에 다다른 분들의 이야기가 담겼다. 이 책에 유독 마음을 눌러 온 문장이 있었다. 이웃 마을에 볼일이라도 있는 것처럼 이건승이 만주를 향할 때다. 이날 새벽, 이건승은 사당문을 열고 위패 하나하나에 하직을 고했다. 온수리 신주현 집에서 이날 밤을 지새웠다. "장조카 범하가 작은아버지 죽겠다며, 이부자리를 메고 먼 길을 뒤따라왔다." 바로 이 부분이다. 서늘했다. 범하가 되고픈 심정이다. 조선 500년을 압축하면 이 문장이 될 듯하다. 지금 그분들의 눈물겨운 서사에 가닿지 못하는 것이 안타까울 뿐이다.

이상하게도 근자에 간행된 이 방면 지도에서 니콜리스크란 지명이 나오지 않는다. 1983년 북경판에서 '우스리스크'로 되어 나오는가 하면, 1942년엔 '워시이로브', 그리고 광서 년간 청나라 지도에서 '쌍성자'가 그 이름이다. 그리고 보재 당시 이 지역에 정착한 한인들은 모두 그것을 소왕영이라 불렀다. 문창범·김립·원세훈 등이 이 소왕영 출신이고, 안중근 의사의 두 아우, 안정근·안공근 형제가 이 소왕영에 닷새갈이 농장을 경영하면서 추운 고장에 적응할 수 있는 경작법을 개발하되, 수도농사의 북한선(北限線)을 높이기 위한 가능성을 추구한 점. 우리가 길이 기억해 두어야 할 일이다. 《아령실기》의 저자 황욱은 우리 동포가 북녘땅에서 공헌한 것에 타곡하는 도리깨와 지게, 두 가지가 있다고 지적했는데, 북위 50도, 흑룡강 중류까지 수도농사를 몰고 간 그 끈질긴 감내 정신이야말로 인류사적 차원이라 경탄하지 않을 수 없다.

—민영규, 〈강화학 최후의 광경〉, 《강화학 최후의 광경》, 우반, 1994

통일은 개개인 의지의 총합

1864년 갑자도강, 1865년 을축도강, 1869년의 기사흉란과 육지통상, 1910년 경술합방까지 다섯 차례에 걸쳐 우리는 연해주 수분하와 우수리강, 흑룡강 유역으로 이주했다. 50만 명에 이르렀다고 전해진다. 안정근·안공근 형제의 쌀농사 성공도 큰 몫을 했다. 여기서 보재 이상설이 1914년 5월, 대한광복군정부를 선포했다. 보재는 "시작과 끝을 오직 진실과 양심에 호소했을 뿐, 성패를 묻지 않는 강화학의 가르침"을 따랐다. 죽음을 앞두고 자신과 관련한 모든 문서를 불살라 일본 군경으로부터 동지를 지켰다. 보재 사후에 자유시에서 사할린 독립군 1,000명을 고려공산당이 포위 상잔한 비극을 일으킨 것은 두고두고 한이 되는 일이었다. 우리 역사의 심장에서 피 절반이 빠져나간 심정이다. 이뿐이랴, 우리는 얼마나 많은 발자국을 스스로 덮어버렸을까. 체한 듯 가슴이 답답하다.

한반도에는 두 개의 나라가 존재한다. 한국은 대륙으로의 통로가 끊겨 하늘길과 바닷길만 남았고, 북한은 마음의 통로를 끊고 스스로 문을 닫았다. 한국은 국제적 분업 체계 안에서 발전했지만 북한은 고립을 자초하며 자력갱생을 도모한다. 역사도 존경하는 인물도 완전히 멀어진 채 78년이 흘렀다. 대결은 계속되고, 그러는 사이 품격과 기품이 온데간데없다. 대륙을 향한, 해양을 향한 서로의 상상력이 축소됐고, 공동의 서사는 애써 감췄다. 숱한 삶도 묻혔다.

남북 화해와 통일도 결국 한반도에 사는 사람들의 삶이 더 나아질 수 있다는 전제에서 출발한다. 비교할 수 있는 공동의 과거가 없으면 지금에 만족할 것이고, 조금이라도 공동의 역사를 만들어 가지 못하면 나아질 필요성도 없어진다. 김대중 대통령은 일찍이 통일이 "구체적이고 현실적이어야" 한다고 생각했다(〈나의 3단계 통일론〉, 《김대중 자서전 1》). 만남과 대화는 그 자체로 공동의 역사가 되고, 전진의 근거가 된다. 6·15 남북공동선언이 남긴 의미 가운데 하나이다.

문재인 대통령은 2018년 평양 5·1경기장 연설에서 "우리는 5000년을 함께 살고 70년을 헤어져 살았습니다"라는 평범한 말로 기억의 세포를 깨웠다. 우리 국민 개개인, 북한 주민 개개인, 그 의지의 총합 없이 평화는 가능하지 않다. 남북 정상 간 합의를 북한 주민 15만 명이 모인 자리에서 발표한 용기 역시 되새겨 볼 만하다.

평양 시민 여러분, 사랑하는 동포 여러분! 오늘 나와 김정은 위원장은 한반도에서 전쟁 공포와 무력 충돌의 위험을 완전히 제거하기 위한 조치들을 구체적으로 합의했습니다. 또한 백두에서 한라까지 아름다운 우리 강산을 영구히 핵무기와 핵 위협이 없는 평화의 터전으로 만들어 후손들에게 물려주자고 확약했습니다.

우리는 정권이 교체될 때마다 이전의 성과를 백지화한다. 북한도 매번 어렵게 맺은 협정을 깨 버린다. 이 계속되는 도돌이

표가 무척 절망스럽지만, 남북 정상들의 감격스러운 만남은 우리 마음속에서 쉬 사라지지 않는다. 15만 북한 주민에게 남겨진 연설도 일일이 지워 버릴 수는 없을 것이다. 평화는 한 사람 한 사람이 더해지는 과정이다. 순수한 동기를 간직한 임동원, 서훈 같은 피스메이커들의 고난도 제대로 평가받을 날이 올 것이다.

남북 관계에는 우리 국민과 북한 주민이 빠져 있다. 전쟁을 끝내고 평화의 한반도에서 새로운 세기를 실현하려면 무엇보다 8,000만 겨레의 열망이 필요하다. 정치적 선언이나 '구체적이고 현실적으로' 경험할 수 없는 교류와 협력은 생명이 짧다. 개인과 기업, 민간단체와 지방자치단체의 자발적 움직임이 중요하다. 북한도 마찬가지다. 자신들의 표현대로, '광폭 행보'로 변화하기 위해서는 주민들이 역사의 진실에 접근하는 가운데 새로운 애국심으로 뭉쳐야 한다. 국제사회의 신뢰를 빠르게 회복하고, 지지와 협력 속에 잠재력을 발휘하기 위해서는 한국 국민의 응원도 필요하다. 한국은 핵에 반대하지만, 체제가 무너져 핵무기를 지킬 수 없는 무정부 상태 역시 걱정하지 않을 수 없다. 한국은 민주주의국가다. 전쟁을 반대하고 평화를 추구하는 힘은 국민에게서 나온다.

한 사람이 무릎 꿇고 모두가 일어서다

어려운 일이겠지만 먼저 정리해야 할 것이 있다. 북한이 먼저 남침에 대해 사과해야 한다. 북한은 한미 군사훈련을 두고 침략 연습이라 목청을 높이지만 한국 국민 입장에서는 이율배반이다. 침략을 당한 입장에서는 당연히 거듭되는 침략에 대비해야 한다. 아무리 북한이 한미 군사훈련을 반대해도 흔쾌히 동감할 한국 국민은 없다. 단지, 북한의 변화를 확인하기 위해 유보하거나 북한이 완전한 비핵화를 감행할 때, 전쟁을 하지 않겠다고 국제사회에 약속할 때, 또 과거를 반성할 때, 중지를 선언할 수 있다. 북한은 용기를 내야 한다. 북한이 얻을 것이 훨씬 많다. 부끄러운 일이 아니다. 서독의 빌리 브란트는 폴란드 유대인 묘지에서 무릎을 꿇고 사과했고, 더 큰 것을 얻었다.

1970년 12월 7일, 폴란드 바르샤바에는 비가 내리고 있었다. 서독 총리 빌리 브란트의 바르샤바 방문 일정에는 도착 다음 날 두 번의 헌화가 계획되어 있었다. 정확히는 모른다. 폴란드인들에 대한 미안함이 갑작스럽게 브란트의 마음을 움직인 결과일 뿐이라는 의견이 있고, 미리 준비된 행동이었다는 의견도 있다. 분명한 사실은 브란트가 비에 젖은 단상에서 무릎을 꿇었다는 것이고, 나치에 희생된 유대인에게 진심으로 사죄했다는 것이다.

최영태는 《빌리 브란트와 김대중》에 실린 〈브란트의 동방 정책, 절반의 통일론〉이라는 글에서 이것이 "세계 역사에서 과거사를 반성하고 정리하는 가장 모범적인 사과 방식의 하나로 평가받게 되었다"라고 분석한다. 세계 언론들은 "무릎을 꿇은 것은 한 사람이었지만 일어선 것은 독일 전체였다"라고 평했다. 이로써 전범국가 독일은 세계인의 선입견을 바꿀 수 있었다. 유럽의 평화와 통합을 향해 나아가는 출발점의 선두에 서게 되었다.

북한이, 김정은 위원장이 선대의 잘못을 대범하게 사과한다면 가장 먼저 국제사회에서 박수를 보낼 것이다. 국제적 제재의 명분도 일정 부분 삭감될 것이며, 투자자들이 몰려들 확률도 크다. 그러나 무엇보다 한국 국민들의 호응이 가장 크지 않을까 싶다. 쪼잔하게 쓰레기 풍선으로 보복할 일이 아니다. 불편한 심정을 항구적인 분단으로 토해 낼 일도 아니다. 인민들을 잘살게 하겠다는 확고한 결의가 진심으로 있다면, 평화의 한반도를 향한 주도권을 가지고 싶다면, 6·25로 돌아가 다시 시작해야 한다.

후손들이 새로운 이야기를 시작하도록

한국전쟁으로 국군 13만 8,000명이 전사했다. 45만 명이 부상했고, 2만 5,000명이 실종됐다. 사망, 학살, 부상으로 희생된 민간인은 100만 명에 이른다. 10만 명이 고아가 되고, 320만 명이 고향을 떠나고, 1,000만 명이 이산의 고통을 겪었다. 78년이 지나도록 사라지지 않는 한국 내부의 상처는 이루 말할 수 없다.

제국주의 전쟁과 냉전은 오래전 끝났다. 할아버지와 아버지 시대의 체제 경쟁도 이제 의미 없다. 전쟁을 완전히 끝내기 위해서는 8,000만 겨레의 마음이 움직여야 한다. 후대에 상상력

의 공간을 회복해 주고 그들이 공동 삶의 영역에서 새로운 이야
기를 시작하도록 해야 한다. 그것이 김정은 북한 국무위원장의
바람대로 '인민의 행복'을 위한 지름길이다.

우리 민족은 함께, 살아야 합니다!

—2018. 9. 19. 평양 5·1경기장 연설

평양 시민 여러분, 북녘의 동포 형제 여러분!

평양에서 여러분을 만나게 되어 참으로 반갑습니다. 남쪽 대통령으로서 김정은 국무위원장의 소개로 여러분에게 인사말을 하게 되니 그 감격을 말로 표현할 수 없습니다.

여러분, 우리는 이렇게 함께 새로운 시대를 만들고 있습니다.

동포 여러분!

나와 김정은 위원장은 지난 4월 27일 판문점에서 만나 뜨겁게 포옹했습니다. 우리 두 정상은 한반도에서 더 이상 전쟁은 없을 것이며, 새로운 평화의 시대가 열렸음을 8,000만 우리 겨레와 전 세계에 엄숙히 천명했습니다. 또한 우리 민족의 운명은 우리 스스로 결정한다는 민족 자주 원칙을 확인했습니다. 남북 관계를 전면적이고 획기적으로 발전시켜 끊어진 민족 혈맥을 잇고 공동 번영과 자주 통일의 미래를 앞당기자고 굳게 약속했습니다.

평양 시민 여러분, 사랑하는 동포 여러분!

오늘 나와 김정은 위원장은 한반도에서 전쟁 공포와 무력 충돌의 위험을 완전히 제거하기 위한 조치들을 구체적으로 합의했습니다. 또한 백두에서 한라까지 아름다운 우리 강산을 영구히 핵무기와 핵 위협이 없는 평화의 터전으로 만들어 후손들에게 물려주자고 확약했습니다.

그리고 더 늦기 전에 이산가족의 고통을 근원적으로 해소하기 위한 조치들을 신속히 취하기로 했습니다. 나와 함께 이 담대한 여정을 결단하고 민족의 새로운 미래를 향해 뚜벅뚜벅 걷고 있는 여러분의 지도자 김정은 국무위원장에게 아낌없는 찬사와 박수를 보냅니다.

평양 시민 여러분, 동포 여러분!

이번 방문에서 나는 평양의 놀라운 발전상을 보았습니다. 김정은 위원장과 북녘 동포들이 어떤 나라를 만들어 나가고자 하는지 가슴 뜨겁게 보았습니다. 얼마나 민족 화해와 평화를 갈망하고 있는지 절실하게 확인했습니다. 어려운 시절에도 민족 지존심을 지키며 끝끝내 스스로 일어서고자 하는 불굴의 용기를 보았습니다.

평양 시민 여러분, 동포 여러분!

우리 민족은 우수합니다. 우리 민족은 강인합니다. 우리 민족은 평화를 사랑합니다. 그리고 우리 민족은 함께 살아야 합니다. 우리는 5000년을 함께 살고 70년을 헤어져 살았습니다. 나는 오늘 이 자리에서 지난 70년 적대를 완전히 청산하고, 다시 하나가 되기 위한 평화의 큰 걸음을 내딛자고 제안합니다.

나와 김정은 위원장은 남과 북 8,000만 겨레의 손을 굳게 잡고 새로운 조국을 만들어 나갈 것입니다. 우리 함께 새로운 미래로 나아갑시다. 오늘 많은 평양 시민, 청년, 학생, 어린이들이 대집단체조로 나와 우리 대표단을 뜨겁게 환영해 주신 것에 대해서도 다시 한번 감사드립니다. 수고하셨습니다.

감사합니다.

7장

K컬처,
대한민국 진경시대

문화는 꽃이다. 사상의 뿌리, 경제·사회의 건강한 수액(樹液)이 가지 끝까지 고루 펼쳐진 다음에야 비로소 문화라는 귀한 꽃은 핀다. (…) 문화의 꽃은 무엇보다도 우리 시대가 김홍도 시대에 못지않은 훌륭한 사회를 이룰 때에만 피어난다. 무엇보다 근본적으로 우리의 삶 그 자체가 아름다워져야 한다.

—오주석, 〈맺는말〉,《오주석의 한국의 미 특강》, 푸른역사, 2017

우리 문화의 황금기가 시작되다

한류는 아시아를 넘어 미국, 유럽으로 확대됐다. 전 세계 한류 팬은 1억 명을 넘어섰다. 2019년 우리 콘텐츠 수출은 사상 처음 100억 달러를 돌파했고, 2020년 상반기 코로나19 대유행의 어려운 상황 속에서도 케이(K)팝 음반 판매량이 42퍼센트나 늘었다. 문화예술 저작권 무역수지는 10억 달러가 넘는 사상 최고

흑자를 기록했다. 한류의 인기로 우리 식품, 뷰티 제품 수출까지
덩달아 많아졌다. 미디어가 발전하면서 세계가 실시간으로 소통
하게 된 영향이 크겠지만, 문화를 수입해 오던 입장에서 생각해
보면 격세지감이 아닐 수 없다. 단발에 그치지 않고, 다양한 장르
에서 지속적으로 한류가 확산되는 모습이 더 놀랍고 뿌듯하다.

2005년 고인이 된 미술사학자 오주석의 책을 다시 펼치며,
한국의 미를 찾는 데 길지 않은 생 전부를 다한 열정에 숙연해
진다. 살아 있었다면 '김홍도 시대에 못지않은 훌륭한 사회'를
경험했을 것이다. 달라진 한국 문화의 위상에 뿌듯한 마음으로
'진경시대'의 부활을 봤을 것이다.

진경시대란 조선왕조 문화의 황금기를 말한다. 조선이 국시
로 천명하던 주자성리학을 끝내 조선성리학으로 발전시키면서
이를 기반으로 문화절정기를 이뤘다. 숙종에서 정조에 걸친 125
년의 기간이다. 영조 51년의 재위 기간에 절정기를 구가했다. 무
엇보다 우리 고유 이념을 뿌리내렸던 것이 주요했다. 오래도록
간송미술관을 지키고 계신 최완수 선생의 발굴이며 작명이다.
최완수 선생의 설명에 따르면, 중국으로부터 벗어난 우리 생각
의 가닥은 율곡 이이에게서 출발한다.

율곡은, 일찍이 금강산으로 출가하여 불교 대장경을 섭렵함으로써
주자성리학의 우주론적 철학 체계의 원형인 불교철학을 근본적으
로 관통한 실력을 바탕으로, 퇴계의 이기이원론을 발전적으로 계
승하여, 이기(理氣)의 상호작용시라 할지라도 기만이 작동하고 이

는 기에 편승할 뿐이라는 기발이승설을 주장하여, 만물의 성정이 기의 변화에 따라 결정된다는 이기일원론으로 심화시켜 놓는다.

—최완수, 〈조선왕조의 문화절정기, 진경시대〉,《진경시대 1》, 돌베개, 1998

좀 복잡하지만, '문화예술로 덕성을 기르는 데 기여해야 할지, 자연스러운 감정을 표현해도 될지'의 차이로 생각하면 된다. 이러한 차이를 분별하며 그동안 조선 지식사회를 관통하던 주자의 영향에서 벗어날 단초를 얻었다고 할 수 있겠다. 최 선생은 성리학의 발원지인 중국에 없는 새로운 학설이 조선에 출현했으니 이를 '조선성리학'이라 명명한다. "이 신사상이 장차 조선 고유 이념으로 뿌리내려 그 뿌리를 바탕으로 새로운 문화의 꽃을 피워 가리라는 사실은 이제 누구나 짐작할 수 있게 되었다."

이처럼 새로운 생각이 싹트게 되면서 꼭 중국식으로 생각하고, 중국 문체와 중국 화풍을 따를 필요가 없게 되었다. 우리를 자각하고 문화적 자존심이 상승하면서 우리는 문화 전반에 조선의 고유색을 드러내기 시작했다. 두주불사 송강 정철이 한글로 시를 짓고, 떡 썰기의 대가를 어머니로 두었던 석봉 한호는 구양순과 양진경체를 능가하는 조선 고유 서체 석봉체를 이룬다. 인조반정은 이상 사회를 향한 조선 성리학파의 승부수였는데, 그 이후 조선 찾기가 더욱 맹렬하게 펼쳐졌다. 서포 김만중이 《구운몽》과 《사씨남정기》를 한글로 썼다. 사천 이병연이 우리 산천을 진경시에 담았고, 겸재 정선이 이를 그림으로 표현하며 진경산수를 완성했다. 영조에 이르러 드디어 단원 김홍도, 긍재 김득신, 혜원 신윤복이 등장했다. 이들이 정조까지 진경시대의 꽃을 활짝 피웠던 것이다.

생활 밑바닥에서 발굴해 낸 창조적 상상력

K컬처 역시 저절로 이뤄졌을 리 없다. 일본의 지독한 식민지 문화 동화 정책 속에서도 명창 이화중선의 한 많은 목소리가 설움을 달랬다. 평안도의 백석, 함경도의 이용악이 있었다. 피란지 부산의 뒷골목에서 거문고 소리에 이끌린 황병기가 있었다. 이들은 기적같이 한국어와 우리 소리의 명맥을 이었다. 해방 이후 물밀듯이 몰려온 서구 문화 역시 우리 것으로 담아냈다. 대중문화가 놀랍게 분출되는 가운데 한국식으로 록을 해석한 신중현이 있었다. 자유를 향한 목마름으로 우리 문화예술은 전진했다. 우리에겐 우리 고유색을 담은 새것이 필요했다. 예술인은 시대와 함께 호흡했고, 대중은 박수를 보냈다. K컬처의 오늘이 있기까지, 두 거인의 큰 발자국을 기억하지 않을 수 없다. 이어령 선생과 김대중 대통령이다.

1988년 서울올림픽 개막식의 굴렁쇠 소년은 국내뿐 아니라 전 세계 사람들에게 감동을 안겼다. 이어령 선생의 굴렁쇠는 그 자체로 훌륭한 기획이었지만, 이를 보고 자란 세대에게 우리 문화가 세계적으로 통한다는 걸 실감하는 절호의 기회였다. 굴렁쇠의 숨은 얘기가 듣고 싶다는 물음에 선생은 옛사람들이 해 온

대로 한 것이라며, 초록색 잔디 위에 붓 대신 굴렁쇠를 굴리는 아이의 움직임으로 그림을 그렸던 것이라고 답했다(김민희 묻고 이어령 답하다, 〈채우지 말고 비워라〉, 《이어령, 80년 생각》). 이후 2004년 아테네 올림픽 개막식에서는 호수(에게해) 위로 종이배를 탄 소년이 등장하는데, 이 퍼모먼스의 기획자는 '굴렁쇠 소년에서 영감을 받았다'고 고백했다.

이어령 선생의 탁월함은 창조적 상상력을 생활 밑바닥에서 발굴해 낸 것이다. "우리 어렸을 때를 생각해 봐요. 팽이 돌리고 자치기하고 마당에서 뛰놀면서 인생과 예술을 배웠잖아. 문화는 그런 거지. 일상 속에 스며 있는 작은 감동과 아름다움." 선생은 콩을 하나씩 집어 먹는 젓가락질에서 짝의 문화, 남을 배려하는 문화를 찾아내고, 무엇이든 쌀 수 있는 보자기를 통해 틀이 없이 수용하는 문화를 발견한다. 저 밑바닥에 있던 우리 것, 그것으로 생긴 자부심이 얼마나 생명력이 질길지, 조금만 생각해 봐도 알게 되지 않을까 싶다. 한류의 저력도 밑에서부터 생겨난 것이기에 멀리 갈 수 있었을 것이다.

2022년 2월 이어령 선생이 타계하셨을 때, 문재인 대통령은 "이어령 선생님은 우리 문화의 발굴자이고, 전통을 현실과 접목하여 새롭게 피워 낸 선구자"라 칭했다. "우리가 우리 문화를 더 깊이 사랑하게 된 데는 선생님의 공이 컸"다라는 애도 메시지를 남겼다. 문화예술인들과 함께 국민 모두 같은 마음이었을 것이다.

문화예술의 든든한 뒷배, 민주주의

김대중 대통령의 문화예술에 대한 혜안은 실로 놀랍다. 1966년 7월, 김 대통령은 "문화인들의 자율"을 강조했다. 국회에서의 공식적인 발언이었다. 일찍부터 '국민의정부' 핵심 문화정책이 될 '지원은 하되 간섭은 하지 않는다'는 입장이 탄생했고, 항상 굳건했다. 1995년 1월,《신동아》기고에서는 문화 개방과 교류에 대한 자신감을 피력한다. 김 대통령이 재임 시절 일본 문화 개방을 선언했을 때의 야단법석과 이후 한류의 발전을 생각해 보면 얼마나 우리 문화에 대한 믿음이 컸는지 짐작해 볼 수 있다. 김 대통령은 문화예술의 경제적 측면에도 관심이 지대했다. 실제로 문화산업을 연 개척자이기도 하다. 이는 1998년 10월 '98 문화의 날, 21세기 세계 일류 문화국가를 향하여'라는 연설로 구체화한다. 문화예술 지원, 문화관광산업 진흥을 중심으로 한 역사적 문화 정책의 시작이었다.

우리 문화에 대한 김대중 대통령의 믿음이 어디에서 기인하는지 항상 궁금했다. 그 궁금증은 김 대통령이 정치 일선에서 물러나 오랜 시간이 흐른 2005년 9월, '김대중 컨벤션센터 개관식'에서 한 격려사를 통해 풀리게 된다.

한류의 발전은 오늘의 우리가 이룩한 민주화와 밀접한 관계가 있습니다. 우리를 지배하던 중국과 일본이 이제 우리 문화를 수용하게 된 기적과 같은 사실은 한국의 민주주의가 자신의 희생

속에 국민이 쟁취한 자생적 민주주의라는 데 있습니다.

'진경시대'를 연 조선성리학처럼 민주주의는 K-컬처의 든든한 배경이다. 민주주의와 함께 성장한 우리 국민의 수준 높은 문화 의식 역시 K-컬처의 강력한 동력이 아닐 수 없다. 민주주의와 자율의 상관관계, 표현의 자유와 이를 적절히 수용하는 국민의 성숙함, 마치 자연스러운 감정을 표현해도 덕성이 성장할 수있다 말한 율곡의 기발이승설이 현대적으로 부활한 것 같다.

2022년 임기 중 마지막 3·1절을 앞두고 문재인 대통령이 특별 주문을 한다. 코로나 상황에서도 K컬처가 경제에서 효자 노릇을 하고 있을 때였다. "이번 3·1절에 꼭 대한민국 문화예술의 성과를 담자. 백범 김구 선생의 한을 풀어 드린 기분이다." 대통령의 말을 들으며 매우 감격한 마음으로 대통령 집무실을 나왔던 기억이 새롭다.

대한민국임시정부의 주석 백범 김구 선생도 "오직 한없이 가지고 싶은 것은 문화의 힘이다. 문화의 힘은 우리 자신을 행복하게 하고, 나아가서 남에게 행복을 주기 때문이다"라고 했습니다. 까마득한 꿈처럼 느껴졌던 일입니다. 그러나 오늘 우리는 해내고 있습니다. 우리 문화예술은 전통과 현대 문화를 한국이라는 그릇에 함께 담아 새롭게 변화시켰습니다. 한 세기 전, 선열들이 바랐던 꿈을 이뤄내고 세계를 감동시키고 있습니다. (…) 각 분야 문화예술인들의 열정과 혼이 어우러진 결과입니다. 우리 문화예술을 이처럼 발전시킨 힘은 단연코 민주주의입니다. 차별하고 억압하지 않는 민주주의가 문화예술의 창의력과 자유로운 상상력에 날개를 달아 주었습니다. 첫 민주 정부였던 김대중 정부는 자신감을 가지고 일본 문화를 개방했습니다. 우리 문화예술은 다양함 속에서 힘을 키웠고, 오히려 일본 문화를 압도할 정도로 경쟁력을 갖게 되었습니다. 영국 월간지 《모노클》은 우리의 소프트파워를 독일에 이은 세계 2위에 선정했습니다. 우리 문화예술의 매력이 우리의 국제적 위상을 크게 높여 주고 있다는 사실을 저는 순방 외교 때마다 확인할 수 있었습니다. 지원하되 간섭하지 않는 것은 역대 민주 정부가 세운 확고한 원칙입니다. 창작과 표현의 자유는 민주주의 안에서 넓어지고 강해집니다. 우리의 민주주의가 전진을 멈추지 않는다면 우리 문화예술은 끊임없이 세계를 감동시킬 것입니다. 우리에게 큰 자부심을 주고 있는 문화예술인들과 문화예술을 아껴주신 국민께 한없는 경의를 표합니다.

—문재인, 〈제103주년 3·1절 기념식〉, 2022년 3월 1일

우리 문화 전통에 대한 자긍심과 민주 정부의 문화 정책 성과는 오늘 'K컬처의 대한민국 진경시대'를 열고 있다. 방탄소년단(BTS)은 연이어 빌보드 순위 1위를 지키는 최초의 기록을 세웠고, 영화 〈기생충〉은 칸영화제와 아카데미를 석권했다. 우리의 게임·웹툰·애니메이션이 세계의 사랑을 받고, 〈오징어 게임〉 등 드라마가 연속 홈런을 쳤다. 이수지 그림책 작가의 한스 크리스티안 안데르센 상 수상과, 클래식 음악과 발레 같은 서양 예술

분야에서 한국 예술가들이 받은 격찬도 빼놓을 수 없다. 늦었지만, 2020년 12월부터는 예술인과 예술인을 고용하는 사업장의 공동 기금으로 운영되는 예술인 고용보험제도가 시행되고 있다. 가난과 궁핍을 예술혼으로 삼는다지만, 국가가 예술인의 최소한의 생계를 보장하는 건 그동안 대한민국 문화예술이 이뤄놓은 성과에 대한 당연한 응답이다.

망각에서 우리를 일깨우는 힘

문화예술은 축적된다. 위대한 작품이 어느 날 난데없이 태어날 수 없다. 문화예술인들의 피나는 고통이 하루하루 거듭되며 국민 전체의 높은 안목과 만나 세상에 등장한다. 우리 문화예술이 시대의 아픔과 요구를 외면하지 않았고, 국민을 위로하며 거친 오솔길을 앞서 걸었던 것은 남다른 자긍이다.

국가 추념식에서 대통령이 문화예술인들에게 감사를 표한 건 문재인 대통령이 처음이 아닐까 싶다. 2018년 제70주년 4·3 희생자 추념식에서 문 대통령은 "때로는 체포와 투옥으로 이어졌던 예술인들의 노력"이 "4·3이 딘지 과거의 불행한 사건이 아니라 현재를 사는 우리의 이야기임을 알려 주었습니다"라고 전했다. 그때 비로소 우리 문화예술의 노고가 역사 속으로 녹아들었다. 소설가 현기영의 《순이 삼촌》, 김석범의 《까마귀의 죽음》과 《화산도》, 이산하 시인의 《한라산》, 강요배 화백의 《동백꽃

지다》, 조성봉 감독의 다큐멘터리영화 〈레드헌트〉, 오멸 감독의 영화 〈지슬〉, 임흥순 감독의 〈비념〉, 김동만 감독의 〈다랑쉬굴의 슬픈 노래〉, 고 김경률 감독의 〈끝나지 않은 세월〉, 가수 안치환의 노래 〈잠들지 않는 남도〉가 대통령의 연설에 담겼다. 고단한 삶을 견디며 망각에서 우리를 일깨워 준 문화예술인에 대한 깊은 존경의 마음이었다.

어느 날, 문재인 대통령의 독서 목록에서 발견한 《오주석의 한국의 미 특강》이 정치 세계에서 돌아서려는 내 발길을 붙잡았다. 한국 정치의 가파른 벼랑에서 붙잡을 것이 생긴 기분이었다.

4·3 생존희생자와 유가족 여러분, 제주 도민 여러분!

돌담 하나, 떨어진 동백꽃 한 송이, 통곡의 세월을 간직한 제주에서 이 땅에 봄은 있느냐, 여러분은 70년 동안 물었습니다. 저는 오늘 여러분께 제주의 봄을 알리고 싶습니다. 비극은 길었고 바람만 불어도 눈물이 날 만큼 아픔은 깊었지만 유채꽃처럼 만발하게 제주의 봄은 피어날 것입니다. 여러분이 4·3을 잊지 않았고 여러분과 함께 아파한 분들이 있어 오늘 우리는 침묵의 세월을 딛고 이렇게 모일 수 있었습니다.

혼신의 힘을 다해 4·3의 통한과 고통, 진실을 알려 온 생존희생자와 유가족, 제주 도민들께 대통령으로서 깊은 위로와 감사의 말씀을 드립니다.

존경하는 제주 도민 여러분, 국민 여러분!

70년 전 이곳 제주에서 무고한 양민들이 이념의 이름으로 희생당했습니다. 이념이라는 것을 알지 못해도 도둑 없고, 거지 없고, 대문도 없이 함께 행복할 수 있었던 죄 없는 양민들이 영문도 모른 채 학살을 당했습니다. 1948년 11월

17일 제주도에 계엄령이 선포되고 중산간마을을 중심으로 초토화 작전이 전개되었습니다. 가족 중 한 사람이라도 없으면 도피자 가족이라는 이유로 죽임을 당했습니다. 중산간마을의 95퍼센트 이상이 불타 없어졌고 마을 주민 전체가 학살당한 곳도 있습니다. 1947년부터 1954년까지 당시 제주 인구의 10분의 1인 3만 명이 죽은 것으로 추정됩니다.

이념이 그은 삶과 죽음의 경계선은 학살터에만 있지 않았습니다. 한꺼번에 가족을 잃고도 폭도의 가족이라는 말을 듣지 않기 위해 숨죽이며 살아야 했습니다. 고통은 연좌제로 대물림되기도 했습니다. 군인이 되고 공무원이 되어 나라를 위해 일하고자 하는 자식들의 열망을 제주의 부모들은 스스로 꺾어야만 했습니다. 4·3은 제주의 모든 곳에 서려 있는 고통이었지만 제주는 살아남기 위해 기억을 지워야만 하는 섬이 되었습니다.

그러나 말 못 할 세월 동안 제주 도민들의 마음속에서 진실은 사라지지 않았습니다. 4·3을 역사의 자리에 바로 세우기 위한 눈물 어린 노력도 끊이지 않았습니다. 1960년 4월 27일 관덕정광장에서 "잊어라, 가만히 있어라"고 강요하는 불의한 권력에 맞서 제주의 청년·학생들이 일어섰습니다. 제주의 중·고등학생 1,500여 명이 3·15 부정선거 규탄과 함께 4·3의 진실을 외쳤습니다. 그해 4월의 봄은 얼마 못 가 5·16

군부 세력에 의해 꺾였지만 진실을 알리려는 용기는 사라지지 않았습니다. 수많은 4·3 단체들이 기억의 바깥에 있던 4·3을 끊임없이 불러냈습니다. 제주 4·3연구소, 제주 4·3도민연대, 제주민예총 등 많은 단체들이 4·3을 보듬었습니다.

4·3을 기억하는 일이 금기였고 이야기하는 것 자체가 불온시되었던 시절 4·3의 고통을 작품에 새겨 넣어 망각에서 우리를 일깨워 준 분들도 있었습니다. 유신독재의 정점이던 1978년 발표한 소설가 현기영의 《순이 삼촌》, 김석범 작가의 《까마귀의 죽음》과 《화산도》, 이산하 시인의 장편 서사시 《한라산》, 3년간 50편의 4·3 연작을 완성했던 강요배 화백의 《동백꽃 지다》, 4·3을 다룬 최초의 다큐멘터리 영화 조성봉 감독의 〈레드헌트〉, 오멸 감독의 영화 〈지슬〉, 임흥순 감독의 〈비념〉과 김동만 감독의 〈다랑쉬굴의 슬픈 노래〉, 고(故) 김경률 감독의 〈끝나지 않는 세월〉, 가수 안치환의 노래 〈잠들지 않는 남도〉. 때로는 체포와 투옥으로 이어졌던 예술인들의 노력은 4·3이 단지 과거의 불행한 사건이 아니라 현재를 사는 우리의 이야기임을 알려 주었습니다.

드디어 우리는 4·3의 진실을 기억하고 드러내는 일이 민주주의와 평화, 인권의 길을 열어 가는 과정임을 알게 되었습니다. 제주 도민과 함께 오래도록 4·3의 아픔을 기억하고 알려 준 분들이 있었기에 4·3은 깨어났습니다. 국가 폭력으로 말미암은 그 모든 고통과 노력에 대해 대통령으로서 다시 한번 깊이 사과드리고 또한 깊이 감사드립니다.

4·3 생존희생자와 유가족 여러분, 국민 여러분!

민주주의의 승리가 진실로 가는 길을 열었습니다. 2000년 '국민의 정부'는 4·3진상규명특별법(「제주 4·3사건 진상규명 및 희생자 명예 회복에 관한 특별법」)을 제정하고 4·3위원회(제주 4·3사건 진상규명 및 희생자 명예 회복 위원회)를 만들었습니다. 노무현 대통령은 대통령으로서 처음으로 4·3에 대한 국가의 책임을 인정하고 위령제에 참석해 희생자와 유족, 제주 도민께 사과했습니다.

저는 오늘 그 토대 위에서 4·3의 완전한 해결을 향해 흔들림 없이 나아갈 것을 약속합니다. 더 이상 4·3의 진상 규명과 명예 회복이 중단되거나 후퇴하는 일은 없을 것입니다. 그와 함께 4·3의 진실은 어떤 세력도 부정할 수 없는 분명한 역사의 사실로 자리를 잡았다는 것을 선언합니다. 국가권력이 가한 폭력의 진상을 제대로 밝혀 희생된 분들의 억울함을 풀고 명예를 회복하도록 하겠습니다. 이를 위해 유해 발굴 사업도 아쉬움이 남지 않도록 끝까지 계속해 나가겠습니다. 유족들과 생존희생자들의 상처와 아픔을 치유하기 위한 정부 차원의 조치에 최선을 다하는 한편, 배·보상과 국가트

라우마센터 건립 등 입법이 필요한 사항은 국회와 적극 협의하겠습니다. 4·3의 완전한 해결이야말로 제주 도민과 국민 모두가 바라는 화해와 통합, 평화와 인권의 확고한 밑받침이 될 것입니다.

제주 도민 여러분, 국민 여러분!

지금 제주는 그 모든 아픔을 딛고 평화와 생명의 땅으로 부활하고 있습니다. 우리는 오늘 4·3 영령들 앞에서 평화와 상생은 이념이 아닌 오직 진실 위에서만 바로 설 수 있다는 사실을 다시 확인하고 있습니다.

좌와 우의 극렬한 대립이 참혹한 역사의 비극을 낳았지만 4·3 희생자들과 제주 도민들은 이념이 만든 불신과 증오를 뛰어넘었습니다. 고(故) 오창기 님은 4·3 당시 군경에게 총상을 입었지만, 6·25 한국전쟁이 발발하자 해병대 3기로 자원입대해 인천상륙작전에 참전했습니다. 아내와 부모, 장모와 처제를 모두 잃었던 고(故) 김태생 님은 애국의 혈서를 쓰고 군대에 지원했습니다. 4·3에서 빨갱이로 몰렸던 청년들이 죽음을 무릅쓰고 조국을 지켰습니다.

이념은 단지 학살을 정당화하는 명분에 불과했습니다. 제주 도민들은 화해와 용서로 이념이 만든 비극을 이겨 냈습니다. 제주 하귀리에는 호국영령비와 4·3희생자위령비를 한 자리에 모아 위령단을 만들었습니다. '모두 희생자이기에 모두 용서한다'는 뜻으로 비를 세웠습니다. 2013년에는 가장 갈등이 컸던 4·3유족회와 제주경우회가 조건 없는 화해를 선언했습니다. 제주 도민들이 시작한 화해의 손길은 이제 전 국민의 것이 되어야 합니다.

저는 오늘 이 자리에서 국민께 호소하고 싶습니다. 아직도 4·3의 진실을 외면하는 사람들이 있습니다. 아직도 낡은 이념의 굴절된 눈으로 4·3을 바라보는 사람들이 있습니다. 아직도 대한민국에는 낡은 이념이 만들어 낸 증오와 적대의 언어가 넘쳐 납니다. 이제 우리는 아픈 역사를 직시할 수 있어야 합니다. 불행한 역사를 직시하는 것은 나라와 나라 사이에서만 필요한 일이 아닙니다. 우리 스스로도 4·3을 직시할 수 있어야 합니다. 낡은 이념의 틀에 생각을 가두는 것에서 벗어나야 합니다.

이제 대한민국은 정의로운 보수와 정의로운 진보가 정의로 경쟁해야 하는 나라가 되어야 합니다. 공정한 보수와 공정한 진보가 공정으로 평가받는 시대여야 합니다. 정의롭지 않고 공정하지 않다면 보수든 진보든 어떤 깃발이든 국민을 위한 것이 될 수 없을 것입니다. 삶의 모든 곳에서 이념이 드리웠던 적대의 그늘을 걷어 내고 인간의 존엄함을 꽃피울 수 있도록 모두 함께 노력해 나갑시다. 그것이 오늘 제주의 오름들이 우리에게 들려주는 이야기입니다.

4·3 생존희생자와 유가족 여러분, 국민 여러분!

4·3의 진상 규명은 지역을 넘어 불행한 과거를 반성하고 인류의 보편 가치를 되찾는 일입니다. 4·3의 명예 회복은 화해와 상생, 평화와 인권으로 나아가는 우리의 미래입니다. 제주는 깊은 상흔 속에서도 지난 70년간 평화와 인권의 가치를 외쳐 왔습니다. 이제 그 가치는 한반도의 평화와 공존으로 이어지고, 인류 전체를 향한 평화의 메시지로 전해질 것입니다. 항구적인 평화와 인권을 향한 4·3의 열망은 결코 잠들지 않을 것입니다. 그것은 대통령인 제게 주어진 역사적인 책무이기도 합니다.

오늘의 추념식이 4·3 영령들과 희생자들에게 위안이 되고, 우리 국민에게는 새로운 역사의 출발점이 되길 기원합니다.

여러분, 제주에 봄이 오고 있습니다.
감사합니다.

8장

체르노빌, 후쿠시마, 그리고 월성

증언하고 싶다. 내 딸은 체르노빌 때문에 죽었다. 그런데 그들은 우리가 침묵하기를 원한다. 아직 과학적으로 증명이 안 됐다고, 정보가 충분히 수집되지 않았다고 한다. 수백 년 더 기다려야 한단다. 하지만 나의 인생은 그렇게 길지 않다. 나는 못 기다린다. 적어두었으면 한다. 당신들이라도 적어 두었으면…. 내 딸의 이름은 카탸였다. 카튜센카 …. 일곱 살에 사망했다.

—스베틀라나 알렉시예비치, 〈망자의 땅〉, 《체르노빌의 목소리》,
김은혜 옮김, 새잎, 2011

죽은 나무 아래서 자지 않는다

요동, 굉음, 붕괴, 어둠, 비명, 폐허…. 숨이 차다. 절망의 단어들이 동시에 왔다. 먼 곳, 튀르키예의 지진이 허파를 짓누른다. 가혹한 상황이다. 죽음의 숫자가 커질수록 마음이 무뎌진다. 춤고 고립된 공간으로 들어가 본다. 시선을 마주할 수 없다. 괴베클리 테페(최초의 신전)의 붕괴 소식도 아찔하다. 이유와 책임을 물을 수 없는, 절망적 상황. 피해의 진실로부터 멀어지고 싶다. 애도를 보내 보지만, 스스로 몸서리친다. 나는 얼마나 왜소한가.

일본 언론 《NHK》와 《요미우리신문》이 사회관계망서비스(SNS)로 올라온 내용을 보도한다. "원자력발전소가 폭발했다." 튀르키예 정부는 즉시 허위 정보라고 발표한다. 국제원자력기구(IAEA)는 트위터에 글을 올렸다. "현지 원자력 당국에 따르면 튀르키예에서 건설 중인 원전은 지금까지 지진의 영향을 받지 않았습니다." 지금까지…. 일단 안심된다. 그래도 한편, 공감 능력 떨어진 이들의 한갓 장난일까, 의심한다. 그저 거짓이라 일축할 일은 아닌 듯하다. 그 배후를 짐작해 본다.

① 《세계핵뉴스》는 튀르키예 아쿠유에 조성 중인 원전에 지진 규모 3에 해당하는 흔들림이 감지됐다고 보도했다. 진앙지에서 직선거리로 360킬로미터밖에 떨어지지 않은 곳이다.

② "오늘날 거의 30개국에서 443기의 원자력발전소가 가동 중이다. 미국 104기, 프랑스 58기, 일본 55기, 러시아 31기, 한국에 21기가 있다. 종말을 앞당기는 데 충분한 개수다. 그중 20퍼센트가 지진 위험 지역에 있다."(스베틀라나 알렉시예비치)

③ 일본 난카이 해구에서 규모 8~9의 대지진이 30년 안에

일어날 확률이 70퍼센트 이상이라 한다. 지진에 따른 쓰나미로 최대 32만 명이 숨질 것이라 예상한다. (튀르키예에 지진 관련 유언비어는 영어와 일어로 퍼져 나가고 있었다.)

④ 세계적인 문화인류학자인 재레드 다이아몬드는 뉴기니 부족을 관찰하여 그 내용을 《어제까지의 세계》에 소개한다. 그들은 나무 아래에서 잠을 자지 않는 신중한 자세로 위험을 줄인다. 사실 죽은 나무 아래 천막을 설치한다고 그날 그 나무가 쓰러질 가능성은 매우 희박하다. 그러나 긴 안목에서 보면, 그런 편집증은 건설적이라고 다이아몬드는 말한다.

지진은 천재지변이지만, 원전 사고는 인재다. 누구나 미리 걱정할 수 있다. 과민 반응이 아니다. 지진은 신에게 의지해야 납득되지만, 원전 사고는 원인 규명으로 납득할 수 있다. 누구나 사고의 이유를 물을 수 있고 대책 세우기에 참여할 자격이 있다. 걱정에 따른 과민 반응은 가짜뉴스라 폄훼할 수 없다.

'증언 불가능한' 참사에 맞서 우리가 할 일

그런데 쉽지 않다. 원전은 전문가의 영역이다. 견고한 성을 쌓았다. 분석과 발표는 늘 일방적이며, 동시에 모호하다. "최소한 지금까지 방사선 피폭으로 인한 인명 피해는 과학적으로 확인된 바가 없다"라는 식이다. 갑상샘암과 관련한 대답은 아예 매뉴얼이 되어 있다. "지난 10년간 어린이들 사이에서 갑상샘암 이 증가한 이유는 높아진 방사능과는 관련이 없고 철저하고 정교화된 검사가 증가한 탓이다."(유엔과학위원회 사전 보고) 코로나19 검사를 많이 해서 미국에 확진자가 많은 것이라는, 당시 도널드 트럼프 미국 대통령의 주장이 그런 식이었다. "원전 주변에 살면서 갑상샘암에 걸렸다고 해도 그게 꼭 원전 때문이라고 볼 수 있느냐."(월성원전 갑상샘암 주민소송 1심 판결) 체르노빌과 후쿠시마는 물론이고 월성원전까지 같은 말이 반복된다.

참으로 대단한 방어막이다. 주민들은 탄식한다. "기약이 없어. 우야노, 자리를 여기 앉았으니 핵도 먹고 사는데."(포항MBC 다큐멘터리 〈새어 나온 비밀〉) 원전 피해자의 증언은 이렇게 담장 안에서 맴돌다가, 어느새 자기 탓으로 바뀐다. "약값이라도 받고 싶다." 이해하려고 애쓰느니 운명에 순종하게 된 것이다. 이런 '증언 불가능성'에 대해서는, 문명 야만성으로서의 홀로코스트와 핵을 비교한 재일동포 작가 서경식이 탁월한 견해를 내놓았다.

2011년 3월 12일 후쿠시마 제1원전이 폭발했을 때, 서경식은 도쿄에 있었다. 사고 지역에서 대략 200킬로미터 떨어진 거리다. 해외의 지인들이 빨리 대피하라고 메일을 보내 왔지만 서경식은 움직이지 않았다. 홀로코스트의 위기가 닥쳐오는 것을 알면서도 망명하지 않았던 유대인을 떠올리면서 말이다. 당시 일본 정부가 30킬로미터 밖까지 대피하라 할 때, 미국 정부는 자국민들에게 80킬로미터 밖으로 피난하라고 명령했다. 나중에 알려진 사실이다. 도쿄까지 직접적 영향이 미치지 않은 것도 단지 우연에 불과했다. 서경식은 궁금하다. 자신도, 도쿄의 사람들도 왜 피신하지 않았을까, 어떻게 아무렇지도 않게 생활할 수 있었을까. 서경식은 이렇게 분석한다.

> 위험한 지역에 그대로 머무르는 사람들은 스스로 위로받기 위해 '만들어진 위로의 진실'에 매달리려는 경향이 있다. 현장에서 거리가 떨어진 이들은 상상력을 발휘할 수 없고, 거리가 가까운 이들은 '고통스러운 진실'에서 눈을 돌린다. 나는 이런 현상을 '동심원의 패러독스'라고 부른 적이 있다. 현장에서 동심원상으로 멀어질수록 사고 혹은 사고 가능성에 대해 상상하기 어려워진다. (…) 이런 구조는 진상을 은폐하고 피해를 경시하게 만든다. 또한 책임을 회피하고 이윤이나 잠재적 군사력 보유를 위해 원전을 유지하려는 사람들, "치명적인 천둥의 방자한 관리인들"을 이롭게 할 따름이다.
>
> —서경식, 〈증언불가능성의 현재〉, 《시의 힘》, 현암사, 2015

체르노빌은 노심을 석관으로 봉인한 채 지구의 시간에 숙제를 넘겼다. 후쿠시마에서는 여전히 소량의 방사성 낙진이 뿜어져 나온다. 월성원전에서는 삼중수소 누출이 확인됐다. 그래도 역부족이다. 안전하고, 깨끗하고, 값싸다는 원자력의 주장은 철옹성이다. 서경식의 분석처럼, "피해의 진원지에서 멀리 떨어진 사람일수록 피해의 진실에 스스로 상상력을 발휘하도록 노력하고, 피해의 진원지에 가까운 이들일수록 용기를 내어 가혹한 진실을 직시해야만 한다". 더없이 힘든 일이지만, 과민 반응해야 할 일이다. 이 시대 우리의 과제다.

'평화를 위한 핵'이라는 신화

문재인 대통령이 나섰다. 상상력을 발휘했다. 일각의 지적처럼, 환경론자들의 손을 들어 주고 원자력산업에 철퇴를 가한 일이 절대 아니다. 피해를 막기 위한 현실적 대안을 마련하고 사고를 미연에 방지할 수 있다면 반드시 해야 할 일이다. 정쟁, 권력 투쟁과는 아예 인연이 없는 일이다. 그래야만 한다. 대통령은 2017년 6월 19일 '원자력발전소 고리 1호기 영구 정지 선포식'에서 다음과 같이 말했다.

지난해 9월 경주 대지진은 우리에게 큰 충격이었습니다. 진도 5.8, 1978년 기상청 관측 시작 이후 한반도에서 발생한 가장 강한 지진이었습니다. 다행히 사망자는 없었지만 스물세 분이 다쳤고, 총 110억 원의 재산 피해가 발생했습니다. 경주 지진의 여진은 지금도 계속되고 있습니다. 엿새 전에도 진도 2.1의 여진이 발생했고, 지금까지 9개월째 총 622회의 여진이 이어지고 있습니다. 우리는 그동안 대한민국은 지진으로부터 안전한 나라라고 믿어 왔습니다. 그러나 이제 대한민국이 더 이상 지진 안전지대가 아님을 인정해야 합니다. 우리는 당면한 위험을 직시해야 합니다. (…) 하지만 우리는 여전히 핵발전소를 늘려 왔습니다. 그 결과 우리나라는 전 세계에서 원전이 가장 밀집한 나라가되었습니다. 국토 면적당 원전 설비 용량은 물론이고 단지별 밀집도, 반경 30킬로미터 이내 인구수 모두 세계 1위입니다. 특히고리원전은 반경 30킬로미터 안에 부산 248만 명, 울산 103만명, 경남 29만 명 등 총 382만 명의 주민이 살고 있습니다. 월성원전도 130만 명으로 2위에 올라 있습니다. 후쿠시마 원전 사고당시 주민 대피령이 내려진 30킬로미터 안 인구는 17만 명이었습니다. 그러나 우리는 그보다 무려 22배가 넘는 인구가 밀집되어 있습니다. 그럴 가능성이 아주 낮지만 혹시라도 원전 사고가발생한다면 상상할 수 없는 피해로 이어질 수 있습니다.

대통령 연설 이후, 반대 진영에서 총력전이 벌어졌다. 데이터를 왜곡했다느니, 전기 요금이 오를 것이라느니. 급기야 현 정부는 탈원전 선언을 끌어내리고 탈원전 실무에 참여한 공무원들까지 구속했다. 파괴적이다. 멀쩡한 현실을 날조했다 하고 막무가내로 밀어붙이니, 국민이 진정 그렇게 믿을까 걱정이다. 무엇이 윤석열 정부를 저토록 인면수심의 탈안전 정부로 만들었을까. 그것을 지지하는 목소리는 도대체 무엇이란 말인가.
　일본의 시민과학자 다카기 진자부로는 원자력 선택에서 국민이 제외됐다는 것을 역설적으로 강조한다. "사회 전체로서도원자력을 선택했다는 것은 사고의 가능성까지도 선택했다는 것을 충분히 생각할 필요가 있다."(《원자력의 평화 이용이라는 신화》, 《원자력 신화로부터의 해방》) 원자력은 절대 안전하지 않다. 원전 관계자들은 사고 확률이 1000년에 한 번이라 주장한다. 아주 낮은 확률로 느껴지지만, 이것은 원자로 1기에 대한 확률이다. 지금 세계에는 400기 넘는 원자로가 있다. 1기당 1000년이면 곧 2.5년에 한 번, 어디선가 대형 사고가 난다는 말이다. 사고 대책 비용이 빠진 원자력 역시 당연히 싼값이 아니다. 원자력 사고는 반드시 일어날 수 있다는 것을 전제로 정직하게 공동 대안을 마련해야 한다.

"원자력은 처음부터 군사 이용, 즉 원자탄 개발을 위해 시작됐기 때문에 처음부터 군사적 성격을 띤다."(진자부로) "원전이 안전성 면에서나 비용 면에서나 도저히 맞지 않는 사업이라는 사실이 명확해졌음에도, 여전히 원전 유지를 고집하는 사람들이 뿌리 깊이 존재하고 있다. 그 고집스러움의 이유는 원전이 바로 잠재적 군사력이기 때문이다."(서경식) 우리 생각 이상으로 우리 주변은 핵으로 가득 차 있다. 중국·러시아·미국의 핵무기뿐 아니라 중국과 일본, 우리나라까지 수많은 원전이 있고 지금도 건설 중이다. 북한 역시 생존을 걸고 핵에 몰두한다.

더군다나 "무기 개발을 내세우지 않고 '원자력 연구'나 '상업 이용'을 내세워 비교적 소규모로 원자력 개발을 했던 나라들이 핵무기 보유국들로"(진자부로) 바뀌고 있다. 1960년대 이스라엘과 1970년대 인도, 1980년대 남아프리카와 1990년대 파키스탄 등이 그랬다. 핵무기 보유국은 국제적 제재에도 불구하고 더 많아지기만 한다. 미국의 아이젠하워 대통령이 원자력을 핵무기와 결부해 생각하는 연결고리를 끊고자 '아톰스 포 피스(atoms for peace)'를 강조하면서 본격화된 움직임이다. 아시아에서 인도나 파키스탄에 대항해 핵을 보유하는 국가가 더욱 늘어날 가능성이 크다. 북한은 하나의 사례에 지나지 않는다. 애초부터 국민 안전은 뒷전이었을지 모를 일이다. 원자력의 평화적인 이용이라는 신화는 이제 완전히 끝났다.

원전의 담 안을 들여다보기

고정관념은 나사와 같아서 시간이 지날수록 깊숙이 파고든다. 원전 사고를 보면서도 원전은 안전하고 핵 억제력이 평화를 가져온다고, 우리는 자신에게 위로되는 진실을 만들어 내고 있다. 그래서 아우슈비츠에서 살아남은 프리모 레비는 "극단적 나치들이 집집마다 습격을 감행할 때까지 사람들은 경고의 신호를 받아들이지 않고, 위험을 무시했다"라며(〈고정관념들〉, 《가라앉은 자와 구조된 자》) 안타까워했던 것이다.

우리는 원전의 담 안을 들여다봐야 한다. 고통스럽더라도 피해의 진실에 귀 기울여야 한다. 안전이 과연 우리 손안에 있는지, 핵무기에서 벗어날 수 있을지 치열하게 들여다봐야 한다. 보통 사람들에겐 무리한 일이다. 그러나 위험이 닥친 뒤 후회할수는 없다. 탈원전은 우리의 안전을 위한 출발이고, 본질적으로 평화로 가는 길이다. 10여 년에 걸쳐 체르노빌 피해자 100여 명을 인터뷰한 스베틀라나 알렉시예비치의 깨달음에서 시작할 수 있을 것 같다.

평화적 핵은 집집마다 있는 전구 같은 거라고 생각했다. 그때만 해도 군사적 핵과 평화적 핵이 쌍둥이라고 생각하는 사람이 없었다. 공범자라는 사실을⋯.

—스베틀라나 알렉시예비치, 같은 책

원자력발전소 고리1호기 영구 정지 선포식

—2017. 6. 19.

2017년 6월 19일 0시, 대한민국은 국내 최초 원전인 고리 1호기를 영구 정지했습니다. 1977년 완공 이후 40년 만입니다.

지난 세월 동안 고리 1호기는 대한민국 경제성장을 뒷받침했습니다. 가동 첫해인 1978년 우리나라 전체 발전 설비 용량의 9퍼센트를 감당했고, 이후 늘어난 원전으로 우리는 경제 발전 과정에서 크게 늘어난 전력 수요에 대응할 수 있었습니다. 고리 1호기는 우리나라 경제 발전의 역사와 함께 기억될 것입니다. 1971년 착공을 시작한 그때부터 지금까지 고리 1호기가 가동되는 동안 많은 분의 땀과 노력이 있었습니다. 자신의 청춘과 인생을 고리 1호기와 함께 기억하는 분들도 많으실 겁니다. 앞으로 고리 1호기를 해체하는 과정에서도 많은 분이 땀을 흘리게 될 것입니다.

이 자리를 빌려서 관계자 여러분의 노고를 치하하며, 특히 현장에서 고리 1호기의 관리에 애써 오신 분들께 깊이 감사드립니다.

존경하는 국민 여러분!

고리 1호기 가동 영구 정지는 탈핵 국가로 가는 출발입니다. 안전한 대한민국으로 가는 대전환입니다. 저는 오늘을 기점으로 우리 사회가 국가 에너지 정책에 대한 새로운 합의를 모아 나가기를 기대합니다.

그동안 우리나라의 에너지 정책은 낮은 가격과 효율성을 추구했습니다. 값싼 발전 단가를 최고로 여겼고 국민의 생명과 안전은 후순위였습니다. 지속 가능한 환경에 대한 고려도 경시되었습니다. 원전은 에너지의 대부분을 수입해야 하는 우리가 개발도상국가 시기에 선택한 에너지 정책이었습니다.

그러나 이제는 바꿀 때가 됐습니다. 국가의 경제 수준이 달라졌고, 환경의 중요성에 대한 인식도 높아졌습니다. 국민의 생명과 안전이 무엇보다 중요하다는 것이 확고한 사회적 합의로 자리 잡았습니다. 국가의 에너지 정책도 이러한 변화에 발맞춰야 합니다.

방향은 분명합니다. 국민의 생명과 안전, 건강을 위협하는 요인을 제거해야 합니다. 지속 가능한 환경, 지속 가능한 성장을 추구해야 합니다. 국민 안전을 최우선으로 하는 청정 에너지 시대! 저는 이것이 우리의 에너지 정책이 추구할 목표라고 확신합니다.

대통령의 독서

지난해 9월 경주 대지진은 우리에게 큰 충격이었습니다. 진도 5.8, 1978년 기상청 관측 시작 이후 한반도에서 발생한 가장 강한 지진이었습니다. 다행히 사망자는 없었지만 스물세 분이 다쳤고, 총 110억 원의 재산 피해가 발생했습니다. 경주 지진의 여진은 지금도 계속되고 있습니다. 엿새 전에도 진도 2. 1의 여진이 발생했고, 지금까지 9개월째 총 622회의 여진이 이어지고 있습니다. 우리는 그동안 대한민국은 지진으로부터 안전한 나라라고 믿어 왔습니다. 그러나 이제 대한민국이 더 이상 지진 안전지대가 아님을 인정해야 합니다. 우리는 당면한 위험을 직시해야 합니다.

특히 지진으로 인한 원전 사고는 너무나 치명적입니다. 일본은 세계에서 지진에 가장 잘 대비해 온 나라로 평가받았습니다. 그러나 2011년 발생한 후쿠시마(福島) 원전 사고로 2016년 3월 현재 총 1,368명이 사망했고, 피해 복구에 총 220조 원이라는 천문학적 예산이 들 것이라고 합니다. 사고 이후 방사능 영향으로 인한 사망자나 암 환자 발생 수는 파악조차 불가능한 상황입니다. 후쿠시마 원전 사고는 원전이 안전하지도 않고, 저렴하지도 않으며, 친환경적이지도 않다는 사실을 분명히 보여 주었습니다.

그 이후 서구 선진 국가들은 빠르게 원전을 줄이면서 탈핵을 선언하고 있습니다. 하지만 우리는 여전히 핵발전소를 늘려 왔습니다. 그 결과 우리나라는 전 세계에서 원전이 가장 밀집한 나라가 되었습니다. 국토 면적당 원전 설비 용량은 물론이고 단지별 밀집도, 반경 30킬로미터 이내 인구수 모두 세계 1위입니다.

특히 고리원전은 반경 30킬로미터 안에 부산 248만 명, 울산 103만 명, 경남 29만 명 등 총 382만 명의 주민이 살고 있습니다. 월성원전도 130만 명으로 2위에 올라 있습니다. 후쿠시마 원전 사고 당시 주민 대피령이 내려진 30킬로미터 안 인구는 17만 명이었습니다. 그러나 우리는 그보다 무려 22배가 넘는 인구가 밀집되어 있습니다. 그럴 가능성이 아주 낮지만 혹시라도 원전 사고가 발생한다면 상상할 수 없는 피해로 이어질 수 있습니다.

존경하는 국민 여러분!

저는 지난 대선에서 안전한 대한민국을 약속드렸습니다. 세월호 이전과 이후가 전혀 다른 대한민국을 만들겠다고 약속했습니다. 안전한 대한민국은 세월호 아이들과 맺은 굳은 약속입니다. 새 정부는 원전 안전성 확보를 나라의 존망이 걸린 국가안보 문제로 인식하고 대처하겠습니다. 대통령이 직접 점검하고 챙기겠습니다. 원자력안전위원회를 대통령 직속 위원회로 승격하여 위상을 높이고 다양성과 대표성, 독립성을 강화하겠습니다.

원전 정책도 전면적으로 재검토하겠습니다. 원전 중심의 발전 정책을 폐기하고 탈핵 시대로 가겠습니다. 준비 중인 신규 원전 건설 계획은 전면 백지화하겠습니다.

원전의 설계 수명을 연장하지 않겠습니다. 현재 수명을 연장하여 가동 중인 월성 1호기는 전력 수급 상황을 고려하여 가급적 빨리 폐쇄하겠습니다. 설계 수명이 다한 원전 가동을 연장하는 것은 선박 운항 선령을 연장한 세월호와 같습니다. 지금 건설 중인 신고리 5·6호기는 안전성과 함께 공정률과 투입 비용, 보상 비용, 전력 설비 예비율 등을 종합 고려하여 빠른 시일 내에 사회적 합의를 도출하겠습니다.

원전 안전 기준도 대폭 강화하겠습니다. 지금 탈원전을 시작하더라도 현재 가동 중인 원전의 수명이 다할 때까지는 앞으로도 수십 년의 시간이 더 소요될 것입니다. 그때까지 우리 국민의 안전이 끝까지 완벽하게 지켜져야 합니다. 지금 가동 중인 원전의 내진 설계는 후쿠시마 원전 사고 이후 보강되었습니다. 그 보강이 충분한지, 제대로 이루어졌는지 다시 한번 점검하겠습니다.

새 정부 원전 정책의 주인은 국민입니다. 원전 운영의 투명성도 대폭 강화하겠습니다. 지금까지 원전 운영 과정에서 크고 작은 사고가 있었고, 심지어는 원자로 전원이 끊기는 블랙아웃 사태가 발생하기도 했습니다. 그러나 과거 정부는 이를 국민에게 제대로 알리지 않고 은폐하는 사례도 있었습니다. 새 정부에서는 무슨 일이든지 국민의 안전과 관련되는 일이라면 국민께 투명하게 알리는 것을 원전 정책의 기본으로 삼겠습니다.

탈원전을 둘러싸고 전력 수급과 전기료를 걱정하는 산업계의 우려가 있습니다. 막대한 폐쇄 비용을 걱정하는 의견도 있습니다. 그러나 탈원전은 거스를 수 없는 시대의 흐름입니다. 수만 년 이 땅에서 살아갈 우리 후손을 위해 지금 시작해야만 하는 일입니다. 저의 탈핵·탈원전 정책은 핵발전소를 긴 세월에 걸쳐 서서히 줄여 가는 것이어서 우리 사회가 충분히 감당할 수 있습니다. 국민께서 안심할 수 있는 탈핵 로드맵을 빠른 시일 내에 마련하겠습니다.

존경하는 국민 여러분!

새 정부는 탈원전과 함께 미래 에너지 시대를 열겠습니다. 신재생에너지와 LNG 발전을 비롯한 깨끗하고 안전한 청정 에너지산업을 적극 육성하겠습니다. 4차 산업혁명과 연계하여 에너지산업이 대한민국의 새로운 성장 동력이 되도록 하겠습니다.

지금 세계는 에너지 전쟁을 벌이고 있습니다. 지구 온난화에 따른 이상고온, 파리기후협정 등 국제 환경 변화에 능동적으로 대처해야 합니다. 석유의 나라 사우디아라비아가 탈석유를 선언하고 국부 펀드를 만들어 태양광 같은 신재생에너지 사업에 힘을 쏟고 있습니다. 애플(Apple Inc.)도 태양광 전기 판매를 시작했고, 구글(Google Inc.)도 구글 에너지를 설립하고 태양광 사업에 뛰어든 지 오래입니다.

우리도 세계적 추세에 뒤떨어져서는 안 됩니다. 원전과 함께 석탄화력발전을 줄이고 천연가스발전 설비 가동률을 늘려 가겠습니다. 석탄화력발전소 신규 건설을 전면 중단하겠습니다. 노후화된 석탄화력발전소 10기에 대한 폐쇄 조치도 제 임기 내에 완료하겠습니다. 이미 지난 5월 15일 미세먼지 대책으로 30년 이상 된 노후 석탄화력발전소 8기를 일시 중단한 바 있습니다. 석탄화력발전을 줄여 가는 첫걸음을 이미 시작했습니다.

태양광·해상풍력산업을 적극 육성하고 4차 산업혁명에 대비한 에너지 생태계를 구축해 가겠습니다. 친환경 에너지 세제를 합리적으로 정비하고 에너지 고소비 산업 구조도 효율적으로 바꾸겠습니다. 산업용 전기 요금을 재편하여 산업

부문에서의 전력 과소비를 방지하겠습니다. 산업 경쟁력에 피해가 없도록 중장기적으로 추진하고 중소기업은 지원하겠습니다.

존경하는 국민 여러분!

오늘 고리 1호기 영구 정지는 우리에게 또 다른 기회입니다. 원전해체에 대한 노하우를 축적해 원전해체산업을 육성할 수 있는 계기가 되기 때문입니다. 원전해체는 많은 시간과 비용, 그리고 첨단 과학기술을 필요로 하는 고난도 작업입니다. 탈원전의 흐름 속에 세계 각국에서 원전해체 수요가 많이 발생하고 있습니다. 그러나 현재까지 원전해체 경험이 있는 국가는 미국·독일·일본뿐입니다. 현재 우리나라의 기술력은 미국 등 선진국의 80퍼센트 수준이며 원전해체에 필요한 상용화 기술 58개 중 41개를 확보하고 있습니다. 좀 더 서두르겠습니다. 원전해체 기술력 확보를 위해 동남권 지역에 관련 연구소를 설립하고 적극 지원하겠습니다. 대한민국이 원전해체산업 선도 국가가 될 수 있도록 정부는 노력과 지원을 아끼지 않겠습니다.

존경하는 국민 여러분!

우리는 지금 새로운 도전을 시작하고 있습니다. 익숙한

것과 결별하고 새로운 것을 창조해야 합니다. 국민의 생명과 안전을 지키면서 안정적인 전력 공급도 유지해야 합니다. 원전과 석탄화력을 줄여 가면서 이를 대체할 신재생에너지를 제때에 값싸게 생산해야 합니다.

국가 에너지 정책의 대전환, 결코 쉽지 않은 일입니다. 정부와 민간, 산업계와 과학기술계가 함께해야 합니다. 국민의 에너지 인식도 바뀌어야 합니다. 탈원전·탈석탄 로드맵과 함께 친환경 에너지 정책을 수립하겠습니다. 많은 어려움이 있을 것입니다. 그러나 분명히 가야 할 길입니다. 건강한 에너지, 안전한 에너지, 깨끗한 에너지 시대로 가겠습니다. 국민의 안전과 생명을 최고의 가치로 생각하는 안전한 대한민국을 만들겠습니다.

감사합니다.

9장

국민 한 사람의
존엄이 곧 애국

요강, 망건, 장죽, 종묘상, 장전, 구리개 약방, 신전,
피혁점, 곰보, 애꾸, 애 못 낳는 여자, 무식쟁이,
이 모든 무수한 반동이 좋다
이 땅에 발을 붙이기 위해서는
—제삼 인도교의 물 속에 박은 철근 기둥도 내가 내 땅에
박는 거대한 뿌리에 비하면 좀벌레의 솜털
내가 내 땅에 박는 거대한 뿌리에 비하면
　　　　　—김수영, 〈거대한 뿌리〉 부분, 《거대한 뿌리》, 민음사, 1995

언제 저 왜놈을 잡초 뽑듯 뽑을꼬

　매국은 언제나 애국이라는 가면을 쓴다. 국가의 이익, 국민
삶을 개선하기 위해서라는 주장 뒤에 자신들의 이익을 감춘다.
따라서 민족 전체를 폄훼하고 상황을 스스로 악화시키는 것은

매국의 고유한 패턴이다. 국민을 그저 '혜택받는 대상'으로 타락시키기 위해 오래도록 사용한 수법이다. 자신들만의 대의인 매국을 위해 개인은 희생돼야 마땅하다. 개개인의 고통과 고통을 벗어나기 위한 분투는 은폐돼야 했다. 당연히 매국에는 충성과 당위만 있다. 국민 개개인이 있을 수 없다.

애국은 언제나 거창하지 않은 것에서 시작한다. 가족과 이웃, 된장독과 텃밭, 일터와 반복되는 일상, 사투리와 모국어, 평범한 삶이 나누는 소박한 애정이 비상 시기에 애국으로 드러난다. 하찮아 보이는 몽당연필에 한 사람의 삶이 녹아 있고 낡은 구두와 녹슨 연장에도 삶이 이뤄 놓은 존엄함이 담겨 있다. 누구도 뺏을 수 없고 함부로 폄훼할 수 없는 것이다. 애국은 영토와 재산, 생명을 지키는 일이지만 무엇보다 한 개인의 존엄한 삶을 지키는 일이기 때문에 소중하다.

위정자들이 팔아먹은 나라를 국민이 되찾은 것은 늘 자기 삶의 존엄을 지켜 왔기에 가능했다. 대한민국 임시정부 제2대 대통령을 역임한 박은식 선생은 1910년 8월 29일 일제의 강압으로 합병조약이 체결됐을 때 이렇게 말했다. "일반 백성의 뜻을 말하자면, 표면으로는 본래부터 침착하여 아무 일 없는 것 같다. 그러나 저 꼬불꼬불한 좁은 거리의 노래에도 어두운 방 안의 울음에도 어느 하나 조국의 사상 아닌 것이 없다." 매국노들의 설레발과 자화자찬, 일황이 내린 은사금을 나눌 때 선생은 비분강개를 감췄다. 저 도도한 백성들의 삶을 믿었다.

독립운동 역시 평범한 삶을 살아온 사람들이 바탕이 되었다.

선생은 기록하여 전해 준다. 밭매는 사람은 호미를 휘두르면서, "어느 때 저 왜놈 제거하기를 잡초 없애 버리듯 할꼬" 하고, 나무꾼은 도끼를 휘두르면서 "언제 저 왜놈들 베기를 땔나무 베듯 할꼬" 한다. 빨래하는 부녀자들은 "나는 어느 날에 왜놈들을 방망이로 때려 칠꼬" 하고, 새를 쏘는 아이들은 "나는 어느 때 왜놈을 쏴서 잡을꼬" 한다. 제사 지내는 무당과 점쟁이도 "신이여, 어느 날에 무도한 왜놈들에게 벌을 내리시겠습니까?" 하며 기도한다. 선생은 말한다. "이것은 모두 백성들의 독립 정신이 뇌수에 맺히어 저절로 드러나는 것이다. 그런데도 저들은 분수없이 '동화(同化)'라는 쓸데없는 말을 한단 말인가"라고(박은식, 〈나라가 합병된 후에 순절한 여러 사람 및 지사단〉, 《한국독립운동지혈사》).

1919년 3·1 독립운동은 궁벽한 밭과 빨래터에서 시작해 국토 곳곳, 해외까지 대항해 일어났다. 그해 3월 1일에서 5월 말까지 삼엄한 통제에도 불구하고 박은식 선생이 신문과 통신, 구전을 통해 '독립운동 일람표'를 정리했는데, 모두 소개하지 못해 아쉽지만 대표적으로 몇 가지만 적어 본다.

경성, 57회 집회에 57만이 모였고 1,200명 투옥. 황해도 안악, 16회 집회에 2만 5,000이 모였고 47명 사망. 평안도 의천, 38회 집회에 6만이 모였고 31명 사망. 함경도 고원, 4회 집회에 1만 5,000이 모였고 48명 사망. 강원도 철원, 7회 집회에 7만이 모였고 937명 투옥. 충청도 아산, 13회 집회에 2만 2,800이 모였고 40명 사망. 전라도 목포, 2회 집회에 6만 1,500이 모였고 200명 사망. 경상도 대구 4회 집회에 2만 3,000이 모였고 212

명 사망. 서북간도 용정, 17회 집회에 3만이 모였고 20명 사망. 의주의 상인은 철시하고 직공은 파업했으며 촌민은 땔나무와 양식의 운반을 금하고 관리들은 퇴직했다. 평양에서는 기독교가 앞장섰고, 15채의 교회를 잃었다. 3월 25일 진주에서는 노동독립단과 걸인독립단이 거리로 쏟아져 나왔다. 이날 400명이 체포됐다.

국민 한 사람 한 사람의 광복을 위해

3·1 독립운동은 백성의 운동이었다. 백성이 국민이 되어 가는 운동이었다. 평범한 우리 아버지와 어머니, 누이들이 앞장섰다. 애국지사들의 옆에 모두 함께 있었다. 국민주권과 자유와 평등, 평화를 향한 열망이 개개인의 삶 속으로 들어왔다. 계층·지역·성별·종교의 장벽을 뛰어넘어 한 사람 한 사람 당당한 국민이 되었고, 대한민국 임시정부는 이 평범한 사람들의 힘과 가능성을 보았다. 임시정부가 자신 있게 민주공화국을 선언한 것은 당연한 귀결이었다.

3·1 독립운동은 국민이 만들어 내고 국민이 이룬 자랑스러운 역사다. 따라서 3·1절은 왕정과 식민지를 뛰어넘어 민주공화국으로 전진할 수 있도록 상황을 반전시킨 국민에게 경의를 표해야 하는 날이다. 나라를 팔아먹은 통치자들의 자리에서는 열강에 휩싸인, 허약한 대한제국만이 보였을 것이다. 국민의 정당한

항거를 이해할 능력이 없다. 자랑스러운 이유도 알 수 없다. 입장은 명확하게 갈린다. 국민의 자리에서는, 나라를 되찾을 수 있다는 희망을 보았던 것이다. 잘 사는 나라를 만들어 낼 수 있다는 자신감을, 스스로를 통해 확인했던 것이다. 대한민국의 현재는 바로 그 힘이 이뤄 놓은 현재이다. 다시 국민에게서 희망과 가능성을 보는 일도 지극히 자연스러운 일이 아닐 수 없다.

김대중 대통령은 1998년 3·1절, 민주주의가 국민에 의해서 실현되고, 대한민국 임시정부는 국민에 의해 세워진 것이며, 국민에 의해 지켜졌다고 강조했다. 우리 국민의 역량을 드높이 존중했던 것이다. 노무현 대통령은 2005년 3·1절, "우리는 100년 전 열강의 틈바구니에서 아무런 변수도 되지 못했던 그런 나라가 아"니라고 선언한다. 따라서 세계에 내놓아도 손색없는 민주주의와 경제 발전을 이루고, 스스로를 지킬 만한 넉넉한 힘을 가지고 있다는 자신감은 당연했다. 우리 국가의 역량이 국민의 노력으로 이뤄졌음을 잘 알고 있었다. 문재인 대통령은 2018년 3·1절, "우리에겐 독립운동과 함께 민주공화국을 세운 위대한 선조가 있고, 경제 발전과 민주화를 이룬 건국 2세대와 3세가 있"다고, 애국의 세대를 확장했다. 이 시대에 함께 걸어갈 길을 밝혀준 수많은 촛불이 있기에, 우리는 더 이상 우리를 낮출 필요가 없다고 이야기했다. 우리는 우리 힘으로 광복을 만들어 낸 자긍심 넘치는 역사가 있다. 따라서 3·1 독립운동의 가치는 해방과 국민주권을 가져온 운동, 민족의 뿌리로서의 가치인 것이다.

전임 대통령 세 사람의 역사 인식은 특별한 것이 아니다. 민주주의와 국민 한 사람 한 사람에 대한 존중에서 비롯된 것이다. "대한민국은 민주공화국이다"라는 대한민국 헌법 제1조 1항과 "모든 국민은 인간으로서의 존엄과 가치를 가지며, 행복을 추구할 권리를 가진다. 국가는 개인이 가지는 불가침의 기본적 인권을 확인하고 이를 보장할 의무를 진다"라는 대한민국 헌법 제10조에 대해 의무를 다했던 것이다. 문재인 대통령의 다음과 같은 연설이 그 마음, 행동을 증명한다.

저는 오늘 75주년 광복절을 맞아 과연 한 사람 한 사람에게도 광복이 이뤄졌는지 되돌아보며, 개인이 나라를 위해 존재하는 것이 아니라 개인의 인간다운 삶을 보장하기 위해 존재하는 나라를 생각합니다. 그것은 모든 국민께서 인간으로서의 존엄과 가치를 가지고 행복을 추구할 권리를 가지는 헌법 제10조의 시대입니다. 우리 정부가 실현하고자 하는 목표입니다. (…) 자신의 존엄을 증명하고자 하는 개인의 노력에 대해서도 국가는 반드시 응답하고 해결 방법에 대해 함께 지혜를 모아야 할 것입니다. 2005년 네 분의 강제징용 피해자들이 일본의 징용기업을 상대로 법원에 손해배상소송을 제기했고, 2018년 대법원 승소 확정판결을 받았습니다. 대법원은 1965년 한일청구권협정의 유효성을 인정하면서도, 개인의 불법행위 배상청구권은 소멸하지 않았다고 판단했습니다. 대법원의 판결은 대한민국의 영토 내에서 최고의 법적 권위와 집행력을 가집니다. 정부는 사법부의 판결을 존중하며 피해자들이 동의할 수 있는 원만한 해결 방안을 일본 정부와 협의해 왔고, 지금도 협의의 문을 활짝 열어 두고 있습니다. 우리 정부는 언제든 일본 정부와 마주 앉을 준비가 되어 있습니다. 함께 소송한 세 분은 이미 고인이 되셨고, 홀로 남은 이춘식 어르신은 지난해 일본의 수출 규제가 시작되자 "나 때문에 대한민국이 손해가 아닌지 모르겠다"라고 하셨습니다. 우리는 한 개인의 존엄을 지키는 일이 결코 나라에 손해가 되지 않는다는 사실을 확인할 것입니다.

—문재인, 〈제75주년 광복절 경축식〉, 2020년 8월 15일

제삼자가 건드릴 수 없는 '거대한 뿌리'

우리의 뿌리는 이 땅에서 일군 고단한 삶에 있다. 따라서 우리의 가치는 위정자가 규정할 수 없다. 우리 스스로 증명해야 한다. 개인의 삶을 존중하는 것은 그 자체로도 매우 당연한 일이지만, 누구도 우리 전체를 결코 함부로 대하지 못하게 하기 위해서라도 우리는 우리 스스로를, 국민 개개인의 삶을, 서로를, 지극히 존중해야 한다. "전통은 아무리 더러운 전통이라도 좋다/ 역사는 아무리 더러운 역사라도 좋다"(《거대한 뿌리》)라고 했던 김수영 시인의 일갈을 나는 그런 의미로 깨친다. 누구에겐 더러웠는지 몰라도 고단했던 우리에게는 그 자체로 존중받을 전통과 역사다. 모두 우리의 모습, 그 자체이다.

대통령의 독서

우리는 누구와도 함께할 수 있지만, 더 이상 고개 숙이거나 지배당할 수는 없다. 평범한 아버지, 그렇지만 우리 역사의 폭풍 한가운데를 지나온 아버지는 묻는다. 아버지가 고난에 빠졌을 때, 비단옷을 입은 이들과 아버지를 지배하던 이들은 무엇을 하고 있었는지.

믿기지 않겠지만, 나는 천지신명께 맹세코 사실만을 말하겠습니다. 열여섯, 열일곱 살짜리까지 징용에 끌려온 것은 당시의 관헌이 호적상의 나이를 바꿨기 때문입니다. 이렇게 해서 조선인 아이들 수십만 명이 일본에 징용으로 끌려오게 되었습니다. (…) 하지만 그 이상으로 슬픈 일을 많이 당했습니다. 다만 우리의 한심한 선조들이 서글플 뿐입니다. 왜 우리나라는 일본의 식민지가 되어야만 했을까요?

—이흥섭, 〈어느 날 갑자기〉, 《딸이 전하는 아버지의 역사》,

번역공동체(잇다) 옮김, 논형, 2018

위정자들이 남겨 놓은 역사 말고, 우리의 아버지들이 힘겹게 써 내려간 개인사를 들춰 보라고 권하고 싶다. 거기에 우리, 거대한 뿌리가 있다.

제75주년 광복절 경축식

2020. 8. 15.

존경하는 국민 여러분, 독립유공자와 유가족 여러분, 해외 동포 여러분!

광복 75주년을 맞은 오늘 자신의 모든 것을 바쳐 나라의 독립을 이룬 선열들의 고귀한 희생과 정신을 되새깁니다.

오늘 경축식은 생존 애국지사님들을 맞이하는 것으로 시작했습니다. 임우철 지사님은 101세이시고, 다른 세 분도 백수(白壽)에 가까우신 분들입니다. 어떤 예우로도 한 분 한 분이 만들어 온 대한민국의 자랑스러운 발전과 긍지에 미치지 못할 것입니다.

지금 우리 곁에 생존해 계신 애국지사님은 서른한 분에 불과합니다. 너무도 귀한 걸음을 해 주신 임우철, 김영관, 이영수, 장병하 애국지사님께 깊은 존경과 감사를 표하는 힘찬 박수를 부탁드립니다.

우리의 광복은 한 사람 한 사람이 민주공화국의 주인으로 함께 일어나 이룬 것입니다. 자기 삶의 주인공으로 크고 작은 성취를 이룬 모든 분이 오늘을 사는 우리의 뿌리가 되었습니다. 선열들은 함께하면 어떤 위기도 이겨 낼 수 있다는 신념을 거대한 역사의 뿌리로 우리에게 남겨 주었고, 우리는 코로나19를 극복하는 과정에서도 함께 위기를 이겨 내며 우리 자신의 역량을 다시 확인할 수 있었습니다.

지금 기후이변으로 인한 거대한 자연 재난이 또 한 번 우리의 일상을 위협하고 있습니다. 그러나 우리는 이 역시 반드시 이겨 낼 것입니다. 소중한 생명을 잃은 분들을 비롯하여 재난에 피해를 입은 모든 분께 깊은 위로의 말씀을 드리며, 국민의 생명과 재산을 지키기 위해 끝까지 재난에 맞서고 복구에 최선을 다하겠습니다. 또한 기상이변이 앞으로 더욱 심해질 것까지 대비하여 반복되는 아픔을 겪지 않도록 국민 안전에 모든 역량을 기울이겠습니다.

대한민국의 자부심이 되어 주신 독립유공자와 유가족 여러분께 경의를 표하며, 오늘의 위기와 재난을 반드시 국민과 함께 헤쳐 나갈 것을 약속드립니다.

국민 여러분!

오늘 우리가 모인 동대문디자인플라자는 조선시대 훈련도감과 훈련원 터였습니다. 일제강점기 경성운동장, 해방 후 서울운동장으로 바뀌었고, 오랫동안 동대문운동장이라는 이름으로 수많은 땀의 역사를 간직한 곳입니다. 그 가운데 식민지 조선 청년 손기정이 흘린 땀방울이야말로 가장 뜨겁고도 안타까운 땀방울로 기억될 것입니다.

1935년 경성운동장, 1만 미터 경기 1위로 등장한 손기정은 이듬해 베를린올림픽 마라톤 경기에서 세계신기록으로 우승했습니다. 일본 국가가 연주되는 순간 금메달 수상자 손기정은 월계수 묘목으로 가슴의 일장기를 가렸고, 동메달을 차지한 남승룡은 고개를 숙인 채 눈을 감았습니다. 민족의 자존심을 세운 위대한 승리였지만 승리의 영광을 바칠 나라가 없었습니다.

우리의 독립운동은 나라를 되찾는 것이자 동시에 개개인의 존엄을 세우는 과정이었습니다. 우리는 독립과 주권재민의 민주공화국을 수립하는 혁명을 동시에 이루었습니다. 다시는 누구에게도 지지 않는 당당한 나라를 만들고자 하는 우리 국민의 노력은 광복 후에도 멈추지 않았습니다.

우리는 원조를 받던 사상 가난한 나라에서 세계 10위권의 경제 강국이 되었고, 독재에 맞서 세계 민주주의의 이정표를 세웠습니다. 국가의 이름으로 개인의 희생을 요구하고 인권을 억압하던 시대도 있었지만 우리는 자유와 평등, 존엄과 안전이 국민 개개인의 당연한 권리가 되는 나라다운 나라를 향한 발걸음도 멈추지 않았습니다.

국민께서는 많은 위기를 이겨왔습니다. 전쟁의 참화를 이겨 냈고, 외환위기와 금융위기를 극복했습니다. 일본의 수출 규제라는 위기도 국민과 함께 이겨 냈습니다. 오히려 아무도 흔들 수 없는 나라로 도약하는 기회로 만들었습니다. 대기업과 중소기업의 상생 협력으로 소재·부품·장비의 독립을 이루며 일부 품목에서 해외투자 유치의 성과까지 이뤘습니다.

코로나19 위기 역시 나라와 개인, 의료진, 기업들이 서로를 믿고 의지하며 극복해 냈습니다. 정부는 방역에 필요한 모든 정보를 투명하게 공개했고, 국민께서는 정부의 방침을 신뢰하며 스스로 방역의 주체가 되었습니다. 기업들은 세계에서 가장 먼저 빠르면서도 정확한 진단 시약을 개발했고, 노동자들은 이웃을 먼저 생각하며 방역 물품을 생산했습니다. 의료진들과 자원봉사자들, 국민과 기업 하나하나의 노력이 모여 코로나19를 극복하는 힘이 되었고, 전 세계가 인정하는 모범이 되었습니다.

그러나 여전히 더 높은 긴장이 지속적으로 요구되는 상황입니다. 정부는 백신 확보와 치료제 조기 개발을 비롯하여 바이러스로부터 국민의 안전을 지킬 수 있을 때까지 끝까지 전력을 다하겠습니다. 국경과 지역을 봉쇄하지 않고 경제를 멈추지 않으면서 이룬 방역의 성공은 경제의 선방으로 이어지고 있습니다. 방역의 성공이 있었기에 정부의 확장재정에 의한 신속한 경기 대책이 효과를 볼 수 있었습니다.

전 세계적인 경제 위기 속에서도 한국 경제는 올해 OECD 37개국 가운데 성장률 1위를 기록하고, GDP 규모에서도 세계 10위권 안으로 진입할 것으로 전망되고 있습니다. 많은 고통을 겪으면서도 위기를 기회로 바꾸고 있는 국민께 다시 한번 존경과 감사 인사를 드리지 않을 수 없습니다.

이제 우리는 이웃의 안전이 나의 안전이라는 것을 확인하며 포스트 코로나 시대를 준비하고 있습니다. 우리는 한국판 뉴딜을 힘차게 실행하며 디지털 뉴딜과 그린 뉴딜을 양 날개로 우리 경제의 체질을 혁신하고 격을 높일 것입니다. 추격형 경제에서 선도형 경제로, 탄소 의존 경제에서 저탄소 경제로 대한민국을 근본적으로 바꾸며 다시 한번 도약할 것입니다.

한국판 뉴딜의 핵심을 관통하는 정신은 역시 사람 중심의 상생입니다. 한국판 뉴딜은 상생을 위한 새로운 사회계약이며, 고용·사회안전망을 더욱 강화하고, 사람에 대한 투자를 늘려 번영과 상생을 함께 이루겠다는 약속입니다.

무엇보다 중요한 것은 격차와 불평등을 줄여 나가는 것입니다. 모두가 함께 잘살아야 진정한 광복이라 할 수 있습니다. 우리와 미래 세대 모두를 위한 지속 가능한 발전의 길에 국민 여러분께서 함께해 주실 것이라 믿습니다.

국민 여러분!

2016년 겨울 전국 곳곳의 광장과 거리를 가득 채웠던 것은 "대한민국의 모든 권력은 국민으로부터 나온다"라는 헌법 제1조의 정신이었습니다. 세상을 바꾸는 힘은 언제나 국민께 있다는 사실을 촛불을 들어 다시 한번 역사에 새겨 놓았습니다. 그 정신이 우리 정부의 기반이 되었습니다.

저는 오늘 75주년 광복절을 맞아 과연 한 사람 한 사람에게도 광복이 이뤄졌는지 되돌아보며, 개인이 나라를 위해 존재하는 것이 아니라 개인의 인간다운 삶을 보장하기 위해 존재하는 나라를 생각합니다. 그것은 모든 국민께서 인간으로서의 존엄과 가치를 가지고 행복을 추구할 권리를 가지는 헌법 제10조의 시대입니다. 우리 정부가 실현하고자 하는 목표입니다.

정부는 그동안 자유와 평등의 실질적인 기초를 탄탄히 다지고, 사회안전망과 안전한 일상을 통해 저마다 개성과 능력을 마음껏 발휘하며, 한 사람의 성취를 함께 존중하는 나라를 만들고자 노력해 왔습니다.

결코 우리 정부 내에서 모두 이룰 수 있는 과제라고 생각하지 않습니다. 그러나 우리 사회가 그 방향으로 가고 있다는 믿음을 국민께 드리고, 확실한 토대를 구축하는 데 최선을 다하겠습니다.

우리는 대한제국 시절 하와이, 멕시코로 노동 이민을 떠나 조국을 잃고 돌아오지 못한 동포들을 기억합니다. 그 눈물겨운 역사를 결코 잊어서는 안 됩니다. 조국은 동포들을 지켜 주지 못했지만 그분들은 오히려 품삯을 모으고, 한 숟갈씩 쌀을 모아 임시정부에 독립운동 자금을 지원하며 해외 독립운동의 뿌리가 되어 주었습니다. 우리는 해방된 조국과 가족의 품으로 끝내 돌아오지 못한 동포들도 끝까지 기억해야 합니다. 나라가 국민께 해야 할 역할을 다했는지, 지금은 다하고 있는지 우리는 물어야 합니다.

대한민국은 이제 단 한 사람의 국민도 포기하지 않을 것입니다. 그만큼 성장했고, 그만큼 자신감을 갖고 있습니다. 2018년 4월 30일 가나 해역에서 피랍되었던 우리 선원 3명이 구출 작전을 수행한 청해부대 문무대왕함과 함께 조국으로 돌아왔습니다. 2018년 7월에는 리비아 무장 괴한들에게 피랍된 우리 국민이, 2020년 7월에는 서아프리카 베냉 해역에서 피랍된 선원 5명이 무사히 구출되었습니다.

코로나19 상황에서도 군용기를 이라크에 급파하여 우리 근로자 293명을 국내로 모셔 왔습니다. 코로나19 확산이 심각한 7개 나라에는 특별수송기와 군용기, 대통령 전용기까지 투입해 교민 2,000명을 국내로 안전하게 이송했고, 전세기를 통해 119개국 4만 6,000여 명에 이르는 교민들을 무사히 모셔 왔습니다. 3·1운동과 임시정부 수립 100주년이었던 지난해 해외 독립유공자 다섯 분의 유해를 고국으로 모신 것도 뜻깊습니다.

자신의 존엄을 증명하고자 하는 개인의 노력에 대해서도 국가는 반드시 응답하고 해결 방법에 대해 함께 지혜를 모아야 할 것입니다.

2005년 네 분의 강제징용 피해자들이 일본의 징용기업을 상대로 법원에 손해배상소송을 제기했고, 2018년 대법원 승소 확정판결을 받았습니다. 대법원은 1965년 한일청구권협정의 유효성을 인정하면서도, 개인의 불법행위 배상청구권은 소멸하지 않았다고 판단했습니다. 대법원의 판결은 대한민국의 영토 내에서 최고의 법적 권위와 집행력을 가집니다. 정부는 사법부의 판결을 존중하며 피해자들이 동의할 수 있는 원만한 해결 방안을 일본 정부와 협의해 왔고, 지금도 협의의 문을 활짝 열어 두고 있습니다. 우리 정부는 언제든 일본 정부와 마주 앉을 준비가 되어 있습니다.

함께 소송한 세 분은 이미 고인이 되셨고, 홀로 남은 이춘식 어르신은 지난해 일본의 수출 규제가 시작되자 "나 때문에 대한민국이 손해가 아닌지 모르겠다"라고 하셨습니다. 우리는 한 개인의 존엄을 지키는 일이 결코 나라에 손해가 되지 않는다는 사실을 확인할 것입니다. 동시에 삼권분립에 기초한 민주주의, 인류의 보편적 가치와 국제법의 원칙을 지켜 가기 위해 일본과 함께 노력할 것입니다. 한 사람의 인권을 존중하는 일본과 한국 공동의 노력이 양국 국민 간 우호와 미래 협력의 다리가 될 것이라 믿습니다.

국민 여러분!

동대문운동장은 해방의 환희와 남북 분단의 아픔이 함께 깃든 곳입니다. 1945년 12월 19일 대한민국임시정부 개선 전국환영대회가 열렸고, 그날 백범 김구 선생은 "전 민족이 단결해 자주·평등·행복의 신한국을 건설하자"라고 호소했습니다. 그러나 1949년 7월 5일 100만 조객이 운집한 가운데 다시 이곳에서 우리 국민은 선생을 눈물로 떠나보내야 했습니다. 분단으로 인한 미완의 광복을 통일 한반도로 완성하고자 했던 김구 선생의 꿈은 남겨진 모든 이들의 과제가 되었습니다.

진정한 광복은 평화롭고 안전한 통일 한반도에서 한 사람 한 사람의 꿈과 삶이 보장되는 것입니다. 우리가 평화를 추구하고 남과 북의 협력을 추진하는 것도 남과 북의 국민이 안전하게 함께 잘살기 위해서입니다.

우리는 가축전염병과 코로나19에 대응하고, 기상 이변으로 인한 유례없는 집중호우를 겪으며 개인의 건강과 안전이 서로에게 긴밀히 연결되어 있음을 자각했고, 남과 북이 생명과 안전의 공동체임을 거듭 확인하고 있습니다.

한반도에서 살아가는 모든 사람의 생명과 안전을 보장하는 것이 우리 시대의 안보이자 평화입니다. 방역 협력과 공유 하천의 공동 관리로 남북의 국민이 평화의 혜택을 실질적으로 체감하게 되길 바랍니다.

보건·의료와 산림 협력, 농업기술과 품종 개발에 대한 공동 연구로 코로나19 시대 새로운 안보 상황에 더욱 긴밀히 협력하며 평화공동체, 경제공동체와 함께 생명공동체를 이루기 위한 상생과 평화의 물꼬가 트이길 바랍니다.

국민의 생명과 안전을 위한 인도주의적 협력과 함께 죽

기 전에 만나고 싶은 사람을 만나고, 가 보고 싶은 곳을 가 볼 수 있게 협력하는 것이 실질적인 남북 협력입니다. 남북 협력이야말로 남북 모두에게 있어서 핵이나 군사력의 의존에서 벗어날 수 있는 최고의 안보 정책입니다. 남북 간의 협력이 공고해질수록 남과 북 각각의 안보가 그만큼 공고해지고, 그것은 곧 국제사회와 협력 속에서 번영으로 나아갈 수 있는 힘이 될 것입니다.

판문점선언에서 합의한 대로 전쟁 위협을 항구적으로 해소하며 선열들이 꿈꾸었던 진정한 광복의 토대를 마련하겠습니다. 남북이 공동 조사와 착공식까지 진행한 철도 연결은 미래의 남북 협력을 대륙으로 확장하는 핵심 동력입니다. 남북이 이미 합의한 사항을 하나하나 점검하고 실천하면서 평화와 공동 번영의 한반도를 향해 나아가겠습니다.

존경하는 국민 여러분, 독립유공자와 유가족 여러분, 해외 동포 여러분!

국가를 위해 희생할 때 기억해 줄 것이라는 믿음, 재난·재해 앞에서 국가가 안전을 보장해 줄 것이라는 믿음, 이국 땅에서 고난을 겪어도 국가가 구해 줄 것이라는 믿음, 개개인의 어려움을 국가가 살펴 줄 것이라는 믿음, 실패해도 재기할 수 있는 기회가 보장될 것이라는 믿음, 이러한 믿음으로 개개인은 새로움에 도전하고 어려움을 감내하고 있습니다. 국가가 이러한 믿음에 응답할 때 나라의 광복을 넘어 개인에게 광복이 깃들 것입니다.

식민지 시대 한 마라톤 선수의 땀과 한, 해방의 기쁨과 분단의 탄식이 함께 배어 있는 동대문디자인플라자, 역사의 지층 위에 오늘 개인의 창의성과 개성이 만발하고 있습니다.

100년 전 시작한 민주공화국의 길 너머 개인의 자유와 평등이 넘치는 대한민국을 향해 국민과 함께 가겠습니다. 선열들이 꿈꾼 자주독립의 나라를 넘어 평화와 번영의 통일 한반도를 향해 국민과 함께 가겠습니다.

감사합니다.

10장

광주가 온다

당신들은 결코 망각의 저승으로 간 것이 아닙니다.

—김남주, 〈망월동에 와서〉, 《사랑의 무기》, 창비, 1989

권력을 누리고 살지 않았다는 말

청와대에 들어가 '누리고 살지 않았느냐'며 나에게 비아냥댄 친구가 있었다. 그저 시기심일 거라 가볍게 넘어갈 수도 있었 지만, 쉽지 않았다. 며칠을 끙끙 앓았다. '출세했다'는 말도 부정 적으로 들렸다. 삶이 송두리째 뽑히는 느낌이었다. 권력은 개혁 으로 사용될 때에만 의미 있다. 정치도 개인 자격으로 할 수 없 는 일을 해낼 때 가치를 가진다. 그렇지만 어떤 생각과 태도로 청와대에서 일했다고 설명한들 귀담아들어 줄 리 없다. 못다 한 일에 대한 아쉬움으로 홀로 외로움에 몸서리친다고 누가 알아

줄 것도 아니다.

권력은 고정불변일까. 그렇지 않다. 거칠게 살펴도 크게 요동친 권력을 볼 수 있다. 가령, 정부 예산이 지방자치제로 일정 부분 나뉘었다. 권력 중심부에서 내려보내던 자치단체장 인사가 선거로 바뀌었다. 탄핵소추나 국민소환 같은, 권위주의 시대에서는 상상도 못 할 제도가 탄생하기도 했다. 정당 내부의 권력도 이전과 다르다. 소수에 의해 골방에서 지도부가 만들어지지 못한다.

다만, 권력이 분산되어 가는 가운데 여전히 소수에 의해 운용되어야 권력이 진정한 힘을 발휘할 것이라 생각하는 사람들은 존재할 것이다. 따라서 권력이 분산되었을 때도 책임과 의무를 다할 수 있는지 지속적으로 의문을 제시해야 한다. 전문성을 요구하는 분야, 지속 가능해야 하는 부분에 대해서는 또 다른 대안이 만들어져야 한다. 그래도 분명한 것은 힘에서 정보로, 군사력에서 자본으로, 권위에서 대중의 선택으로 권력이 이동했다는 것이다. 이 권력이 또 어디로 갈지는 예측 가능하다. 민주주의를 정치에서 직장으로, 또 가정으로 확장하고 있는 대중이 그 방향을 선택하게 될 것이다. 권력의 얼굴도 더 이상 화난 표정을 짓지는 못할 것이다.

권력이 그러한데, 권력을 누리지 않았다는 건 어불성설이 아니다. 권력이 시민에게 있고 자신은 시민을 대신해 심부름을 할 뿐이라고, 어떤 사람들은 진심으로 자신의 자리를 그렇게 받아들일 수 있다. 필연적으로 그런 사람은 자신의 생각과 비슷한 생각을 가진 지도자, 자신의 생각을 실현해 줄 지도자를 찾는다. 지도자가 어떤 생각을 가졌든 상관없이 자리를 탐하는 사람이야말로 출세주의자다. 청와대에서 일하는 동안, 국민을 매우 두려워하며 권력이 자기 것이 아니라고 여기면서 일한, 바보 몇이 있었음을 고백하고 싶다.

광주의 오월이 낳은 바보들

그런 바보들을 만든 건 1980년, 광주의 오월이다. 권력이 선량한 국민에게 총부리를 겨눴다. 권력이 상황을 조작하고, 시민을 빨갱이 폭도로 몰고, 때리고 찌르고 죽였다. 권력이 한 사람의 꿈을 앗아 가고, 가족의 행복을 빼앗고, 국민을 배반하고, 인권을 짓밟았다. 아, 권력이.

정작 국가권력이 해야 할 일을 시민들이 했다. '젊은 여자 한 명이 하얀 양말 수십 켤레를 가지고 와서 시신의 맨발에다 하나하나 정성스럽게 신겨 주는 모습이 눈에 띄었다.' '양동시장에서 명태 장사를 하던 김양애는 주변에서 쌀을 거둬 김밥을 만든 다음 리어카에 싣고 도청에 가져왔다.' '갑자기 밀려들어 온 부상자들 때문에 피가 모자라서 곤란을 겪었지만, 이 사실이 알려지자 헌혈하려는 시민들이 몰려 피가 남아돌았다.'(《해방기간 II》,《죽음을 넘어 시대의 어둠을 넘어》) 시민이 시민을 지키고, 시민이 시민을 위로했다. 또 시민이 시민의 진실을 밝혔다. 아, 시민이.

항쟁 기간 중 광주 시내 범죄 발생률은 평상시 정부의 통제 아래 있을 때보다 훨씬 낮았다. 사소한 범죄라도 발생하면 도청에서 대기 중이던 기동순찰대가 즉각 출동해 관련자를 데려와 도청 조사부로 넘겼다. 행정과 치안 관청의 기능이 중지된 가운데서 시민들이 보여 준 높은 도덕적 자율성은, 피로 찾은 자유와 해방을 지키려는 긍지에서 비롯된 것이었다.

—황석영·이재의·전용호 기록, 광주민주화운동기념사업회 엮음, 〈해방기간 Ⅳ〉, 《죽음을 넘어 시대의 어둠을 넘어》, 창비, 2017

그렇게 바보들은 권력이 버린 민주주의를 시민들이 주워 담는 것을 봤다. 시민들이 그 권력을 자신들 손에 쥐여 주었음을, 거기엔 정의 구현의 꿈이 서려 있음을, 마음에 새겨 넣었다. 그런 바보들이 회사에 다니고, 가게를 열고, 노동자가 되고, 변호사도 되고, 인권운동가가 되어 함께 살기 위해 노력했다. 권력의 부당함을 참지 못해 진실을 밝히겠다고 자진한 바보들도 있었다. 물론 약빠른 사람으로 되돌아가 바보들을 이용한 사람들도 있긴 하다. 그렇지만, 더 많은 바보들이 촛불을 들고 부당함을 압도했다.

그때도 지금도, 광주 오월을 직간접으로 겪은 이른바 586세대의 진지한 사명감을 불편해하는 위아래 세대가 있다. 그 진지함은 어떤 부채감 때문일 수도 있고, 시민의 도덕성이라는 새 질서를 경험했기 때문일 수도 있지만 궁극적으로는 양심 때문이다. 《소년이 온다》에서 김진수를 기억하는 '나'도 그랬다. 그는 양심이 세상에서 가장 무서운 것이라 자각한다. 시신들을 리어카에 실어 앞세우고 시민들과 함께 공수부대의 총구 앞에서 섰을 때, 그는 자신 안에서 깨끗한 무엇을 발견하고 놀란다. 바로 양심이었을 것이다. 우리도 한 번쯤 겪어봄 직한 느낌이다. 수많은 사람들과 더불어 거대한 혈관의 일부가 된 것 같은 생생함에 닿았을 때 우리는 두려움이 사라지고, 지금 죽어도 후회 없을 것 같은 경지에 다다른다. 그것은 양심이 가져다주는, 숭고한 심장의 맥박이다.

항쟁 기록이 남긴 어떤 시민의 이름, 자기 삶에 최선을 다한 아버지의 이름, 유명인 사이에 묻힌 무명인의 이름 앞에 진심으로 경의를 표하는 일은 광주 오월의 유산이다. 양심에 경의를 표하는 일이다. 어떤 바보들이 권력기관의 임명장을 받은 것 역시 시민들 편에서 부패하지 않고, 양심을 가지고 활동하리라는 기대 때문이었을 것이다. 기대에 못 미친 것은 단지 개인의 한계인 것이다. 권력의 지형이 시끌벅적해진 일이 얼마쯤의 진전 덕분인 것은 진정, 사실이다.

'시민'이라는 대명사에 고유명사의 생명을

우리는 시민을 믿는 바보들이 느리지만 분명하게 세상을 변화시켜 왔음을 너무도 잘 안다. 촛불을 들었던 누구이기도 하고, 김대중·노무현·문재인 세 명의 전직 대통령이기도 하다. 함께 가기 위해 내려놓은 것이 많고, 그래서 빈틈도 많다. 나쁜 권력을 청산하기 위해 권력을 나쁘게 쓸 수는 없다. 그 역설 앞에 언제나 머뭇대는 선의를 욕해서도 안 된다. 그게 바보들의 행진이다. 답답하고 뭔가 체한 기분일 수밖에 없다. 선의의 틈바구니에서 언제나 악의가 돌출한다. 광주 오월에 대한 왜곡은 때를 기다렸다가 다시 고개를 든다. 감내해야 할 일이다. 권력을 권력답게 쓰지 못했다고 욕할 수는 있다. 그러나 진심은 아니어야 한다. 오월은 낡은 권력을 낡은 권력답게 쓴 이들과 싸운 것이 아니었던가. '우공이산', 우직하고 정직하게 자기 의무를 다하는 더 많은 시민과 천천히, 오래 함께 가야 도달할 수 있는 곳. 준엄한 시민 권력은 거기에 있다.

김대중 대통령은 "열흘 동안 광주 시민들은 숭고한 일을 해냈다. (…) 도청 공무원이 넣어 둔 책상 서랍 속의 월급봉투가 그대로 있었다. (…) 불의에는 과감히 맞서되, 현실을 살폈던 광주 시민들을 나는 한없이 존경하고 사랑한다"(《순결한 '5월 광주'》, 《김대중 자서전 1》)라고 말했다. 노무현 대통령은 깨어 있는 시민의 조직된 힘을 믿었고, 영광과 좌절을 함께했다. 문재인 대통령에 와서 드디어 시민 개인의 이름을 명명했다. 시민이라는 대명사에 고유명사의 생명을 부여했다. 아직 우리는 새로운 권력에 도달하지 못했다. 광주 오월이 이제 구체적인 이름이 가진 희생의 고결함과 책임과 의무에 대해 말하기 시작한 것이다.

저는 오늘 5월의 죽음과 광주의 아픔을 자신의 것으로 삼으며 세상에 알리려 했던 많은 이들의 희생과 헌신도 함께 기리고 싶습니다. 1982년 광주교도소에서 광주 진상 규명을 위해 40일간의 단식으로 옥사한 스물아홉 살 전남대생 박관현, 1987년 '광주사태 책임자 처벌'을 외치며 분신 사망한 스물다섯 살 노동자 표정두, 1988년 '광주학살 진상 규명'을 외치며 명동성당 교육관 4층에서 투신 사망한 스물네 살 서울대생 조성만, 1988년 '광주는 살아 있다' 외치며 숭실대 학생회관 옥상에서 분신 사망한 스물다섯 살 숭실대생 박래전…. 수많은 젊음이 5월 영령의 넋을 위로하며 자신을 던졌습니다. 책임자 처벌과 진상 규명을 촉구하기 위해 목숨을 걸었습니다. 국가가 책임을 방기하고 있을 때 이들은 마땅히 밝히고 기억해야 할 것을 위해 자신을 바쳤습니다. 진실을 밝히려던 많은 언론인과 지식인도 강제 해직되고 투옥당했습니다. 저는 5월의 영령들과 함께 이들의 희생과 헌신을 헛되이 하지 않고 더 이상 서러운 죽음과 고난이 없는 대한민국으로 나아가겠습니다. 참이 거짓을 이기는 대한민국으로 나아가겠습니다.

—문재인, 〈제37주년 5·18민주화운동 기념식〉, 2017년 5월 18일

나 역시 '5·18들'의 말석에서 살아 있음에 괴로워한 날들이 있었다. 2017년 1월, 당시 문재인 대통령 후보의 '권력적폐 청산을 위한 긴급좌담회' 기조연설 작업을 마치고 사무실에 앉아 오랫동안 감회에 젖었던 기억이 난다. 청와대와 검찰, 국가정보원 개혁에 대한 공약은 5·18 광주 민주화운동의 정신을 헌법 전문

에 넣겠다는 공약 이상으로 1980년 광주 오월을 되살아나게 했다. 정부가 들어서고, 문 대통령은 시민의 시대를 반영하는 헌법 개정을 위해 자기 손으로 꼼꼼히 개정안을 다듬었다. 권력기관 스스로 개혁해야 진정한 개혁이라 여겼던 대통령의 마음도 잘 알고 있다. 삐걱댔고, 이제 이뤄진 것도 되돌아가 버렸다. 그러나 부질없는 시간은 아니었을 것이다. 한계와 전망이 분명해졌으리라 여긴다.

광주와 함께 끊임없이 되살아 온

광주와 함께 끊임없이 되살아온 권력은 이미 시민들에 의해 작동하는지 모른다. 우리 국민은 더 이상 자기 의무에 대해 일일이 지시 내리는 카리스마 있는 지도자를 찾지 않는다. 다양한 생각, 다양한 요구, 다양한 실천이 혼재하면서 미처 우리가 눈치채지 못했을 뿐, 온갖 모임과 소통, 자기 삶에 대한 긍지가 더해져 이렇게 저렇게 권력에 관여하고 있는지도 모른다. 자기 양심에 따라, 자기 이름을 내걸고, 또 오늘을 살아가며 내일을 기다릴지 모른다.

다시 오월이다. 잊고 싶어도 잊을 수 없고, 되살아온다. "그 경험은 방사능 피폭과 비슷해요"라고 광주 고문 생존자는 말한다. 용산에서 망루가 불타는 영상을 보다가, 맹골수도에 잠기는 세월호를 보다가, 이태원의 허망한 젊은 죽음을 보다가 또 광주가 떠오른다. 광주와 함께 끊임없이 양심이 피어나도록 싸울 수밖에 없다. 《소년이 온다》의 한 구절이, 오월을 붙잡고 끝내 놓아주질 않는다.

그러니까 광주는 고립된 것, 힘으로 짓밟힌 것, 훼손된 것, 훼손되지 말았어야 했던 것의 다른 이름이었다.

―한강, 〈눈 덮인 램프〉, 《소년이 온다》, 창비, 2014

존경하는 국민 여러분!

오늘 5·18민주화운동 37주년을 맞아 5·18 묘역에 서니 감회가 매우 깊습니다. 37년 전 그날의 광주는 우리 현대사에서 가장 슬프고 아픈 장면입니다.

저는 먼저 1980년 5월의 광주 시민 여러분을 떠올립니다. 누군가의 가족이었고, 이웃이었습니다. 평범한 시민이었고, 학생이었습니다. 그들은 인권과 자유를 억압받지 않는 평범한 일상을 지키기 위해 목숨을 걸었습니다.

저는 대한민국 대통령으로서 광주 영령들 앞에 깊이 머리 숙여 감사드립니다. 5월 광주가 남긴 아픔과 상처를 간직한 채 오늘을 살고 계시는 유가족과 부상자 여러분께도 깊은 위로 말씀을 전합니다.

1980년 5월 광주는 지금도 살아 있는 현실입니다. 아직도 해결되지 않은 역사입니다. 대한민국의 민주주의는 이 비극의 역사를 딛고 섰습니다. 광주의 희생이 있었기에 우리 민주주의는 버티고 다시 일어설 수 있었습니다. 저는 5월 광주의 정신으로 민주주의를 지켜 주신 광주 시민과 전남 도민 여러분께 각별한 존경의 말씀을 드립니다.

존경하는 국민 여러분!

5·18민주화운동은 불의한 국가권력이 국민의 생명과 인권을 유린한 우리 현대사의 비극이었습니다. 하지만 이에 맞선 시민항쟁이 민주주의의 이정표를 세웠습니다. 진실은 오랜 시간 은폐되고, 왜곡되고, 탄압받았습니다. 그러나 서슬퍼런 독재의 어둠 속에서도 국민은 광주의 불빛을 따라 한 걸음씩 나아갔습니다. 광주의 진실을 알리는 일이 민주화운동이 되었습니다.

부산에서 변호사로 활동하던 저도 다르지 않았습니다. 저 자신도 5·18민주화운동 때 구속된 일이 있었지만 제가 겪은 고통은 아무것도 아니었습니다. 광주의 진실은 저에게 외면할 수 없는 분노였고, 아픔을 함께 나누지 못했다는 크나큰 부채감이었습니다. 그 부채감이 민주화운동에 나설 용기를 주었습니다. 그것이 저를 오늘 이 자리에 서기까지 성장시켜 준 힘이 되었습니다.

마침내 5월 광주는 지난겨울 전국을 밝힌 위대한 촛불혁명으로 부활했습니다. 불의에 타협하지 않는 분노와 정의가

대통령의 독서

그곳에 있었습니다. 나라의 주인은 국민임을 확인하는 함성
이 그곳에 있었습니다. 나라를 나라답게 만들자는 치열한 열
정과 하나 된 마음이 그곳에 있었습니다. 저는 이 자리에서
감히 말씀드립니다. 새롭게 출범한 문재인 정부는 5·18민주
화운동의 연장선 위에 서 있습니다. 1987년 6월 민주항쟁과
국민의정부, 참여정부의 맥을 잇고 있습니다.

저는 이 자리에서 다짐합니다. 새 정부는 5·18민주화운동
과 촛불혁명의 정신을 받들어 이 땅에 민주주의를 온전히 복
원할 것입니다. 광주 영령들이 마음 편히 쉬실 수 있도록 성
숙한 민주주의의 꽃을 피워 낼 것입니다.

여전히 우리 사회 일각에서는 5월 광주를 왜곡하고 폄훼
하려는 시도가 있습니다. 용납할 수 없는 일입니다. 역사를
왜곡하고 민주주의를 부정하는 일입니다. 우리는 많은 사람
의 희생과 헌신으로 이룩된 이 땅의 민주주의 역사에 자부심
을 가져야 합니다. 새 정부는 5·18민주화운동의 진상을 규명
하는 데 더욱 큰 노력을 기울일 것입니다. 헬기 사격까지 포
함하여 발포의 진상과 책임을 반드시 밝혀내겠습니다. 5·18
민주화운동 관련 자료의 폐기와 역사 왜곡을 막겠습니다. 전
남도청 복원 문제는 광주시와 협의하고 협력하겠습니다.

완전한 진상 규명은 결코 진보와 보수의 문제가 아닙니다.

상식과 정의의 문제입니다. 우리 국민 모두 함께 가꾸어야 할 민주주의의 가치를 보존하는 일입니다. 5·18민주화운동 정신을 헌법 전문에 담겠다는 저의 공약도 반드시 지키겠습니다. 광주 정신을 헌법으로 계승하는 진정한 민주공화국 시대를 열겠습니다. 5·18민주화운동은 온 국민이 기억하고 배우는 자랑스러운 역사로 자리매김할 것입니다. 5·18 정신을 헌법 전문에 담아 개헌을 완료할 수 있도록 이 자리를 빌려서 국회의 협력과 국민 여러분의 동의를 정중히 요청합니다.

존경하는 국민 여러분!

〈임을 위한 행진곡〉은 단순한 노래가 아닙니다. 5월의 피와 혼이 응축된 상징입니다. 5·18민주화운동의 정신 그 자체입니다. 〈임을 위한 행진곡〉을 부르는 것은 희생자의 명예를 지키고 민주주의의 역사를 기억하겠다는 것입니다. 오늘 〈임을 위한 행진곡〉 제창은 그동안 상처받은 광주 정신을 다시 살리는 일이 될 것입니다. 오늘의 제창으로 불필요한 논란이 끝나기를 희망합니다.

존경하는 국민 여러분!

2년 전 진도 팽목항에 5·18의 엄마가 4·16의 엄마에게 보낸 펼침막이 있었습니다. "당신 원통함을 내가 아오. 힘내소.

쓰러지지 마시오"라는 내용이었습니다. 국민의 생명을 짓밟은 국가, 국민의 생명을 지키지 못한 국가를 통렬히 꾸짖는 외침이었습니다. 다시는 그런 원통함이 반복되지 않도록 하겠습니다. 국민의 생명과 사람의 존엄함을 하늘처럼 존중하겠습니다. 저는 그것이 국가의 존재 가치라고 믿습니다.

저는 오늘 5월의 죽음과 광주의 아픔을 자신의 것으로 삼으며 세상에 알리려 했던 많은 이들의 희생과 헌신도 함께 기리고 싶습니다.

1982년 광주교도소에서 광주 진상 규명을 위해 40일간의 단식으로 옥사한 스물아홉 살 전남대생 박관현, 1987년 '광주사태 책임자 처벌'을 외치며 분신 사망한 스물다섯 살 노동자 표정두, 1988년 '광주학살 진상 규명'을 외치며 명동성당 교육관 4층에서 투신 사망한 스물네 살 서울대생 조성만, 1988년 '광주는 살아있다' 외치며 숭실대 학생회관 옥상에서 분신 사망한 스물다섯 살 숭실대생 박래전….

수많은 젊음이 5월 영령의 넋을 위로하며 자신을 던졌습니다. 책임자 처벌과 진상 규명을 촉구하기 위해 목숨을 걸었습니다. 국가가 책임을 방기하고 있을 때 이들은 마땅히 밝히고 기억해야 할 것을 위해 자신을 바쳤습니다. 진실을 밝히려던 많은 언론인과 지식인도 강제 해직되고 투옥당했습니다.

저는 5월의 영령들과 함께 이들의 희생과 헌신을 헛되이 하지 않고 더 이상 서러운 죽음과 고난이 없는 대한민국으로 나아가겠습니다. 참이 거짓을 이기는 대한민국으로 나아가 겠습니다.

광주 시민께도 부탁드립니다. 광주 정신으로 희생하며 평생을 살아온 전국의 5·18들을 함께 기억해 주십시오. 이제 차별과 배제, 총칼의 상흔이 남긴 아픔을 딛고 광주가 먼저 정의로운 국민 통합에 앞장서 주십시오. 광주의 아픔이 아픔 으로 머무르지 않고 국민 모두의 상처와 갈등을 품어 안을 때 광주가 내민 손은 가장 질기고 강한 희망이 될 것입니다.

존경하는 국민 여러분!

5월 광주의 시민이 나눈 주먹밥과 헌혈이야말로 우리 자 존의 역사입니다. 민주주의의 참모습입니다. 목숨이 오가는 극한 상황에서도 절제력을 잃지 않고 민주주의를 시켜 낸 광 주 정신은 그대로 촛불광장에서 부활했습니다. 촛불은 5·18 민주화운동의 정신 위에서 국민주권 시대를 열었습니다. 국 민이 대한민국의 주인임을 선언했습니다.

대통령의 독서

문재인 정부는 국민의 뜻을 받드는 정부가 될 것임을 광주 영령들 앞에서 천명합니다. 서로가 서로를 위하고 서로의 아픔을 어루만져 주는 대한민국이 새로운 대한민국입니다. 상식과 정의 앞에 손을 내미는 사람이 많아질수록 숭고한 5·18 정신은 현실 속에서 살아 숨 쉬는 가치로 완성될 것입니다.

　　다시 한번 삼가 5·18 영령들의 명복을 빕니다.
　　감사합니다.

11장

태극기를 드는
마음은 달라도

저에게는 용서라는 말이 인간의 언어 중 가장 아름다운 단어입니다.

─빅토르 위고, 〈세 아이〉, 《93년》, 이형식 옮김, 열린책들, 2011

용서할 수 없다면 승리할 필요조차 없다

빅토르 위고는 젊은 시절 정통왕조주의자였다. 이후 자유주의 성향을 가졌다가 루이 나폴레옹의 쿠데타를 겪으며 민주주의자, 공화주의자가 됐다. 위고의 소설 《93년》은 1789년 혁명 후 4년이 지난 1793년 프랑스 서부 방데 반란을 배경으로 하는데, 위고의 이력을 상징하는 세 주인공이 등장한다. 늙은 귀족 랑뜨낙은 왕정복고주의자로 농민군을 이끌고, 혁명의회가 파견한 젊은 장군 고뱅은 공화제를 지지한다. 씨무르댕은 사제이며 고뱅의 정치 참모다. 반대자의 죽음이 있어야 정치적 재건이 가능하다고 믿는 냉혈한이다.

왕당파와 공화파의 싸움에는 이해와 관용이 없다. 방데에선 철저한 응징으로 어느 편이든 저 깊숙한 곳에서부터 병든다. 위고는 말한다. "타국과의 전쟁이란 팔꿈치에 입은 찰과상에 불과하지만, 내전은 우리의 간을 먹어 치우는 궤양이오"라고. 뚜르그성에서의 마지막 전투로 공화파가 승리한다. 한때 랑뜨낙 후작이 조카 고뱅을 돌보고, 씨무르댕이 고뱅의 가정교사로 함께 거처했던 성이다. 랑뜨낙은 탈출할 수 있었지만 불타는 서재에 갇힌 세 아이를 구하기 위해 자발적으로 체포된다. 고뱅은 랑뜨낙의 행동에 감화돼 그를 살리고 대신 단두대에 선다. 혁명의 순수성에 충실한 씨무르댕은 고뱅의 죽음에 찬성표를 던질 수밖에 없다. 고뱅의 잘린 머리가 바구니로 굴러떨어지는 순간, 씨무르댕은 자기 가슴에 총을 쏜다.

소설은 비극으로 끝나는 듯 보인다. 그러나 위고는 개인이 감당할 수 없는 역사의 흐름에도 개인이 바꿀 수 있는 미래가 있다는 희망을 보여 준다. 그 희망은 저마다의 '도덕적 투쟁'이다. 랑뜨낙, 고뱅, 씨무르댕뿐 아니라 등장인물들은 모두 숭고한 미덕으로 시대와 맞선다. 고뱅의 용서는 거대한 역사와 다른 도덕적 논리를 역사에 새긴다. "용서할 수 없다면 승리할 필요조차 없습니다. 전투 중에는 우리가 적들의 적이되, 승리를 거둔 후에는 그들의 형제가 됩시다." 한 영혼의 어둠을 다른 영혼의 광명이 감싸며 비로소 한 시대가 온전히 구성된다. 1874년에 출간된 소설을 아직까지 우리가 읽는 이유이다.

통합은 언제나 막연하고 조금은 거창하게 들린다. 정치 지도

자라면 누구나 '국민통합'을 외치지만 진정으로 사회를 개선하려는 것인지, 진전을 위한 열망인지 잘 모를 때가 많다. 통합 뒤에서 이념으로 편을 가르고, 지역주의를 조장하고, 경제적 격차를 더욱 심화한다면 그것은 한낱 기만에 지나지 않는다. 김대중 대통령은 동서 화합을 위해 노력했고, 용서를 실천했다. 노무현 대통령은 국가균형발전으로 격차를 줄이려 했고, 상식이 통하는 정치로 사람 사는 세상을 만들려 했다. 윤석열 대통령 역시 "기득권과 싸운 노무현 정신을 배우겠다" 했고, 국민통합을 강조했다. 그런데 궁금하다. 대통령들이 저토록 통합을 외치는데, 왜 양극화는 깊어지고 갈등은 점점 커질까. 왜 자꾸 뒤돌아 갈까. 어디서부터 무엇이 잘못됐을까. 고민과 후회가 깊어진다.

통합은 새 떼의 비상 같다. 흩어졌다 모이고 한곳으로 향하다가 다시 흩어진다. 삶이 그렇듯 한결같을 수 없다. 제각기 원하는 대로 흘러가다가 때때로 경이롭게 뭉친다. 그렇다. 통합은 정치적 노력만으로 가능하지 않다. 정치에서 통합은 흔히 전제주의로 빠지기 쉽다. 통합은 개인의 '도덕적 투쟁'이 뒷받침돼야 가능하다. 우리 사회에 보수든 진보든, 20대든 70대든, 가난한 사람이든 부자든, 모두 나름의 생각과 삶이 있다. 보수에는 인간에 대한 끝없는 믿음이 있고, 전통에 대한 무한한 사랑이 있다. 진보에는 변화에 대한 유연성이 있고, 역사에 대한 무한한 긍정이 있다. 통합은 저마다의 정직한 삶을 기반으로 서로를 존중하는 일에 달렸다.

이혜경은 《맹자, 진정한 보수주의자의 길》에 실린 〈환영할 만한 보수주의자의 모델〉이라는 글에서 특히 보수주의자들에게 도덕성을 강조한다. "오늘날 맹자의 정신을 이어받은 보수주의자들은 재산과 신분에 의해 지지되던 그 권위를 잃었으며", "그들에게 남은 것은 도덕적 인간으로 갖는 자존감과 모든 인간을 숭고한 삶으로 이끌어야 한다는 신념, 그리고 그를 위한 헌신"이어야 한다고 조언한다.

개인은 성장하고 개인의 이성은 확장됐다. 보수는 개인이 자신의 이성만으로 행복해질 수 없다고 본다. 자신을 성장시켜 줄 전통과 공동체가 개인의 존재를 보장한다고 생각한다. 간혹 평등이 자유를 위협한다고 여긴다. 당연히 그럴 수 있다. 좋은 삶에 대한 신념을 버리지 않고 도덕적 가치를 수호할 때에만 말이다. 랑뜨낙 후작의 태도는 숭고한 보수의 모습을 보여 준다. 그의 이념에 동감할 수 없는 사람도 그의 삶 전체를 존경할 수 있게 한다. 전통에서 비롯된 고귀함, 숙련된 유능함, 고결한 성품에 다가가게 한다.

애국에는 진보도 보수도 없다

한국의 진보는 《돌베개》가 들려준 장준하 선생의 일대기, 문익환 목사와 김근태 전 열린우리당 의장의 도덕적 태도에 빚졌다. 독재정권이 보여 줄 수 없는 다른 삶을 통해 민주주의와 진보 운동 전체에 정당성을 부여했다. 많은 이가 그들의 이야기를 들으며 도덕적 투쟁의 중요성을 인식했고, 더디더라도 그늘진 곳의 사람들과 함께 가야 한다는 사실을 자각했다. 루마니아의 소설가 헤르타 밀러는 독재자 니콜라에 차우셰스쿠에게 맞서 다 많은 친구를 잃었음에도 인간의 품위가 만들어 내는 '도덕적 투쟁'의 감동을 우리에게 선사했다. 그는 고뱅의 용서가 어떻게 우리 옆에 살아 있는지 보여 준다.

내가 망명하기 직전, 어머니는 아침 일찍 마을 경찰관에게 소환되었습니다. 어머니는 대문간에 이르러서야 '손수건 있니?'라는 물음을 떠올렸습니다. 그 순간 어머니에게는 손수건이 없었습니다. 경찰관이 채근하는데도, 어머니는 다시 집으로 들어가 손수건을 가지고 나왔습니다. 경찰관은 파출소에서 미친 듯이 날뛰었습니다. 어머니는 루마니아 말을 잘하지 못해 경찰관의 울부짖음을 이해하지 못했습니다. 경찰관은 방을 나가면서 문을 잠갔고, 어머니는 하루 종일 그 안에 갇혀 있었습니다. 처음 몇 시간 동안 어머니는 책상 앞에 앉아 울었습니다. 그다음에는 방 안을 서성거리다가, 눈물 젖은 손수건으로 가구의 먼지를 닦기 시작했습니다. 그다음에는 방구석의 물 양동이와 벽에 걸린 수건을 가져다 바닥을 닦았습니다. 어머니에게 그 말을 들었을 때 나는 경악했습니다. "뭣 때문에 파출소를 닦아 줘요?" 어머니는 조금도 주저하지 않고 대답했습니다. "시간을 보낼 일거리가 필요했거든. 그런데 사무실이 너무 지저분하더구나. 큼지막한 남자용 손수건을 하나 가져갔다면 좋았을 것을." 어머니께서 자발

대통령의 독서

적으로 자신을 더욱 낮춤으로써 구류 상태에서 품위를 만들어
내었다는 것을 나는 지금에야 이해합니다.

—헤르타 뮐러, 〈노벨문학상 수상 연설문〉, 《저지대》, 문학동네, 2010

여전히 우리는 통합에 다가가지 못하고 있다. 자신만이 잘할
수 있다는 오만, 권력부터 잡고 나서 잘할 것이라는 착각으로
조급해지고 있다. 분열을 뛰어넘는 언어란 무엇일까. 정치적인
이합집산이 아니라 진정한 국민 통합을 위해 지도자는 어떤 말
을 국민에게 해야 할까. 2017년 현충일을 앞두고, 문재인 대통
령은 '애국에는 보수와 진보가 없다. 방법이 다를 뿐 모두 존중
해야 한다'는 의견을 전했다. 애국으로 통합하는 일도 쉽지는 않
다. 그러나 적어도 공허한 정치적 주장이 아니라 개인의 헌신을
이어 주는 일이 그 출발점은 될 것이다.

애국은 오늘의 대한민국을 있게 한 모든 것입니다. 국가를 위해
헌신하신 한 분 한 분이 바로 대한민국입니다. 보수와 진보로 나
눌 수도 없고, 나누어지지도 않는 그 자체로 온전히 대한민국입
니다. 독립운동가의 품속에 있던 태극기가 고지 쟁탈전이 벌어
지던 수많은 능선 위에서 펄럭였습니다. 파독 광부·간호사를 환
송하던 태극기가 5·18민주화운동과 6월민주항쟁의 민주주의 현
장을 지켰습니다. 서해를 지킨 용사들과 그 유가족의 마음에 새
겨졌습니다. 애국하는 방법은 달랐지만, 모두가 애국자였습니
다. 새로운 대한민국은 여기서 출발해야 합니다. 제도상의 화해

를 넘어서 마음으로 화해해야 합니다. 빼앗긴 나라를 되찾는 데 좌우가 없었고, 국가를 수호하는 데 노소가 없었듯이 모든 애국의 역사 한복판에는 국민이 있었을 뿐입니다. 저와 정부는 애국의 역사를 존중하고 지키겠습니다. 대한민국을 지키기 위해 공헌하신 분들께서 바로 그 애국으로 대한민국을 통합하는 데 앞장서 주시기를 간절히 부탁드립니다. 여러분이 이 나라의 이념 갈등을 끝내 주실 분들입니다. 이 나라의 증오와 대립, 세대 갈등을 끝내 주실 분들도 애국으로 한평생 살아오신 바로 여러분입니다.

—문재인, 〈제62회 현충일 추념식〉, 2017년 6월 6일

다시 태도가 절실하다

돌아보면 한국의 진보는 도덕적인 이들과 함께할 때 훨씬 적극적이었고, 훨씬 너그러웠다. 억압과 패배, 절망 속에서도 품위를 잃지 않았다. 시민들도 박수를 쳤다. 한국 보수의 귀가 빨개진 까닭도 그것 때문이다. 그래서 권위주의는 한국의 진보에게 비도덕의 탈을 씌우려고 안달했던 것이다. 다시 태도가 절실하다. 도덕적 지도자의 등장이 우리 모두에게 필요하다. 한나 아렌트의 글에서 발견했던 '동료 시민'이라는 단어가 보수 지도자의 입에서 나오고 있다. 한국 보수 역시 달라지고 있다. 권위주의로부터 한 발 빼기 위해 자성하고 있다. 물론 그것의 진심 여부 역시 그들의 도덕적 태도에 달렸다. 적대적인 서로의 얼굴에서 지

금까지와 다른 모습을 보게 되길 진심으로 바란다.

《93년》, 방데는 신념에 의한 싸움으로 치열했지만 결국 미덕으로 형제가 됐다. 각자 태극기를 드는 마음은 달라도, 통합은 가능할 것이다. 태도로 경쟁하고, 미덕으로 다가가 서로를 존중한다면 말이다.

존경하는 국민 여러분, 국가유공자와 유가족 여러분!

예순두 번째 현충일을 맞아 나라를 위해 희생하신 분들
의 거룩한 영전 앞에 깊이 고개 숙입니다. 가족을 조국의 품
에 바치신 유가족 여러분께 위로와 감사의 말씀을 드립니다.
국가유공자 여러분께 충심으로 경의를 표합니다.

저는 오늘 이곳 현충원에서 애국을 생각합니다. 우리 국
민의 애국심이 없었다면 지금의 대한민국도 없었을 것입니
다. 식민지에서 분단과 전쟁으로, 가난과 독재와의 대결로
시련이 멈추지 않은 역사였습니다. 애국이 그 모든 시련을
극복해 낸 힘이었습니다. 지나온 100년을 자랑스러운 역사
로 만들었습니다.

존경하는 국민 여러분!

대한민국이라는 국호를 지킨 것은 독립운동가들의 신념
이었습니다. 항일 의병부터 광복군까지 국권 회복과 자주독
립의 신념이 태극기에 새겨졌습니다. 살이 찢기고 손발톱이
뽑혀 나가면서도 가슴에 태극기를 품고 조국을 버리지 않았

습니다. 독립운동가들은 또 다른 독립운동가를 키우고 지원하며 나라 잃은 설움에도 굳건하게 살아 냈습니다. 그것이 애국입니다.

독립운동가와 그 후손들이 국가의 예우를 받기까지는 해방이 되고도 오랜 시간이 걸렸습니다. 그러나 "독립운동을 하면 3대가 망하고, 친일을 하면 3대가 흥한다"는 뒤집힌 현실은 여전합니다. 독립운동가의 후손들이 겪고 있는 가난의 서러움, 교육받지 못한 억울함, 그 부끄럽고 죄송스러운 현실을 그대로 두고 나라다운 나라라고 할 수 없습니다. 애국의 대가가 말뿐인 명예로 끝나서는 안 됩니다. 독립운동가 한 분이라도 더, 그분의 자손들 한 분이라도 더, 독립운동의 한 장면이라도 더 찾아내겠습니다. 기억하고 기리겠습니다. 그것이 국가가 해야 할 일입니다.

38선이 휴전선으로 바뀌는 동안 목숨을 바친 조국의 아들들이 있었습니다. 전선을 따라 늘어선 수백 개의 고지마다 한 뼘의 땅이라도 더 찾고자 피 흘렸던 우리 국군이 있었습니다. 그들의 짧았던 젊음이 조국의 땅을 넓혔습니다. 전선을 지킨 것은 군인만이 아니었습니다. 태극기 위에 위국헌신(爲國獻身)을 맹세하고 후방(後方)의 청년과 학생들도 나섰습니다. 주민들은 지게를 지고 탄약과 식량을 날랐습니다. 그것이 애국입니다.

철원 '백마고지', 양구 '단장의 능선'과 '피의 능선', 이름 없던 산들이 용사들의 무덤이 되었습니다. 전쟁의 비극이 서린 슬픈 이름이 붙여졌습니다. 전우를 그곳에 남기고 평생 미안한 마음으로 살아오신 호국용사에게 눈물의 고지가 되었습니다. 아직도 백골로 묻힌 용사들의 유해, 단 한 구의 유골이라도 반드시 찾아내 이곳에 모시겠습니다.

전장의 부상을 안고 전우의 희생을 씻기지 않는 상처로 안은 채 살아가는 용사들, 그분들이 바로 조국의 아버지들입니다. 반드시 명예를 지켜 드리겠습니다. 이념에 이용되지 않고 이 땅의 모든 아들딸에게 존경받도록 만들겠습니다. 그것이 응당 국가가 해야 할 일입니다.

베트남 참전용사의 헌신과 희생을 바탕으로 조국 경제가 살아났습니다. 대한민국의 부름에 주저 없이 응답했습니다. 폭염과 정글 속에서 역경을 딛고 묵묵히 임무를 수행했습니다. 그것이 애국입니다.

이국(異國)의 전쟁터에서 싸우다가 생긴 병과 후유상애는 국가가 함께 책임져야 할 부채입니다. 이제 국가가 제대로 응답할 차례입니다. 합당하게 보답하고 예우하겠습니다. 그것이 국가가 해야 할 일입니다.

존경하는 국민 여러분!

저는 오늘 조국을 위한 헌신과 희생은 독립과 호국의 전장에서만 있었던 것이 아니었음을 여러분과 함께 기억하고자 합니다.

1달러의 외화가 아쉬웠던 시절 이역만리 낯선 땅 독일에서 조국 근대화의 역군이 되어 준 분들이 계셨습니다. 뜨거운 막장에서 탄가루와 땀으로 범벅이 된 채 석탄을 캔 파독(派獨) 광부, 병원의 온갖 궂은일까지 견뎌 낸 파독 간호사. 그분들의 헌신과 희생이 조국 경제에 디딤돌을 놓았습니다. 그것이 애국입니다.

청계천변 다락방 작업장, 천장이 낮아 허리조차 펼 수 없었던 그곳에서 젊음을 바친 여성 노동자들의 희생과 헌신에도 감사드립니다. 재봉틀을 돌리며 눈이 침침해지고, 실밥을 뜯으며 손끝이 갈라진 그분들입니다. 애국자 대신 여공이라고 불렸던 그분들이 한강의 기적을 일으켰습니다. 그것이 애국입니다.

이제는 노인이 되어 가난했던 조국을 온몸으로 감당했던 시절을 회상하는 그분들께 저는 오늘 정부를 대표해서 마음의 훈장을 달아 드립니다.

존경하는 국민 여러분, 국가유공자와 유가족 여러분!

애국은 오늘의 대한민국을 있게 한 모든 것입니다. 국가를 위해 헌신하신 한 분 한 분이 바로 대한민국입니다. 보수와 진보로 나눌 수도 없고, 나누어지지도 않는 그 자체로 온전히 대한민국입니다. 독립운동가의 품속에 있던 태극기가 고지 쟁탈전이 벌어지던 수많은 능선 위에서 펄럭였습니다. 파독 광부·간호사를 환송하던 태극기가 5·18민주화운동과 6월 민주항쟁의 민주주의 현장을 지켰습니다. 서해를 지킨 용사들과 그 유가족의 마음에 새겨졌습니다. 애국하는 방법은 달랐지만, 모두가 애국자였습니다.

새로운 대한민국은 여기서 출발해야 합니다. 제도상의 화해를 넘어서 마음으로 화해해야 합니다. 빼앗긴 나라를 되찾는 데 좌우가 없었고, 국가를 수호하는 데 노소가 없었듯이 모든 애국의 역사 한복판에는 국민이 있었을 뿐입니다. 저와 정부는 애국의 역사를 존중하고 지키겠습니다.

대한민국을 지키기 위해 공헌하신 분들께서 바로 그 애국으로 대한민국을 통합하는 데 앞장서 주시기를 간절히 부탁드립니다. 여러분이 이 나라의 이념 갈등을 끝내 주실 분들입니다. 이 나라의 증오와 대립, 세대 갈등을 끝내 주실 분들도 애국으로 한평생 살아오신 바로 여러분입니다. 무엇보다 애국의 역사를 통치에 이용한 불행한 과거를 반복하지 않겠습니다. 전쟁의 후유증을 치유하기보다 전쟁의 경험을 통치의 수단으로 삼았던 이념의 정치, 편 가르기 정치를 청산하겠습니다.

존경하는 국민 여러분, 국가유공자와 보훈 가족 여러분!

저는 오늘 이 자리에서 보훈이야말로 국민 통합을 이루고 강한 국가로 가는 길임을 분명히 선언합니다.

그동안 우리의 보훈 정책은 꾸준히 발전해 왔습니다. 군사 원호(軍事 援護)에서 예우와 보상으로, 호국 유공자에서 독립·민주 유공자와 공무수행 유공자까지 그 영역도 확대되어 왔습니다. 국가유공자로 모시지는 못했지만 그 뜻을 함께 기려야 할 군경과 공무원, 의인들을 예우하고 지원하는 제도도 마련해 왔습니다. 그러나 아직도 그분들의 공적에는 많이 미치지 못합니다. 국민의 상식과 눈높이에도 미치지 못합니다.

이제 한 걸음 더 나가겠습니다. 국회가 동의해 준다면 국가보훈처의 위상부터 강화하겠습니다. 장관급 기구로 격상하겠습니다. 국가유공자와 보훈 대상자, 그 가족이 자존감을 지키며 살아가실 수 있도록 하겠습니다.

국가를 위해 헌신하면 보상받고 반역자는 심판받는다는 흔들리지 않는 믿음이 있어야 합니다. 그것이 국민이 애국심을 바칠 수 있는 나라다운 나라입니다. 애국이 보상받고, 정의가 보상받고, 원칙이 보상받고, 정직이 보상받는 나라를 다 함께 만들어 나갑시다. 개인과 기업의 성공이 동시에 애국의 길이 되는 정정당당한 나라를 다 함께 만들어 나갑시다.

다시 한번 순국선열, 호국 영령, 민주 열사의 애국 헌신을 을 추모하며 명복을 빕니다.

감사합니다.

12장

공이 아닌
골키퍼를 보는 일

"공격수와 공에서 시선을 떼고 골키퍼만 바라보는 일은 대단히 어
렵습니다."
"그러나 사람들은 대부분 골문으로 공을 찬 뒤에야 골키퍼를 보게
되지요."

—페터 한트케, 《페널티킥에 대한 골키퍼의 두려움

Die Angst Tormanns Beim Elfmeter》, 1970

청와대에 출근합니다, '달리기'로

청와대 첫 출근날, 내가 집에서 가장 먼저 챙긴 것은 운동화
다. 청와대에 도착해, 연풍문 경비원에게 처음으로 했던 말은
"체육관이 어디예요?"였다. 청와대에 들어가, 가장 처음으로 한
일은 러닝머신 위를 달리는 것이었다. 내심 긴장과 설렘이 없
지 않았겠지만, 스스로를 자제시키고 겸손하도록 다그치는 데

는 달리기만 한 게 없었다. 한 시간, 갖은 생각을 떨쳐내며 속도를 올리자 부푼 것들의 바람이 빠져나갔다. 이내 러닝머신을 내려오니 그제야 선거에 이긴 메시지 팀장이 아니라, 국민을 위해 땀을 흘려야 할 연설비서관이 서 있었다.

청와대 5년을 버티게 해 준 동력은 둘이다. 하나는 국민에 대한 대통령의 정직한 마음이고, 다른 하나는 달리기였다. '운동 중독 같다'는 한 수석의 놀림을 웃어넘기며 아침마다 달렸다. 일요일 출근 아침에도 달렸고, 체육관이 폐쇄된 코로나 시기에는 경복궁 담을 따라 네 바퀴씩 달렸다. 매일 네 시 반에 일어나야 했다. 달릴 때마다 어제 쌓인 답답함을 털어 내고, 글쓰기에 대한 자존감을 그 자리에 채워 넣었다. 그렇게 5년, 연설문과 기고문, 축전과 SNS, 회담 자료와 서신까지 3,000여 편의 글을 쓰고 고쳤다. 러닝머신과, 길, 순방지의 새벽까지 1만 킬로미터가 넘는 달리기로 땀방울을 뿌렸다.

애초에 달리기를 시작한 건 문재인 대통령의 당대표 출마 때였다. 남북 관계 발전에 대한 열망이 있었고, 스무 살 무렵 품은 정의로운 나라에 대한 꿈이 문재인을 통해 이뤄지길 바랐다. 문제가 있다면, 누군가의 참모로 일해 본 적 없고 누군가를 모셔 본 적이 없는 제멋대로의 내 삶이었디. 잘 이울려아 했고, 맡은 일을 정확하게 처리해야 했고, 혹여나 동료들의 사기를 떨어뜨리는 행동은 삼가야 했다. 그렇게 자신을 다스리는 방법으로 선택한 것이 달리기였다.

광흥창역에서 내려 매일 아침 서강대교를 걷고 달려 여의도로 갔다. 가장 먼저 도착해 커피를 타고 자료를 읽는 경험은 아주 색다른 자신감을 주었는데, 그때 어렴풋이 발견한 건 달리기가 글쓰기에 큰 도움이 된다는 것이었다. 그렇다고 하루아침에 글쓰기 능력이 도약할 수는 없는 법, 단지 그동안 읽은 것, 그동안 생각한 것을 자신 있게 담아낼 수 있는 용기가 생겨났다. 물어볼 수 있는 힘, 다른 의견을 담아낼 수 있는 여유, 고치고 또 고칠 수 있는 집중력이 자라났다. 자신이 쓴 것에 대한 책임감은 덤이다. 진작에 알았더라면, 일찍부터 달리기에 빠져들었다면, 부끄러운 결과물이 조금이나마 줄었을 것이라는 생각에 가끔 몸을 부르르 떨었다.

육체 활동과 정신 활동 사이의 벽

우리는 달리기 위해 설계된 몸을 갖고 있다. 더 정확히 말하자면 오래 달리도록 진화됐다. 우리의 조상들이라고 사자보다 강하고 영양보다 빠르기를 바라지 않았을 리 없다. 그런데 나무에 잘 매달리지도 못하고 싸움도 잘하지 못하는 쪽으로 진화했다. 물론 일부는 굵고 튼튼한 근육, 부러지지 않는 뼈를 가지고 있었다. 네안데르탈인이다. 우리보다 어쩌면 더 똑똑했을지 모를 네안데르탈인도 이제는 없다. 그렇다면 무엇이 그렇게 생존에 유리해 보이는 능력을 포기하고 우리를 오래, 멀리 달리게 만들었을까.

먼 옛날, 조상들이 영양을 쫓던 모습을 상상한다. 맨손이다. 창을 손에 쥐려면 180만 년을 더 기다려야 한다. 화살을 쏘려면 198만 년 뒤, 영리한 누군가 태어나야 한다. 영양은 10킬로미터에서 15킬로미터 정도 달리면 고체온증으로 쓰러진다. 그러니 쫓아가기 위해 빨리 달릴 필요가 없다. 아주 무더운 날을 골라 영양이 전력으로 도망치게 하면 된다. 고개를 높이 들어 눈앞에서 놓치지만 않으면 이내 따라잡을 수 있다. 오직 두 발만으로 영양의 고기를 얻는다. 영양이 피를 흘리지 않으니, 피 냄새를 맡고 찾아오는 불청객도 피할 수 있다.

태양 아래에서 10킬로미터를 달릴 수 있으면 된다. 창과 활 없이 달리기만으로 우리 조상들은 아주 치명적인 사냥꾼이 될 수 있었다. 허기는 인내심으로 견딘다. 인내심은 태양을 두려워하지 않게 만든다. 덕분에 태양이 송곳처럼 피부에 수백만 개의 땀샘을 뚫었다. 달리면서 몸을 식히고, 계속 달린다. 이내 숲이 줄어들고 32℃가 넘는 더위가 닥치자, 느리고 큰 동물들이 사라졌다. 네안데르탈인도 함께 저물었다. 결국 잘 참고, 비쩍 말라 비실해 보이는 우리만 남았다.

결정적인 것은 오래달리기가 정신 활동에 개입한 것이다. "동물을 추적할 때는 동물이 어디로 가는지 예측히기 위해 동물처럼 생각해야" 한다. 동물의 흔적을 보고 동물의 움직임을 예측해 자신의 행동을 결정한다. "시각화, 감정이입, 추상적 사고, 미래로의 투사" 모두 필요하고 발전시켜야 한다. 이것이 바로 지금 "우리가 과학과 의학, 창조적 예술에서 말하는 정신 활동

아닌가"(크리스토퍼 맥두걸,〈인간은 달리기 위해 태어났다〉,《본 투 런》).

　지금의 부시먼들도 우기에 영양의 몸이 빨리 과열된다는 것을 안다. 젖은 모래 때문에 발굽이 바깥으로 벌어진다. 보름달이 떠서 밝을 때는 영양이 밤새 활동하다가 새벽이면 지쳐 버린다는 것도 안다. 얼룩말의 똥 무더기를 보고 어느 똥이 어느 얼룩말의 것인지 구별한다. 정확히 한 마리를 쫓아갈 수 있다. 그렇게 똥과 똥이라는 점을 머릿속의 선으로 연결할 수 있는 시각화, 추상적 사고가 생겨났을 것이다. "화살로 쏘아서 성공할 확률은 아주 낮아요. 따라서 사냥하는 날 수로 볼 때, 끈질긴 사냥으로 고기를 얻을 확률이 훨씬 더 높습니다."(《본 투 런》) 처음 잡은 쿠두는 두 시간 만에 쓰러졌지만, 그다음부터는 세 시간에서 다섯 시간가량 달려야 했다. 선사시대 사냥의 현대판이라고 할 수 있는 마라톤에 걸리는 시간과 정확하게 일치하는 것도 너무나 경이롭다.

　육체 활동은 결코 정신 활동과 별개가 아니다. 뇌가 커지고 두개골이 커지면서 오히려 안정적으로 달릴 수 있게 되었고, 안정적으로 달리면서 오늘 우리의 정신이 활력을 얻었다. 인간은 본능적으로 그것을 알고 있다. 그런데 문제는 우리 사회가 오랜 기간 육체 활동과 정신 활동 사이에 벽을 쌓은 것이다. 그 바람에 나 역시 달리기로 돌아오기까지 많은 시간을 허비해야 했다. 일상과 분리된 육체 활동, 고립된 체육관에서 만들어진 슬픈 풍경을 돌아본다.

메달리스트 전에 한 명의 인간으로

하형주는 스포츠 개혁을 외치며 정계 진출을 시도하다 또 다른 상처를 받았다. "저거 유도 선수 아이가? 운동이나 하지… 그럴 때 참 억울하다는 생각도 들면서 아 이게 우리 현주소구나. 올림픽이나 4년에 한 번씩 열광하고 그걸로 끝나는 거… 참 가슴 아픕니다. 내가 신앙처럼 받들고 종교처럼 생각했던 유도인데… 우리가 특수부대 요원들 키울 때 전쟁 같은 비상사태 때 한번 써먹기 위해 시간을 지연시키기 위해 적지에 투입시켜서 죽어 가는 것처럼… 우리 체육 정책은 특수부대 요원 키워서 한번 쌈 싸 먹는 데 사용할 수 있는 그런 존재를 키우는 시스템일 뿐이구나."

—정재용, 〈슬픈 금메달〉, 《죄송합니다 운동부입니다》, 레인보우북스, 2014

KBS 정재용 기자는 집합과 '빳다'의 시대에 축구 선수를 꿈꿨다. 부상으로 교실에 돌아온 소년은 자신의 자리가 학교여야 한다는 것을 깨달았다. 축구화가 세상의 전부였던 소년들의 방황에 대해서도 잘 알게 됐다. 스포츠 기자가 된 그는 한국 스포츠의 혁신가로 성장했다. 스포츠인을 만나 따뜻한 이야기를 나누고, '스포츠는 권리다'를 주장하며 학교체육과 생활체육, 엘리트 스포츠를 아우르는 종합적인 대안에 다가갔다. '학교체육진흥법'이라는 제도적 틀을 갖추는 데도 큰 역할을 했다. 우리는 자연스럽게 몸을 움직이며 생각이 커지고 공동체의 일원이 된다. 강제로는 이룰 수 없는 일이다.

사회체육 제도가 가장 발달한 나라 가운데 하나가 독일이다. 1959년 독일 올림픽위원회는 청소년 체육교육에 대한 콘라트 아데나워 총리의 정책을 바탕으로 '골든 플랜'을 수립했다. 집에서 10분 거리에 체육관을 지어 주민들이 어디서나 운동할 수 있도록 한다는 내용이다. 지금 3,000만 명의 독일 국민은 9만여 개의 스포츠 시설에서 달리기, 수영, 축구, 배드민턴, 농구 등 운동을 생활화하고 있다. 소질이 발견되면 엘리트 스포츠로 옮겨가고 은퇴 뒤에는 다시 사회체육 지도자가 되는 선순환을 하고 있다. 올림픽 메달리스트나 분데스리가 선수들 역시 거의 모두 사회체육에서 발굴한 인재들이다.

노무현 대통령 또한 '골든 플랜'을 꿈꿨다. 국민이라면 차별 없이 누구나 쉽게 체육활동에 참여할 수 있는 체육 환경 조성에 나섰다. '주5일 근무제'를 도입함으로써 생활체육과 레저 스포츠의 기틀을 마련했고, 주민 친화형 생활체육 시설도 확충했다.

2017년 문재인 대통령은 전국체육대회 개회식에서 한 장애인 선수의 이야기를 들려준다. 집에서 나오는 것도 힘들었던 이들에게 체육은 사회에 나오는 용기를 주었다는 것. 2021년 신년사에서는 "메달이 중요한 시대는 지났"고, "함께 체육을 즐기는 시대"라고 말한다. "전문체육인들과 생활체육인들이 스포츠 인권을 보장받으면서 마음껏 스포츠를 즐길 수 있도록 간섭 없이 지원"하겠다고 약속했다. '스포츠 윤리센터'의 출범으로 인권 사각지대이던 체육계의 어두운 면도 보듬었다.

가장 기억에 남는 것은 선수 개개인의 인생에 다가간 일이다. 축전에서 선수를 '메달리스트'로 통칭하지 않음으로써 그들을 한 인격체로 생각하게 했다. 하형주 선수의 한탄처럼 선수들이 특수부대 요원일 수는 없다. 선수들 역시 가족과 함께 일상에서 작은 서사를 만들어 내는 존재들이다. 엘리트 선수가 아니어도 누구나 건강한 땀, 땀이 주는 자존감을 가질 수 있다. 그들의 성취가 우리 모두의 삶에서 비롯됐다는 것, 그로 인해 희망과 용기도 모두의 것이 될 수 있었다.

하얀 눈 위를 거침없이 내려온 이상호 선수에게 강원도의 겨울 산들이 일제히 박수를 쳤습니다. 이 선수의 스노보드 평행대회전 은메달이 너무나 대단합니다. 축하합니다. 저는 오늘, 불가능을 가능으로 만들어 모두에게 희망을 주고 싶다던 소년의 질주를 떨리는 마음으로 보았습니다. 이 선수로 인해 우리나라 설상 스포츠가 새로운 역사를 쓰게 되었습니다. 우리 전통 스키인 고로쇠 썰매의 역사도 살아났습니다. 어린 아들은 배추밭에서 눈썰매 타기를 좋아했고 부모님께서는 즐겁게 이끌어 주셨습니다. 눈 위에 남긴 가족들의 행복한 모습이 오늘 우리 모두의 자긍심으로 돌아왔습니다. 깊이 감사드립니다. 정말 수고 많았습니다.

　　　　— 문재인, 〈평창동계올림픽 이상호 선수 축전〉, 2018년 2월 24일

함께 달리며 '인간'이 되어 가는 우리

스포츠는 체력 향상을 경험하게 한다. 그러나 그 이상으로 인내심과 공정의 경험 또한 선사한다. 상대편이나 경쟁자들 사이에서 서로를 바라보게 하는 데 스포츠만 한 게 없다. 축구장에서 공이 아니라 골키퍼를 보는 일은 쉽지 않다. 공장에서 한 노동자를 보고, 정치의 저 아래 고통받는 국민 한 사람을 보고, 승리를 축하하는 환호 속에서 패배자의 절치부심을 보는 일이 어렵듯이 말이다. 그러나 우리는 달리기 위해 태어났고, 함께 달리며 인간성을 갖게 됐다. 달리면서 한계를 느끼고, 달리면서 작은 성취를 느낄 수 있다면 우리는 반드시 공이 아니라 인간을 보고 서로를 이해하는 힘을 가지게 될 것이다. 그 가운데 엄청난 선수가 탄생한다면 그것이야말로 정직한 행운이다.

누구나 달리기할 수 있는 사회, 몸속 세포를 깨우며 행복을 느낄 수 있는 시대는 결코 불가능하지 않다. 즐겁게 달리는 일, 아름답게 어시스트하는 일, 넘어진 상대방의 손을 잡아 다정하게 일으켜 주는 일, 우리 모두 할 수 있고 해야 할 일이다. 운동을 하면서 성적까지 오르는 일 역시 그렇다. 엄마들이 얼마나 좋아할까.

제98회 전국체육대회 개회식

2017. 10. 20.

국민 여러분, 충청북도 도민 여러분, 17개 시·도 선수단과 임원 여러분!

반갑습니다. 멀리 해외에서 고국을 찾아오신 동포 선수단 여러분께도 따뜻한 환영의 인사를 드립니다. 생명과 태양의 땅 충청북도에서 펼쳐지는 아흔여덟 번째 전국체육대회 개막을 진심으로 축하합니다. 앞으로 7일간 충북에 울려 퍼질 응원의 함성과 가을 햇살에 빛날 선수들의 땀방울을 생각하면 벌써부터 가슴이 뜨거워집니다.

저는 먼저 충북 도민 여러분께 특별한 감사 말씀을 드리고 싶습니다. 지난 9월 이곳 충북에서는 '장애인 먼저'라는 슬로건 아래 전국장애인체육대회가 개최되었습니다. 전국체육대회보다 전국장애인체육대회가 먼저 열린 것은 체전 사상 처음 있는 일이었습니다. 전국장애인체육대회에 대한 충북 도민의 관심과 애정은 뜨거웠고, 자원봉사자들은 진심을 다해 참가자들을 맞이했습니다. 장애인과 비장애인 관중은 선수들과 한마음이 되어 웃고 울었습니다. 역대 최대 규모의 전국장애인체육대회였고 모두가 승리한 체육의 향연이었습니다.

이시종 도지사님, 충북 도민 여러분, 충주 시민과 자원봉사자 여러분, 정말 수고 많으셨습니다. 늦었지만 불굴의 의지로 감동을 선사해 준 장애인선수단과 임원 여러분께도 큰 박수를 보냅니다. 전국장애인체육대회에서 보여 주신 충청북도 도민의 우애 정신과 품격은 이번 전국체전에서도 빛을 발할 것이라고 확신합니다.

존경하는 국민 여러분!

1920년 일제강점기에 시작한 전국체육대회는 근현대의 격동을 넘어 지금 우리에게까지 이어지고 있는 역사의 큰 줄기입니다. 저는 한 장애인 운동선수의 이야기에서 체육의 가치를 새롭게 발견했습니다. "집에서 나오는 것도 힘들었던 이들에게 체육은 사회에 나오는 용기를 주었다." 이번 전국장애인체육대회에 참가했던 한 선수의 말입니다.

우리에게 체육의 역사는 도전과 용기, 화합과 연대의 역사입니다. 일제강점기 국민은 모든 힘을 다해 분투를 펼치는 우리 선수들을 통해 식민지 어둠에서 희망의 빛을 보았습니다. 가난에서 벗어날 의지와 민주주의를 향한 여정에 기운을 북돋운 곳 역시 특권과 반칙이 통하지 않는 운동장이었습니다.

세기가 바뀐 2002년 월드컵 때 운동장은 광장이 되었습니다. 경기장을 넘어 광장과 거리에 울려 퍼진 '대한민국' 구호는 도전과 용기, 화합과 연대라는 체육 정신과 함께 근현대의 역경을 극복해 온 위대한 국민의 함성이었습니다.

이제 대한민국은 내년 2월 평창동계올림픽을 치르면 세계 4대 스포츠 행사를 모두 치른 나라가 됩니다. 오늘부터 일주일간 국토의 중심부 충청북도에서 전국으로 퍼져 나갈 환호와 열정, 선수들이 흘린 땀이 평창동계올림픽과 동계패럴림픽 성공의 마중물이 되리라 믿습니다.

국민 여러분, 선수와 체육 관계자 여러분!

정부는 2년 후로 다가온 전국체육대회 100년을 맞아 국민과 함께 더 높이 비상할 한국 체육 100년의 꿈을 준비하고 있습니다. 올 3월 이루어진 체육 단체 통합은 그 첫걸음입니다.

정부는 엘리트 체육과 생활체육을 상생의 구조로 개편해 나가겠습니다. 유소년과 청소년, 노인, 소외 계층, 장애인, 다문화 가정, 저 연령대와 전 계층이 모두 마음껏 체육 활동을 즐길 수 있는 체육 시설과 프로그램을 지속적으로 확충하겠습니다. 모든 국민이 자신이 좋아하는 운동을 즐기는 활기찬 나라는 더 많은 선수들이 현역 은퇴 이후 지도자가 될 수 있는 기회의 나라이기도 합니다. 정부는 생활체육 기반을 넓혀

재능을 갖춘 운동선수를 발굴·양성하고, 선수들은 은퇴 후 체육 지도자가 되는 선순환 환경을 만들어 가겠습니다.

현역 선수들이 최고 역량을 발휘할 수 있도록 과학적이며 체계적인 지원도 아끼지 않겠습니다. 지난 9월 27일 이곳 충청북도 진천군에서 체육인들의 염원을 담은 진천선수촌이 개촌식을 가졌습니다. 장구한 전국체육대회 역사와 스포츠 강국의 위상에 맞는 세계 최대 규모, 최고 수준의 선수촌입니다. 국가대표 선수가 되어 진천선수촌에 입촌하는 일은 여기 계신 모든 선수들의 꿈일 것입니다.

기회는 평등하게, 과정은 공정하게 만들겠습니다. 선수 선발 공정성을 더욱 확고히 다지겠습니다. 육상·수영·체조와 같은 기초 종목은 단기 성과에 급급해하지 않겠습니다. 기초 종목은 생활체육의 기본이기도 합니다. 장기적 관점에 맞춰 육성하고 지원해 나갈 것입니다.

사랑하는 선수 여러분!

선수 여러분께 당부 말씀을 드리겠습니다.

여러분은 17개 시·도에서 펼쳐진 치열한 경쟁을 뚫고 전국체육대회에 진출한 선수들입니다. 저는 여러분이 땀 흘려

얻은 것이 경기력만은 아니라고 생각합니다. 여러분은 자신의 한계를 넘어서기 위해 훈련에 훈련을 거듭했습니다. 그 과정에서 자신과 대화했으며, 동료들과 협력하고, 상대방을 존중해 왔습니다. 여러분 안에는 여러분이 알고 있는 것보다 훨씬 큰 소통과 연대의 힘이 있습니다.

자긍심을 갖고 당당히 뛰어 주십시오. 승패를 넘어 아름다운 경쟁을 보여 주십시오. 오늘 여러분의 모습을 가슴에 새긴 체육 꿈나무들이 여러분을 이어 여러분이 서 있는 바로 그 자리에 서게 될 것입니다.

이제 곧 전국체육대회를 밝힐 성화가 뜨겁게 타오를 것입니다. 국민 여러분, 혼신의 힘을 다하는 모든 선수들에게 아낌없는 박수를 보내 주십시오. 선수 여러분, 그동안 갈고 닦은 기량을 마음껏 펼쳐 주십시오. 출발선에서 숨을 힘껏 들이쉬고 꿈을 향해 도약하십시오. 선수와 관객, 국민 모두가 전국체육대회의 주인공입니다.

큰 체육 행사를 연이어 훌륭하게 준비하신 이시종 도지사님을 비롯한 충청북도 도민 여러분과 충주 시민, 자원봉사자 여러분께 다시 한번 깊은 감사 인사를 드립니다. 전국체육대회에 참여한 모든 분들의 건강과 행운을 기원합니다.

감사합니다.

13장

뒤집힌
세계지도의 꿈

노인은 바다를 늘 '라 마르'라고 생각했는데, 이는 이곳 사람들이
애정을 가지고 바다를 부를 때 사용하는 스페인 말이었다. (…) 노인
은 늘 바다를 여성으로 생각했으며, 큰 은혜를 베풀어 주기도 하고
빼앗기도 하는 무엇이라고 말했다. 설령 바다가 무섭게 굴거나 재
앙을 끼치는 일이 있어도 그것은 바다로서도 어쩔 수 없는 일이려
니 생각했다.

—어니스트 헤밍웨이,《노인과 바다》, 김욱동 옮김, 민음사, 2012

푸근한 고향도 세계가 함께 만들어 낸 것

남중국해를 지나고 있다. 온통 바다와 구름, 바람뿐이다.《모
비딕》을 쓴 허먼 멜빌이나《홍합》을 쓴 소설가 한창훈 형처럼
꿈틀꿈틀 살아 있는 바다를 그려 보고 싶은 마음이 늘 간절했으
나, 강원도 내륙에서 태어나고 자란 나에겐 언감생심이다. 뱃사
람이 되는 건 애초부터 꿈꾸지도 못했다. 그래도 상선 한쪽, 작

은 침대라도 하나 차지하고픈 소망을 이뤘다. 다윈이나 훔볼트 같은 위대한 동승자가 될 리는 만무하다. 다만 한국 해운의 씩씩한 모습 정도를 마음에 담아낸다면 다행이지 싶다.

부산 북항을 출발한 배는 1,800개 넘는 컨테이너를 홍콩, 호찌민, 램차방, 방콕, 샤먼 항구에서 내리고 싣는다. 귀항까지 대략 3주가 넘는 일정이다. 컨테이너에는 온갖 물건이 담겼다. 이동하는 거리·시간과 비례해 가치가 오르고, 세계 곳곳 물건을 나눠 인류의 삶을 동질화하는 데 기여할 것이다. "배만 들어오면…", 그것은 화주들의 희망이다. 안을 들여다볼 수 없지만 항구와 상가, 수많은 사람에게 분명 활력을 불어넣을 것이다.

이제 교역 없이 인류는 살아가기 힘들다. 콜럼버스 이후 세계는 하나의 관계망으로 엮였다. 16세기 무역과 경제 교류로 시작된 이 시스템은 19세기에 접어들면서 생태적으로도 묶였다. 고향을 생각할 때마다 큰어머니가 가꾼 옥수수밭을 떠올리지만 우리는 옥수수가 멕시코에서, 감자가 안데스산맥에서 왔다는 것을 자주 잊는다. 가족 같은 우리 집 푸들도 원산지는 독일이다. 우리끼리만 살 수 있다는 생각은 억지스러운 아집이다. 지금의 아련한 추억, 푸근한 고향 모두 세계가 함께 만들어 낸 것이다.

저명한 르포 작가 찰스 만은 《1493》에서 우리가 오지라 생각하는 필리핀 한 마을에서 세계가 얼마나 뒤섞여 있는지 보여 준다. 〈바하이 쿠보(Bahay Kubo)〉라는 동요를 통해 교역의 긴 역사를 들여다본다. 이 동요는 필리핀 아이라면 누구나 잘 부른다.

'바하이 쿠보'는 야자나무로 만든 단칸방 집으로 필리핀의 전통 가옥이다. 장대 위에 지어져서 바람이 잘 통하고 홍수를 피할 수 있다. 주변에는 채소밭이 있고 과일이 주렁주렁하다. 노래는 이 밭에서 자라고 있는 작물들을 열거하는 것으로 이어진다. "자카마 그리고 가지, 날개 콩, 그리고 땅콩, 깍지 콩, 강낭콩, 제비콩, 겨울 멜론, 수세미, 동아, 그리고 겨울 호박, 그리고 무와 머스타드도 있지요! 양파, 토마토, 마늘, 그리고 생강! 밭을 삥 둘러서 참깨도 있지요." 찰스 만에게 이 노래를 알려 준 마닐라 식물학자는 가사를 번역해 주며 본인도 웃는다. 이 노래에 등장하는 작물(토종 작물로 여겨지는)들은 하나하나 아프리카와 아메리카, 혹은 동아시아 등 사실상 외국에서 들어온 종들이다. 실로 고향이 다른 작물들의 총집합이다. "이 노래가 담고 있는 내용은 다문화, 코즈모폴리턴, 철저하게 근현대적인 인공물인 것이다."(〈불랄라카오에서〉,《1493》)

1493년으로부터 선박들은 부와 명예, 세균과 죽음, 식물과 곤충을 실어 날랐다. 이를 두고 역사학자 앨프리드 크로스비는 "콜론(콜럼버스)의 신대륙 발견의 가장 큰 의의는 터진 이 판게아의 솔기를 재봉합한 일"이라 말한다. '콜럼버스적 대전환'이다.

1570년 5월에는 지금의 필리핀 마닐라 남쪽 민도로섬에서 중대한 전환점이 될 사건이 일어났다. 스페인과 중국의 만남이다. 그로부터 중국이 원하는 은(銀), 유럽이 원하는 실크와 도자기의 교역량이 천문학적으로 늘었다. 콜럼버스의 꿈, 중국과의 만남을 이룬 것은 스페인 탐험가 미겔 로페스 데 레가스피와 항해사 안드레스 데 우르다네타였다. 멕시코에서 서쪽으로 향하면서 중국과 항구적 교역을 이룩했고, 글로벌 무역항 건설의 길을 최초로 열었다. 마닐라 구도시의 낡은 청동상으로 시대와 함께 잊힌 이들이 하나의 교역망 안에서 인류 모두를 만나게 한 주인공이다.

바다로 꿈을 넓혀 가는 대한민국

밤 11시 선적을 마치고, 배는 홍콩을 떠나 베트남 호찌민으로 간다. 천둥과 폭우가 시야를 가리지만, 바닷새들이 선수를 배회하며 길을 이끈다. 선원들은 6개월, 간혹 1~2년 동안 컨테이너들과 함께 바다에 머문다. 타이 방콕항에서 이발사를 불러 머리를 깎고, 수리남에서 알루미늄 가루를 싣는다. 긴장을 풀 수 없는 일상이다. 때로 육지의 건설 현장에 몸담기도 하지만 결국 바다로 돌아온다. 바다를 사랑하는 사람들이다. 노인 혼자 출항했을지 모를, 이국의 작은 어선의 바닷길을 걱정하며 커다란 상선의 속도를 줄여 주는 사람들이다.

우리 안에 흐르는 교역의 피는 뜨겁다. 우즈베키스탄 사마르칸트 아프라시아브 벽화에는 중앙아시아와 교류했던 고구려 사신의 모습이 새겨져 있다. 길이 멀다 한들 당당하다. 신라인은 중국에 신라방을 세워 당나라와 교역했고, 고려 시대 벽란도는 멀리 아라비아 상인까지 오간 국제 무역항이었다. 그렇게 바다 역시 앞마당이었다. 오늘의 대한민국도 무역으로 이뤘다. 바다 너머를 바라보는, 바다를 두려워하지 않는 바닷사람들의 공이 컸다. 우리나라 수출입 물동량의 99.7퍼센트가 바다를 통해 이뤄진다.

우리에게 해운은 생존이다. 해운은 화물 운송에 그치지 않는다. 핵심 원자재와 에너지가 해운으로 수입된다. 제조업, 특히 주요 전략산업과 긴밀히 연결돼 전시에는 해운이 제4군으로 보급을 맡는다. 국가기간산업이다. 이 배의 선장과 항해사, 기관장이 다녀온 바다는 그 자체로 대한민국 경제다. 자신들의 항해 자체로 세계가 하나로 엮였다는 것을 증언한다.

김대중 대통령은 전남 신안군의 섬 하의도에서 태어났다. 노무현, 문재인 대통령도 바다와 깊은 인연이 있다. 바다는 인간을 겸허하게 하고 정직하게 한다. 미지를 향한 인간의 꿈도 망막한 수평선이 가져온다. 문재인 대통령의 청와대 회의실에 걸려 있던, 뒤집힌 세계지도를 기억한다. 대양으로 가는 한반도의 꿈, 교량국가로서의 전망이 참모들 곁에 늘 함께 있었다.

> 부산은 대륙과 해양이 만나는 곳입니다. 우리의 오래된 꿈은 대륙과 해양을 잇는 교량국가로, 양쪽의 장점을 흡수하고 연결하는 것입니다. 아세안 열 개 나라들과 우정을 쌓으며 우리는 더 많은 바닷길을 열었습니다. 이제 부산에서부터 육로로 대륙을 가로지르는 일이 남았습니다. 어려운 고비와 갖은 난관이 우리 앞에 있더라도 교량국가의 꿈을 포기할 수 없습니다. 우리는 강

대국들 사이에서 어려움을 겪는 나라가 아니라 강대국들을 서로
이어 주며 평화와 번영을 만드는 나라가 될 수 있습니다. 부산이
그 출발지입니다. 국민과 함께 그 꿈을 실현하고 싶습니다.

―문재인, 〈한-아세안 특별정상회의와 한-메콩 정상회의를 마치며〉,

2019년 11월 27일

한반도의 지리적 위치는 절묘하다. 북쪽으로 광활한 유라시
아 대륙이 있고, 동쪽으로는 태평양, 남쪽으로는 동남아시아와
일본, 오세아니아까지 펼쳐져 있다. 천혜의 교량국가다. 해양과
육상을 잇는 경제적 교역 체계에 대해 욕심을 안 내기가 더 어
렵다. 김대중 정부가 2000년 경의선 복원 공사를 시작하고, 동
시에 2001년 '세계 5대 해운 강국' 진입을 위한 발전 계획을 수
립한 것은 바다와 부산, 유럽 사이에 거대한 다리를 놓겠다는
야망과 애국심의 발로였을 것이다.

나라에는 영토가 있지만 무역에는 영토가 없다. 바다로 꿈을
넓힌 나라가 세계를 연결했다. 언제나 세계의 중심 국가가 됐다.
새로운 시대 또한 무역이 만들어 갈 것이다. 해운 강국으로의
도약은 우리의 미래이며 필수적으로 이뤄 내야 할 과제다. 해양
력을 바탕으로 우리 바다를 지키고 대양으로 나아갈 수 있을 때
비로소 강한 국가가 될 것이다.

문재인 대통령은 해군사관학교 제73기 임관식에서 "새로
운 시대의 해군은 선배들이 가 보지 못한 바다, 북극항로를 개
척하게 될 것"이라 말했다. 블라디미르 루자노프호는 세계 최초

로 다른 쇄빙선 호위 없이 자체 쇄빙 기능만으로 북극항로 운행에 성공한 우리 쇄빙 엘엔지(LNG, 액화천연가스)선이다. 그 쾌거를 국민과 함께 기뻐했다. 문 대통령은 우리 또한 미개척지에 힘을 보탤 수 있다고 확신했다. 새로운 도전이다. 《지리의 힘》이 대통령의 권장 도서 목록에 담긴 까닭을 알 것 같다.

《지리의 힘》의 저자 팀 먀샬은 북극의 중요성을 일찍이 간파했다. "북극권 사람들은 거친 이웃이 살고 있는 것을" 알고 있으며, "이는 서로 편을 나눠 다투기 때문이 아니라 지리에서 야기된 도전 때문"이라 말한다. 북극은 쉽게 개척할 수 없다. 협력이 필요한 곳이다. 아니, 협력이 탄생할 곳이다. 우리가 북극을 향한다는 것은 해양 강국을 향한 도전임과 동시에 거친 이웃들의 친구가 된다는 것을 뜻한다.

북극의 면적은 1,409만 제곱킬로미터에 이른다. 이곳은 깜깜해질 수도, 위험해질 수도, 죽음의 지역이 될 수도 있다. 친구 없이는 살아 나가기에 어려운 곳이다. 이곳에서 살아가려면 협조가 필요하다. 어획량, 밀수, 테러리즘, 수색과 구조, 환경 재앙과 같은 사안에 있어서 특히 그렇다.

—팀 마샬, 〈북극, 21세기 경제 및 외교의 각축장이 되다〉,

《지리의 힘》, 김미선 옮김, 사이, 2016

내 운명의 주인이 되어야 한다

《노인과 바다》의 주인공 산티아고는 바다를 두려워하지 않는다. 바다를 존중하기 때문이다. 자신이 자연의 일부라 믿기 때문이다. 밤낮으로 꼬박 사흘 청새치와 사투를 벌이고, 상어 떼와도 거침없이 맞붙는다. 노인의 초인적 행동은 어부의 존엄을 갖춘 데서 나온다. 노인은 말한다. "난 될 수 있으면 돈을 빌리지 않고 싶구나. 처음엔 돈을 빌리지, 그러나 나중엔 구걸하게 되는 법이거든." 도전의 바다와 고난의 바다는 같은 바다다. 도전과 고난을 자신의 힘으로 치러야 한다. 그때 바다는 어머니처럼 우리를 기다리고 품는다.

배는 호찌민을 떠나 램차방으로 가고 있다. 스콜이 한 차례 지나간다. 어느 곳도 멀지 않다. 어떤 일도 불가능하지 않다. 폭풍은 에둘러 가야 하지만, 폭풍 속으로 들어간다면 맞서야 한다. '자기 운명의 주인'은 결코 낡은 수사가 아니다. 지금 우리가 돌이켜 봐야 할, 우리 자신의 모습이다. 바다의 진정한 주인이 되기 위해서는 먼저 우리 운명을 개척할 우리 자신의 주인이 되어야 한다. 교량 국가가 되기 위해 먼저 남북이 협력해야 한다. 협력이 거친 행동을 나독일 것이다. 두려울 것 없다.

해군사관학교 제73기 졸업식 및 임관식

2019. 3. 5.

존경하는 국민 여러분!

오늘 147명의 해군 청년 장교들이 임관합니다. 충무공 이순신 장군의 후예들을 기쁜 마음으로 함께 축하해 주시기 바랍니다. 이 나라 해양과 국토를 지키는 길을 기꺼이 선택해 영광된 자리에 선 해군사관학교 제73기 생도들의 졸업과 임관을 진심으로 축하합니다. 아들딸들을 자랑스럽게 잘 키워 주신 가족 여러분께도 깊이 감사드립니다. 호국간성(護國干城)의 양성을 위해 노력해 주신 교직원, 훈육관 여러분도 수고 많으셨습니다.

오늘 이 자리에는 해군을 창설한 손원일 제독과 민영구 제독의 가족분들이 함께해 주셨고, 백두산함 생존 승무원을 비롯한 해군 창설 유공자 여러분께서도 자리를 빛내 주고 계십니다. 후배들이 '나라를 위해 몸을 잊는' 호국망신(護國忘身)의 역사와 전통을 늠름하게 이어 가고 있는 모습을 보며 매우 뿌듯하시리라 생각합니다.

해군의 역사가 대한민국 국군의 역사입니다. 해군의 발자취가 국민 군대의 발자취입니다. 광복 후 불과 6일밖에 되지 않은 1945년 8월 21일 "이 나라 해양과 국토를 지킬 동지를 구함"이란 벽보가 거리에 붙었습니다. 독립운동가와 민간상선 사관들이 애국애족(愛國愛族)의 마음 하나로 자발적으로 모였습니다. 일본군 출신이 아닌 온전히 우리 힘으로 3군 중 최초로 창군했습니다. 해군사관학교도 1946년 1월 해군병학교로 시작해 1949년 최초의 사관학교인 해군사관학교로 태어났습니다. 대한민국 해군의 역사적인 첫걸음이었습니다.

가난한 신생 독립국의 해군은 창군 후에도 가시밭길을 걸어야 했습니다. 우리의 첫 함정 충무공함은 일본 해군이 건조하다 버리고 간 경비정이었습니다. 최초의 전함 백두산함도 군인의 부인들이 삯바느질에 세탁까지 해 가며 돈을 보태고 국민 성금을 모아 마련했습니다. "바다를 지켜야만 강토가 있고, 강토가 있는 곳에 조국이 있다"는 해군가처럼 바다를 지키고자 고군분투한 해군의 노고가 오늘의 대한민국을 있게 했음을 결코 잊지 않을 것입니다.

창군의 어려운 와중에도 해군은 국민의 군대로서 역할을 훌륭하게 수행했습니다. 해방 후 일본에서 우리 동포들은 고향으로 돌아올 수 없어 발을 동동 굴렀습니다. 해군의 첫 임무는 이분들을 조국으로 모셔 오는 것이었습니다. 한국전쟁 상이군인들을 위해 가장 먼저 나선 것도 해군이었습니다. 해병대 군목사로 재직 중이던 박창번 소령은 군인들의 경제적 자립을 위해 기술교육에 나섰습니다. 여기에 사령부의 결단과 부인회의 모금이 더해져 최초의 군 전직 지원 교육기관이 해병대에 설립됐습니다. 전쟁 발발 직후인 1950년의 일입니다. 국난의 시기에도 전쟁 이후 조국의 미래를 고민한 선구자들이 있었기에 가능한 일이었습니다. '진한 국민의 군대'라는 표현이 아깝지 않습니다. 국민의 한 사람으로서, 또 대통령으로서 우리 해군의 역사가 참으로 자랑스럽습니다. 여러분도 큰 자부심을 가슴에 품고 선배들의 길을 따르기 바랍니다.

존경하는 국민 여러분, 청년 장교 여러분!

바다는 변화무쌍합니다. 고요했다가 갑자기 큰 파도를 만나기도 하며, 순풍이 부는 날만큼 폭풍을 만나는 날도 많습니다. 안보 환경도 마찬가지입니다. 우리 주변국을 둘러보면 지금은 남북 간 군사적 긴장 완화가 최우선 과제이지만 동시에 세계 4대 군사 강국이 한반도를 둘러싸고 있습니다. 또한 세계 최강 해양 강국들입니다. 이들 나라 사이에 해양력의 우위를 차지하려는 경쟁이 치열합니다. 바다를 둘러싼 다양한 갈등이 표면화되기도 합니다. 해양 관할권, 통행의 자유 확보 등 자국 해양 전략을 힘으로 뒷받침하기 위해 해군력을 주도면밀하게 확충하고 있습니다. 테러, 재해·재난

같은 비군사적 위협도 증가하고 있습니다. 해군도 이에 대응해 가야 합니다. 모든 면에서 대전환이 필요한 시점입니다.

평화를 단지 지켜 내는 것을 넘어 평화를 만들어 가기 위해서는 더 강한 국방력이 필요합니다. 국경을 초월하는 다양한 위협에 대응할 수 있어야 하고, 4차 산업혁명 시대에 등장할 새로운 형태의 전력에도 대비해야 합니다. 최대한 전쟁을 억제하되 싸우면 반드시 이기는 군대가 되어야 합니다. 국방개혁 2.0, 스마트 해군 전략을 중심으로 해군이 하나로 뭉쳐 포괄 안보 역량을 갖춰 나가야 합니다. 군 스스로 혁신을 통해 평화를 만드는 군대, 어떤 위협에도 국민을 지킬 수 있는 군대가 되리라 믿습니다. 정부는 해군의 역량이 강화될 수 있도록 적극 지원할 것입니다. 해군과 함께 우리의 바다를 끝까지 수호할 것입니다.

오늘 헬기로 독도함에 내렸습니다. 역대 대통령 중 처음으로 바다를 통해 이순신 장군이 최초로 대첩을 거둔 이곳 옥포만에 왔습니다. 지난해 국제관함식에 이어 해군의 위용을 다시 한번 볼 수 있있습니다. 지금 우리 앞에는 불과 20년 전만 해도 상상하지 못했던 이지스함과 잠수함이 우리나라 해군의 달라진 위상을 과시하고 있습니다. 2045년 해군 창설 100주년에는 온전히 우리 과학과 기술로 만든 한국형 이지스함과 구축함, 잠수함, 항공기가 우리 앞에 있을 것입니

대통령의 독서

다. 더욱 강력한 위용으로 해양 강국의 모습을 구현하게 될 것입니다.

　병영 문화와 장병의 복무 여건도 개선되고 있습니다. 새로운 세대의 장병들이 발전하는 기술 속에서 인격을 존중받으며 자기 능력을 최대한 발휘할 수 있는 군대 문화를 확립할 것입니다. 조국에 대한 헌신은 언제나 자랑스러운 일입니다. 정부는 오늘 이 늠름한 청년 장교들과 함께 이 나라의 아들딸들이 무사히 복무를 마치고 건강하게 가정으로 돌아갈 수 있도록 최선을 다할 것입니다.

　존경하는 국민 여러분, 사랑하는 청년 장교와 생도 여러분!

　올해는 3·1독립운동과 대한민국임시정부 수립 100주년을 맞는 뜻깊은 해입니다. 새로운 100년은 진정한 국민의 국가, 평화로운 한반도를 완성하는 100년입니다. 우리는 국군의 강한 힘을 바탕으로 한반도의 운명을 우리 스스로 결정하는 길에 나섰습니다. 우리의 용기 있는 도전으로 한반도는 평화의 시대를 맞이하고 있습니다. 남북 간 만남으로 한반도의 바다와 땅, 하늘에서 총성이 사라졌습니다. 우리가 의지를 갖고 한결같이 평화를 추구한다면 한반도 비핵화와 항구적 평화는 반드시 올 것입니다. 평화경제 시대가 이어질 것입니다. 특히 해군에게 많은 역할이 주어질 것입니다.

우리의 고대, 중세 왕조들은 발달한 조선 기술을 바탕으로 산동과 요동, 일본, 나아가 이슬람권까지 오가며 해양력을 떨쳤습니다. 우리는 해양력의 쇠퇴가 국력 쇠퇴로, 나아가 아픈 역사로 이어졌던 지난날을 성찰하며 절치부심(切齒腐心)하지 않으면 안 됩니다. 100여 년 전이나 지금이나 달라진 것은 없습니다. 우리가 강한 해양력을 바탕으로 우리 바다를 지키고 대양으로 나아갈 수 있을 때 비로소 강한 국가가 될 것입니다. 그렇지 못하면 국익을 빼앗기고 홀대받을 수밖에 없습니다. 우리 앞에 펼쳐질 새로운 시대의 해군은 선배들이 가 보지 못한 바다, 북극항로를 개척하게 될 것입니다. 더 많은 무역이 이뤄질 남쪽 바다의 평화를 지켜 낼 것입니다.

해군에서 배운 결속과 단합, 기술력과 전문성, 세계 시민 의식은 항상 여러분을 빛나게 해 줄 것입니다. 여러분 앞에는 무궁무진한 기회가 열려 있습니다. 가끔은 지도를 뒤집어 한반도의 눈앞에 열린 광활한 해양을 보기 바랍니다. 새로운 시대, 새로운 기회 앞에서 거침없이 오대양 육대주를 누비며 마음껏 꿈꾸고, 막강 해군의 기개를 떨쳐 주길 바랍니다. 청년 장교들의 꿈이 국민의 꿈과 만나 해양 강국, 평화로운 한반도로 꽃피기를 희망합니다.

청년 장교 여러분!

오늘 해군사관학교 제73기 신임 해군 장교들에게 국군통수권자로서 첫 명령을 내립니다.

첫째, 함께 고된 훈련을 하며 쌓은 전우애, 세계의 바다를 누비며 경험한 동기들과의 추억을 잊지 말기 바랍니다.

둘째, 사랑하기에 부끄러움 없는 조국, 헌신하기에 아깝지 않은 조국을 만드는 데 앞장서 주십시오.

2년 전 여름, 진해만에서 전투 수영을 하던 여러분의 싱그러운 모습이 눈에 선합니다. 그때의 꿈을 항상 가슴에 품고 키워야 합니다. 언제나 국민을 먼저 생각해야 합니다. 국민께서는 여러분이 선택한 군인의 길에 언제나 함께할 것입니다. 여러분의 무운(武運)과 영광을 빕니다.

감사합니다.

14장

배울 것은 배우고,
가르칠 것은 가르쳐야

직설적으로 말하자면 중국 인민에 대한 한국인의 시각이 공격적이며 차별적이고 배타적이어서 중국 인민이 설령 한국에 호감을 갖고 다가가려 해도 이 요소가 방해가 된다. 그러므로 한국이 심리 자본(배타적 자긍심 등)을 개선해 나간다면 중국 인민들의 마음을 열 수 있을 것이며 궁극적으로 중국의 상황에 큰 변혁을 가져올 수 있다. 이것이 한국이 싸우지 않고 이기며 공존공영하는 방법이다.

— 이철, 〈중국을 바꾸면 북한도 바뀐다〉, 《중국의 선택》,
처음북스, 2021

어느 나라도 힘부로 대할 수 없는 시대

국제적 편 가르기가 점입가경이다. 위태로워 보이지만 당연한 현상이다. 과거 강대국들의 일방적 힘쓰기, 줄 세우기는 가능하지 않다. 지난 100년, 인류 역사 전체의 발전이 미처 따라잡지 못할 만큼 세계는 급진을 이뤘다. 나라가 저마다 성장하고 개인이 깨쳤다. 편 가르기는 어느 나라도 함부로 대할 수 없는 상황에서 벌어지는, 국제질서의 재편 과정이다.

중남미는 복지를 향상하고 최저임금을 높이며 노조를 강화했다. 미국 재무부와 국제통화기금, 세계은행이 주장하는 신자유주의 정책과는 다른 정책으로 국민소득을 늘리며 자신들만의 경제 성적표를 쓰고 있다. 미국의 영향력이 예전 같지 않다. 덩샤오핑 이후 개혁 개방을 추구했던 중국의 고민도 크다. 급속한 경제 발전과 부의 축적은 내부 갈등을 키웠다. 불공정한 세상에 대한 불만은 어디로 튈지 모른다. 시진핑의 '중국식 사회주의' 강화와, 유라시아 대륙과 아프리카를 육상 및 해상으로 연결하는 '일대일로(一帶一路)' 전략은 내부 모순을 해결하기 위한 자구책이다.

자신의 문제를 극복하기 위해 미국과 중국이라는 두 거인이 대립하지만, 우리에게는 두 나라 모두 매우 가까이해야 할 나라다. 오늘 우리는 세계 10위권의 경제 대국이 됐다. 민주주의와 방역, 탄소중립을 위해 세계와 함께 행동하며 우리 국민의 성숙한 모습으로 세계를 놀라게 한다. 우리 역량을 스스로 과소평가하며 수동적으로 끌려갈 이유가 없다. 미국과 혈맹으로서 가치를 공유하는 것도 중요하고, 중국과 이웃으로서 함께 성장하는 것도 중요하다. 그 사이에서 우리가 결정하고, 우리가 설득하고, 우리가 상황을 주도할 수 있다.

2021년 6월, 최초로 주요 7개국(G7) 정상회의에 대한민국이 초청됐다. 우리의 국격, 국제적 역할을 세계가 인정한 것이다. 정상회의를 마치고 문재인 대통령이 남긴 회한이 가슴 깊게 남아 있다.

G7 정상회의에 참석하면서 두 가지 역사적 사건이 마음속에 맴돌았습니다. 하나는 1907년 헤이그에서 열렸던 만국평화회의입니다. 일본의 외교 침탈을 알리기 위해 시베리아횡단철도를 타고 헤이그에 도착한 이준 열사는, 그러나 회의장에도 들어가지 못했습니다. 다른 하나는 한반도 분단이 결정된 포츠담회의입니다. 우리는 목소리도 내지 못한 채 강대국들 간의 결정으로 우리 운명이 좌우되었습니다.

　　　　—문재인, 〈콘월, G7 정상회의를 마치고〉 부분, 2021년 6월 14일

기적 같은 일이다. 한 세기 만에 우리는 우리 목소리를 드높일 수 있게 되었다. 선진국들이 우리와 협력하고자 원하게 되었다. 지속 가능한 세계를 위해 우리 주장을 할 수 있게 되었고, 많은 나라가 우리 의견에 귀를 기울인다. 모두 국민이 이룬 성취다. 성숙한 국민이 있는 한, 또다시 강대국들의 이익에 쫓겨 파국을 맞이하는 상황은 오지 않을 것이나. 강대국들 사이에서 중재하고, 조정하는 일 역시 불가능하지만은 않을 것이다.

　　　　　　　　　　　　　　　　　　　　대통령의 독서

국민의 미움에 정부가 편승해선 안 된다

지금 우리 국민의 반중 의식이 81퍼센트에 이른다. 주한미군의 사드(THAAD, 고고도 미사일 방어시스템) 배치 결정 후 중국이 한국에 가한 경제적 제재와, 고구려의 역사를 뺏으려는 동북공정, 북한의 핵 도발이 맞물려 오랜 한중 교류에 금을 내고 말았다. 김치, 한복까지 자신들 것이라고 우기니 우리 국민이 중국을 미워하는 건 당분간 바꿔 내기 힘들 것이다. 그러나 정부까지 이에 편승하는 것은 하책 중 하책이다. 주도적으로 중국 관계를 이끌어 가고, 무섭게 성장하는 중국의 힘을 우리의 힘으로 바꿔 낼수 있는 전략이 마련되어야 한다.

《중국의 선택》에는 엔지니어이자 사업가로 중국을 경험한 저자의 통찰이 담겼다. 〈우리와 남을 나누는 중국인〉이라는 글에서 저자는 중국 산시성의 사업가 친구에게 '첫인상'이 무슨 개념인지 설명해 주고 첫인상을 결정하는 데 얼마나 시간이 걸리는지 물었다(한국인의 경우 30초 이내, 미국인의 경우 3분 이내라고 한다). 중국인 친구의 대답은 이러했다. "음, 첫인상이 그런 뜻이라면 나 같은 경우 첫인상이 정해지기까지 1년 정도 걸리는구먼."

중국을 잘 아는 것 같지만, 우리는 여전히 중국을 모른다. 아니 중국 역사와 정치는 알지만, 중국 인민을 모른다. 머리 안 감는 중국인, '짱깨'라고 우리가 폄훼하는 동안 하루하루 중국의 풍경을 바꿔 가는 그 인민들 말이다. 우리가 사회주의 중국의 권력인 당에 집중하는 사이 자본주의보다 더 무섭게 부를 이뤄 내는 인민들, 한국 화장품에 열광하고 한류에 빠져 있는 줄만 알았는데 어느새 우리를 뛰어넘어 있는 중국 인민을 우리는 모른다.

그러나 그렇기 때문에 중국과 다시 친해지는 방법은 의외로 쉬울지 모른다. 《중국의 선택》 저자 이철은 이렇게 말한다. "우리가 잘할 수 있는 것이 중국 인민의 마음을 여는 것이며 그렇게 중국을 바꿀 수 있다." 동의한다. 민주주의로 가서, 사회 정의로 인민들을 만나면 된다. 그들을 인정하고, 그들의 문화를 존중하는 것이다. 맞다, 우리가 잘할 수 있는 것이다. 인민이 변하면 중국도 달라질 것이다. 그것이 상책이다.

2017년 12월, 문재인 대통령이 중국 베이징을 방문했다. 난징대학살 80주기, 한중 수교 25주년이 되는 해였고 '사드 보복' 이후 한중 관계 복원을 위한 방문이었다. 당시 문 대통령은 베이징대학에서 강연할 기회가 있었는데, 지금도 정쟁에 묻혀 그 강연 내용이 우리 내부에 제대로 전달되지 못한 것이 무척이나 아쉽다. 그것은 아무리 큰 나라도 협력 없이 발전할 수 없다는 일침이었고, '대국답게 행동하라'는 일갈이었다.

중국이 법과 덕을 앞세우고 널리 포용하는 것은 중국을 대국답게 하는 기초입니다. 주변국들로 하여금 중국을 신뢰하게 하고 함께하고자 할 것입니다. (…) 중국은 단지 중국이 아니라 주변국들과 어울려 있을 때 그 존재가 빛나는 국가입니다. 높은 산봉우리가 주변의 많은 산봉우리와 어울리면서 더 높아지는 것과 같습니다. 그런 면에서 중국몽이 중국만의 꿈이 아니라 아시아 모두, 나아가 전 인류와 함께 꾸는 꿈이 되길 바랍니다. 인류에게는 여전히 풀지 못한 두 가지 숙제가 있습니다. 그 첫째는 항구적 평화이고, 둘째는 인류 전체의 공영입니다. 나는 중국이 더 많은 다양성을 포용하고 개방과 관용의 중국 정신을 펼쳐 갈 때 이 꿈이 실현 가능할 것이라고 믿습니다.

연설이나 강연은 구체적인 청중을 대상으로 한다. 가령 사관학교 졸업식 같은 경우 신임 장교로 그 대상이 명확하다. 그렇지만 그 연설을 듣는 것은 그들뿐이 아니다. 넓게는 국민 모두를 향한 안보와 국방 연설이기도 하다. 외교 무대에서는 조금 복잡해져서 그 나라의 국민과 우리 국민을 동시에 청자로서 염두에 두지만, 좀 더 세분하면 그 나라의 정부와 국민을 구분하기도 한다.

베이징대학 연설에서 문 대통령은 중국공산당에서 출당당한 천두슈를 거론하고, 장제스가 "중국 군인 백만 명이 못 해낸 일을 조선 청년이 해냈다"라고 칭송한 윤봉길 의사를 떠올렸다. 시진핑의 민주법치를 통한 의법치국에 공감하면서도 사회주의 발전이 아니라 인민의 생활을 실질적으로 향상시켜야 한다는 의미에서 《삼국지연의》 이야기를 꺼냈다. "가장 마음에 드는 내용은 유비가 백성들을 이끌고 신야(新野)에서 강릉(江陵)으로 피난을 가는 장면"이며, "적에게 쫓기는 급박한 상황에서 하루 10리밖에 전진하지 못하면서도 백성들에게 의리를 지키는 유비의 모습은 '사람이 먼저'라는 나의 정치철학과 통하는 부분이 있"다라고 말했다.

사람은 누구나 지금 자신이 도달한 자리에서 세상을 해석한
다. 여전히 주종 관계에 머물러 있는 이들에게는 연설 곳곳에서
문 대통령이 중국에 예를 다하는 소국의 대통령으로 보였을지
모른다. 중국과 가까워질수록 혈맹과의 관계가 걱정됐을지 모
른다. 그러나 성숙이 바탕이 된 자존감, 주도해 보겠다는 자신
감을 가진 이들이라면 문장마다 존중과 겸손을 읽고, 이를 통해
중국 인민을 한편으로 만들어 실익을 얻으려는 실용적인 태도
를 봤을 것임이 분명하다.

중국 협력의 길을 막지 말아야 한다

페이스북, 구글, 야후 같은 글로벌 기업들이 중국의 이른바 '아
이티(IT) 만리장성'에 막혀 있는 동안, 로컬 IT 기업들은 자국 정
부의 보호막 아래 거대 공룡기업으로 성장했다. 그리고 그 힘을
바탕으로 글로벌 시장 공략에 나서고 있다.
—KBS 〈명견만리〉 제작팀, 〈중국은 어떻게 주링허우 세대를 키우는
가〉, 《명견만리: 윤리, 기술, 중국, 교육 편》, 인플루엔셜, 2016

지금 중국은 드론, 가상현실, 인공지능 같은 4차 산업혁명
분야의 중심지다. 강연의 마지막에 문 대통령은 지난 여름휴가
기간 중 《명견만리》라는 책을 감명 깊게 읽었다고 운을 뗀 뒤,

중국의 3.0 시대를 이끌어 가는 중국 젊은이들을 소개했다.

그 젊은이들은 우리 젊은이들과 만나야 할 인재들이다. 이들은 정보통신기술(ICT) 강국의 전통 위에 4차 산업혁명 분야에서 미래를 찾고 있으니 반드시 서로에게 도움이 될 것이다. 그것이 새로운 세계 질서다. 이념적 고집으로 우리 젊은이들을 뒷줄에 세우는 우를 범해서는 안 된다. 중국을 향한 협력의 길을 훤히 열어 주어야 한다. 우리가 배울 것이 있으면 배우고, 가르칠 것이 있으면 가르쳐야 한다. 18세기 실학자 박제가의 답답함이 반복되지 않길 바라 마지않는다.

내가 북경에서 돌아왔을 때, 많은 사람들이 찾아와서 중국의 풍속에 대해 듣고 싶어 했다. "말과 글이 일치하며 집은 금색으로 채색되었다. 도읍과 성곽, 악기의 화려한 음색, 무지개 모양의 다리와 푸른 숲, 사람들이 활기차게 거니는 풍경 등은 완연히 한 폭의 그림과도 같다." 그들은 모두 황당해하며 내 말을 믿지 않았다. 그러고는 실망한 채 돌아갔다. 아마 내가 너무 오랑캐를 편든다고 생각한 것 같다. 아아, 이들은 모두 앞으로 이 나라의 학문을 발전시키고 백성을 다스릴 사람들이 아닌가. 그런데 이렇게 답답하니, 오늘날 우리나라의 풍속이 발전하지 못하는 것도 당연하다.

—박제가, 〈북학에 대한 변론 1〉, 《북학의》. 1778

베이징대학 연설

2017. 12. 15.

베이징(北京)대학 학생 여러분, 교수님과 교직원 여러분, 존경하는 하오핑(郝平) 당서기님, 린젠화(林建華) 총장님, 따지아 하오(大家好, 여러분 안녕하세요)!

따뜻한 박수로 맞아 주셔서 감사합니다. 중국에서 가장 유서 깊은 대학이며 최고의 명문 베이징대학을 방문하게 되어 매우 기쁩니다. 약 2주 후면 새해를 맞게 되는데 베이징대학 개교 120주년을 미리 축하드립니다. 참으로 아름다운 대학 캠퍼스입니다.

베이징대학의 4대 자랑거리가 일탑호도(一塔湖圖)라고 들었습니다. 이름을 지을 수 없을 만큼 아름답다는 캠퍼스 중앙의 호수 '미명호(未名湖, 이름 없는 호수)', 거기에 비치는 보야탑(博雅塔)의 모습은 과연 명불허전(名不虛傳)입니다. 아울러 1,000만 권이 넘는 장서를 소장한 도서관이 지금의 중국을 만들었다고 해도 과언이 아닐 깃입니다. 중국의 지성을 상징하는 장소로 여러분의 큰 자랑이라 생각합니다.

그러나 아름다움 말고도 얼마나 자랑거리가 많습니까? 여러분이 공부하고 생활하는 이곳은 중국 현대사의 발자취가 켜켜이 쌓여 있습니다. 20세기 초 여러분의 선배들은 5·4 운동을 주도하며 중국 근대화를 이끌었습니다. 이름을 다 열거할 수 없을 만큼 수많은 인재들이 애국·민주·진보·과학의 전통에 따라 중국의 발전에 공헌해 왔습니다. 5·4운동을 주도한 천두슈(陳獨秀), 중국 공산당을 창시한 리따자오(李大釗)를 비롯하여 역사적 인물들은 물론 오늘 내가 오후에 만날 리커창(李克强) 총리도 베이징대학의 동문입니다.

한국의 근대사에 족적을 남긴 인물들 중에도 이곳 베이징대학 출신이 많습니다. 1920년대 베이징대학 사학과에서 수학하였던 이윤재 선생은 우리 말과 글 말살 정책에 맞서 한글을 지켜 내서 나라를 잃은 어두운 시절에 빛을 밝혀 주셨습니다. 오늘날 베이징대학에는 1,000명이 넘는 한국인 유학생이 수학하고 있습니다. 한국인 유학생들이 가지고 있는 도전 정신, 창의적 발상, 다른 문화적 배경은 '두루 포용(兼容幷包)'하는 베이징대학의 개방적 학풍에 기여할 것으로 확신합니다. 한국인 유학생들과 여러분 모두 '신창타이(新常態)' 중국과 양국 관계를 이끌어 갈 베이징대학의 자랑이 되어 주시기를 바랍니다.

학생 여러분!

여러분이 베이징대학의 자랑스러운 전통 속에서 더욱 빛

나듯 한중 관계도 수천 년에 걸친 교류와 우호 친선의 역사 위에 굳건히 서 있습니다.

18세기 조선의 실학자 박제가는 베이징을 다녀온 후 중국을 배우자는 뜻으로 《북학의》라는 책을 썼습니다. "중국은 말과 글이 일치하며 집은 금색으로 채색되었다. 수레를 타고 다니며 어느 곳이든 향기로운 냄새가 난다. 사람들이 활기차게 거니는 풍경은 한 폭의 그림과도 같다"고 했습니다. 같은 시대 베이징에 온 홍대용이란 학자는 엄성(嚴誠), 육비(陸飛), 반정균(潘庭筠) 등 중국 학자들과 '천애지기(天涯知己)'를 맺었습니다. '멀리 떨어져 있지만 서로를 알아주는 각별한 친구'라는 뜻입니다. 그는 중국의 친구들이 "도량이 넓고 기운이 시원스럽다"고 남겼습니다. 지금 이 '천애지기'가 수만으로 늘어나 있습니다.

한국에는 중국인 유학생 6만 8,000명이 공부하고 있습니다. 중국에는 한국인 유학생 7만 3,000명이 공부하고 있습니다. 작년 1년 동안 양국을 오간 사람의 숫자는 1,300여만 명에 달합니다. 이렇듯 한국과 중국은 가장 가까운 이웃입니다. 한국에는 '이웃사촌'이라는 말이 있습니다. 이웃이 친척보다 더 가깝다는 뜻입니다. 한국과 중국은 지리적 가까움 속에서 유구한 세월 동안 문화와 정서를 공유해 왔습니다.

지난여름 한국에서 중국의 세계적 화가 치바이스(齊白石)의 전시가 열렸습니다. 나의 아내도 그곳에 다녀왔습니다. 나는 치바이스의 10권짜리 도록 전집을 보면서 두 나라 사이의 문화적·정서적 공감의 깊이를 다시 한번 느꼈습니다.

한국인은 지금도 매일 같이 중국 문화를 접합니다. 많은 소년들이 《삼국지연의(三國志演義)》를 읽고, 청년들은 루쉰(魯迅)의 《광인일기(狂人日記)》와 《아큐정전(阿Q正傳)》을 읽습니다. 《논어(論語)》와 《맹자(孟子)》는 여전히 삶의 지표가 되고 있으며, 이백(李白)과 두보(杜甫)와 도연명(陶淵明)의 시를 한국인들은 좋아합니다.

나도 《삼국지연의》를 좋아합니다. 가장 마음에 드는 내용은 유비가 백성들을 이끌고 신야(新野)에서 강릉(江陵)으로 피난을 가는 장면입니다. 적에게 쫓기는 급박한 상황에서 하루 10리밖에 전진하지 못하면서도 백성들에게 의리를 지키는 유비의 모습은 '사람이 먼저'라는 나의 정치철학과 통하는 부분이 있습니다.

지금 중국 청년들 사이에 '한류(韓流)'가 유행한다고 하지만 한국에서 '한류(漢流)'는 더욱 오래되고 폭이 넓습니다. 한국의 청년들은 중국의 게임을 즐기고, 양꼬치와 칭다오(靑島) 맥주를 좋아합니다. 요즘은 중국의 쓰촨(四川)요리 마라탕(麻

辣燙)이 한국의 대학가에서 새로운 유행입니다.

한국은 중국의 문물을 단순히 받아들이는 데 그치지 않
고 독창적으로 발전시켰습니다. 이러한 문물을 다시 중국으
로 역수출하기도 했습니다.

비취색으로 빛나는 고려청자, 세계 최초로 발명된 고려
의 금속활자, 조선의 의학을 집대성한 《동의보감》 등은 당대
의 중국에서도 많은 사랑을 받았으며, 중국 문화의 발전에도
기여하였습니다.

나는 이것이 한류(韓流)의 바탕이 되었다고 생각합니다.
한국과 중국 사이에 공통의 정서를 바탕으로 이어 온 역사가
길고 함께하는 추억이 많기 때문에 한류도 가능했다고 생각
합니다. 1992년 수교 이후 한중 관계가 눈부시다는 말로 다
표현이 안 될 정도로 빠른 발전을 이룰 수 있었던 것은 양국
이 오랜 세월 쌓아 온 추억과 우정이 있었기 때문입니다.

학생 여러분!

1992년 한중 수교는 동북아의 냉전 구도를 허물고, 끊어
졌던 교류의 역사를 다시 이으려는 양국 지도자들의 위대한
결단의 산물이었습니다. 나는 수교 직후인 1993년, 내가 변

호사로 일하던 부산시 변호사회와 중국 상하이(上海)시 율사회의 자매결연을 맺기 위해 중국을 방문한 적이 있습니다. 수교 이후 비교적 일찍 중국을 방문한 셈입니다. 그 후 몇 번 더 중국을 방문했는데 올 때마다 상전벽해(桑田碧海) 같은 변화의 모습에 놀라고 감동받습니다.

1993년 당시 상하이시의 모습과 지금의 모습이 전혀 다른 것만큼이나 지난 25년간 양국 관계 역시 상전벽해라 할 만큼의 큰 변화와 발전을 이루었습니다. 양국 관계의 발전은 한국과 중국 국민이 더 나은 삶을 살 수 있게 하였으며, 동북아가 대립과 갈등을 지양하고 협력과 평화의 길로 나아가게 하는 데에도 크게 기여했다고 평가합니다. 역사적으로도 그랬습니다. 중국이 번영하고 개방적이었을 때 한국도 함께 번영하며 개방적인 나라로 발전했습니다. 당나라와 한국의 통일신라, 송나라와 한국의 고려, 명나라와 한국의 조선 초기가 양국이 함께 찬란한 문화를 꽃피웠던 대표적인 시기입니다. 그런 시기에 중국은 세계에서 가장 발전한 나라였고 중국이 이끄는 동양 문명은 서양 문명보다 앞섰습니다.

나는 그러한 의미에서 중국 공산당 19차 당대회를 높이 평가합니다. 시진핑 주석의 연설을 통해 단지 경제성장뿐 아니라 인류 사회의 책임 있는 국가로 나아가려는 중국의 통 큰 꿈을 보았습니다. 민주법치를 통한 의법치국(依法治國)과 의

덕치국(依德治國), 인민을 주인으로 여기는 정치철학, 생태 문명 체제 개혁의 가속화 등 깊이 공감하는 내용이 많았습니다.

중국이 법과 덕을 앞세우고 널리 포용하는 것은 중국을 대국답게 하는 기초입니다. 주변국들로 하여금 중국을 신뢰하게 하고 함께하고자 할 것입니다. 인간과 자연의 조화로운 공생을 추구하는 시 주석의 말에서는 중국 인민을 위해 생활 환경을 바꾸겠다는 것뿐 아니라 인류가 나아갈 길에 중국이 앞장서겠다는 의지가 느껴집니다. 호혜 상생과 개방 전략 속에서 "인류 운명공동체 구축을 견지하겠다"는 시 주석의 말에 큰 박수를 보냅니다.

중국은 단지 중국이 아니라 주변국들과 어울려 있을 때 그 존재가 빛나는 국가입니다. 높은 산봉우리가 주변의 많은 산봉우리와 어울리면서 더 높아지는 것과 같습니다. 그런 면에서 중국몽(中國夢)이 중국만의 꿈이 아니라 아시아 모두, 나아가 전 인류와 함께 꾸는 꿈이 되길 바랍니다.

인류에게는 여진히 풀지 못한 두 가지 숙제가 있습니다. 그 첫째는 항구적 평화이고, 둘째는 인류 전체의 공영입니다. 나는 중국이 더 많은 다양성을 포용하고 개방과 관용의 중국 정신을 펼쳐 갈 때 이 꿈이 실현 가능할 것이라고 믿습니다. 한국도 책임 있는 중견 국가로서 그 꿈에 함께할 것입니다.

베이징대학 학생 여러분!

내가 중국에 도착한 13일은 '난징(南京)대학살' 80주년 국가 추도일이었습니다. 한국인은 중국인이 겪은 이 고통스러운 사건에 깊은 동질감과 상련의 마음을 가지고 있습니다. 이 불행했던 역사로 인해 희생되거나 여전히 아픔을 간직한 모든 분께 위로의 뜻을 다시 한번 전합니다. 이런 불행한 일이 다시는 되풀이되지 않도록 우리 모두 과거를 직시하고 성찰하면서 동북아의 새로운 미래의 문, 협력의 문을 더 활짝 열어 나가야 할 것입니다.

1932년 4월 29일 상하이 훙커우(虹口)공원에서 조선 청년 윤봉길이 폭탄을 던졌습니다. 그곳에서 개최된 일제의 전승 축하 기념식을 응징하기 위해서였습니다. 윤봉길은 한국 독립운동사의 영웅 중 한 명입니다. 그의 거사로 한국의 항일운동은 중국과 더 깊게 손을 잡게 되었습니다. 현장에서 체포되고 사형당했지만 지금 '루쉰공원'으로 이름을 바꾼 훙커우공원에는 그를 기념하기 위해 매원이라는 작은 공원이 조성되어 있습니다. 참으로 고마운 일입니다.

마찬가지로 한국에는 중국의 영웅들을 기리는 기념비와 사당들이 있습니다. 《삼국지연의》의 관우는 충의와 의리의 상징으로 서울의 동묘를 비롯해 여러 지방에 관제묘가 설치

되어 있습니다. 한국의 완도군에서는 임진왜란 때 왜군을 격파한 조선의 이순신 장군과 명나라 진린(陳璘) 장군을 함께 기리는 사업을 전개하고 있습니다. 한국에는 지금 진린 장군의 후손 2,000여 명이 살고 있기도 합니다. 광주시에는 〈중국인민해방군가〉를 작곡한 한국의 음악가 정율성을 기념하는 '정율성로'가 있습니다. 지금도 많은 중국인이 한국을 방문할 때 정율성로에 있는 그의 생가를 찾고 있습니다.

마오쩌둥(毛澤東) 주석이 이끈 대장정에도 조선 청년이 함께했습니다. 그중에 한 분은 한국의 항일 군사학교였던 신흥무관학교 출신으로 광저우 봉기(廣州起義, 광저우 코뮌)에도 참여한 김산입니다. 그는 연안에서 항일군정대학의 교수를 지낸 중국 공산당의 동지입니다. 나는 엊그제 13일 그의 손자 고우원 님을 만났습니다. 그분은 중국인이지만 조선인 할아버지를 존경하며 한국과 중국 사이의 깊은 우정으로 살고 계셨습니다.

한국과 중국은 근대사의 고난을 함께 겪고 극복한 동지입니다. 나는 이번 중국 방문이 이러한 동지적 신의를 바탕으로 양국 관계를 한 차원 더 발전시켜 나가는 출발점이 되기를 희망합니다. 또한 나는 한국과 중국이 '식민 제국주의'를 함께 이겨 낸 것처럼 지금의 동북아에 닥친 위기를 함께 극복해 나가길 바랍니다.

북한은 올해 들어서만 15차례의 탄도 미사일을 시험 발사하였고, 6차 핵실험도 감행했습니다. 특히 최근에 발사한 ICBM급 미사일은 한반도와 동북아를 넘어 세계 평화에 심각한 위협이 되고 있습니다. 북한의 핵과 미사일 문제는 비단 한국만의 문제가 아닙니다. 북한은 중국과도 이웃하고 있고, 북한의 핵 개발과 이로 인한 역내 긴장 고조는 한국뿐만 아니라 중국의 평화와 발전에도 큰 위협이 되고 있습니다.

한중 양국은 북한의 핵 보유를 어떠한 경우에도 용인할 수 없으며, 북한의 도발을 막기 위해 강력한 제재와 압박이 필요하다는 확고한 입장을 공유하고 있습니다. 또한 한반도에서 전쟁 재발은 결코 있어서는 안 되며, 북핵 문제는 궁극적으로 대화를 통해 평화적으로 해결되어야 한다는 데 대해서도 깊이 공감하고 있습니다.

우리가 원하는 것은 북한과의 대립과 대결이 아닙니다. 북한이 올바른 선택을 하는 경우 국제사회와 함께 밝은 미래를 제공할 것이라는 것을 다시 한번 강조합니다. "두 사람이 마음을 함께하면 그 날카로움은 쇠를 절단할 수 있다"는 말이 있습니다. 한국과 중국이 같은 마음으로 함께 힘을 합친다면 한반도와 동북아의 평화를 이뤄 내는 데 있어 그 어떤 어려움도 극복할 수 있을 것입니다.

우리는 한반도 평화 정착을 위한 중요한 전기를 맞고 있습니다. 내년 2월 한국 평창에서 동계올림픽과 동계패럴림픽이 개최됩니다. 평화를 사랑하는 세계 스포츠인들은 평창 동계올림픽이 평화올림픽으로 성공적으로 개최되기를 바라고 있습니다. 지난 11월 13일 유엔총회에서 올림픽 휴전 결의안이 193개 회원국 중 중국을 포함한 157개국의 공동 제안을 통해 표결 없이 만장일치로 채택되었습니다. 이는 한반도 평화에 한 걸음 더 다가서기를 바라는 세계인의 염원이 반영된 것이라고 생각합니다. 또한 2020년에는 일본 도쿄(東京)에서 하계올림픽이, 2022년에는 이곳 베이징에서 다음 동계올림픽이 개최됩니다. 동북아에서 연속 개최되는 올림픽의 성공을 한반도와 동북아의 평화와 공동 번영을 도모하는 좋은 계기로 만들 것을 제안하고 싶습니다.

한국 국민도 우다징(武大靖), 판커신(范可新), 리즈쥔(李佳軍) 등 중국 동계 스포츠 스타들의 경기를 고대하고 있습니다. 두 달 남은 평창동계올림픽이 평화의 올림픽으로 개최될 수 있도록 중국 국민의 많은 응원을 당부합니다.

학생 여러분!

나는 지난여름 휴가 기간 중 《명견만리》라는 책을 감명 깊게 읽었습니다. 이 책에는 중국의 3.0 시대를 이끌어 나가는 중국의 젊은이들에 대한 내용도 있었습니다. 중국의 젊은이들은 두려움 없이 창업에 도전하며 실패에도 좌절하지 않는다고 들었습니다. 그러한 도전 정신으로 탄생한 것이 알리바바(Alibaba), 텐센트(Tencent)와 같은 세계적 기업일 것입니다.

한국과 중국에서 유학 중인 양국의 젊은이들은 자신의 나라를 넘어 세계 무대에서 뛰고자 하는 누구보다도 강한 도전 정신의 소유자라고 생각합니다. 최근 한국의 여러 대학은 한국인 학생과 중국인 유학생이 한 팀을 이뤄 한중 기업에서 실습할 수 있는 인턴십 프로그램을 도입하는 등 양국 젊은이들이 협력할 수 있도록 지원하고 있습니다. 지금 중국은 드론, 가상현실, 인공지능 같은 4차 산업혁명 분야의 중심지입니다. 한국의 젊은이들도 ICT 강국의 전통 위에서 4차 산업혁명 분야에서 미래를 찾고 있습니다. 무한한 잠재력을 가진 한국과 중국의 젊은이들이 강점을 가지고 있는 분야에서 함께 협력한다면 양국은 전 세계의 4차 산업혁명 지도를 함께 그려 나갈 수 있을 것입니다.

양국은 지난 25년간 경제·통상 분야에서 놀라울 만한 협력을 이루어 왔습니다. 그러나 한중 간 경제 협력의 잠재력은 더욱 무한합니다. 양국은 경제에서 경쟁 관계에 있고, 중국의 성장은 한국 경제에 위협이 될 것이라고 전망하는 사람들도 있습니다. 내 생각은 다릅니다. 양국의 오랜 역사에서

보듯이, 또한 수교 25년의 역사가 다시 한번 증명하듯이 양국은 한쪽의 번영이 서로에게 도움이 되는 운명공동체의 관계라고 믿습니다. 그동안 전통적 제조업을 중심으로 이루어져 온 양국 간 경제·통상 협력을 ICT, 신재생에너지, 보건의료, 여성, 개발, 환경 등 다양한 분야로 확대해야 합니다. 또한 한중 간 전략적 정책 협력을 확대하는 것이 필요합니다. 우리 정부는 중국의 일대일로(一帶一路) 정책과 우리 정부가 새롭게 추진하고 있는 신북방 정책과 신남방 정책 간의 연계를 희망합니다.

중국은 제19차 당대회에서 신창타이(新常態) 시대로의 진입을 선언했습니다. 시진핑 주석이 전면적 '소강(小康)사회' 건설과 '중국의 꿈(中國夢)'에 대해 이야기한 것을 인상 깊게 들었습니다.

한국 정부도 '국민의 나라 정의로운 대한민국'을 국정 기조로 선언했습니다. 이에 따라 우리 정부는 성장을 저해하고 사회 통합을 해치는 경제 불평등 문제에 정면으로 맞서기 위해 경제 패러다임을 과감히 전환하고 있습니다.

나는 중국의 소강사회의 꿈과 한국의 사람 중심 경제 목표가 일맥상통(一脈相通)한다고 생각합니다. 경제성장률로 대표되는 숫자보다 국민 한 사람 한 사람을 소중하게 생각하는 근본정신이 같기 때문입니다. 한중 양국이 이러한 정책 목표의 유사성을 기반으로 양국 관계를 발전시켜 나간다면 한중 양국의 공동 발전을 실현하고 지역 평화에 기여하게 될 것입니다. 또한 아시아의 발전, 더 나아가 인류 공영을 촉진하는 동반자가 될 것입니다.

베이징대학 학생 여러분, 교수님과 교직원 여러분, 존경하는 하오핑 당 서기님, 린젠화 총장님!

왕안석(王安石)의 시 〈명비곡(明妃曲)〉의 한 구절이 떠오릅니다. "人生樂在相之心(인생락재상지심), 서로를 알아주는 것이 인생의 즐거움이다." 나는 한국과 중국의 관계가 역지사지(易地思之)하며 서로를 알아주는 관계로 발전하기를 바랍니다.

사람과 사람 사이의 관계처럼 나라 사이의 관계에서도 어려움은 항상 있을 수 있습니다. 그러나 수천 년간 이어진 한중 교류의 역사는 양국 간의 우호와 신뢰가 결코 쉽게 흔들릴 수 없음을 증명합니다. 나는 '소통과 이해'를 국정 운영의 출발점으로 삼고 있으며, 이는 나라와 나라 사이의 관계에서도 마찬가지라고 생각합니다.

어제 나는 시진핑 주석에게 서예 작품 한 점을 선물로 드렸습니다. '소통하다'는 의미를 가진 '통(通)'이라는 글자가 쓰인 서예 작품입니다. 《주역(周易)》에 있는 아주 유명한 구절인 "窮卽變 變卽通 通卽久(궁즉변 변즉통 통즉구)", '궁하면 변하고, 변하면 통하고, 통하면 오래간다'는 말의 '통' 자를 따서 쓴 것입니다. 양국 정상·정부·국민 간 소통을 강화하는 것이 양국 관계의 신뢰 구축과 관계 발전의 기본이라는 뜻으로 드린 선물입니다. 두 나라가 그렇게 많은 분야에서 마음을 열고 서로의 생각과 목소리에 귀를 기울일 때 진정성 있는 '전략적 소통'이 가능할 것입니다. 지도자 간에, 정부 간에, 국민 한 사람 한 사람 사이에 이르기까지 양국이 긴밀히 소통하고 서로에 대한 이해를 높일 수 있도록 노력하고자 합니다.

나는 우리 두 나라가 어려움을 극복하고 평화와 번영의 운명을 함께 만들어 가는 것이야말로 양국 국민 공통의 염원이며 역사의 큰 흐름이라고 믿습니다. 그러기 위해 양국 간의 경제 협력만큼 정치·안보 분야의 협력을 균형 있게 발전시켜 나가는 노력이 필요할 것입니다. 25년 전의 수교가 그냥 이루어진 것이 아니듯이 양국이 함께 열어 나갈 새로운 25년도 많은 이들의 노력과 열정을 필요로 합니다. 여기 있는 여러분이 바로 그 주인공이 될 것입니다.

한국에도 널리 알려진 중국의 대문호 루쉰 선생은 "본래 땅 위에는 길이 없었다. 걸어가는 사람이 많으면 그게 곧 길이 되는 것이다"라고 했습니다. 미지의 길을 개척하는 여러분의 도전 정신이 한국과 중국의 '새로운 시대'를 앞당길 것이라 믿습니다.

여러분의 열정과 밝은 미래가 한중 관계의 새로운 발전으로 이어지기를 기원하면서 강연을 마칠까 합니다. 경청해 주셔서 감사합니다.

15장

반칙도
특권도 없는 세상

바둑알이 둥근 것은 움직이는 하늘이다.

　　　—김성동, 〈궁궁을을〉, 《국수(國手) 4》, 솔출판사, 2018

국민은 이제 특권을 용납하지 않는다

"김경수 경남지사 사면 복권 하겠지요? 가까운 기자들이 내게 물었다. 2022년 봄, 문재인 정부의 마무리 무렵이었다. 그동안의 관례에 따라 사면권이라는 대통령의 특별한 권력을 사용하리라는 예상이었다. "안 하실 거 같은데…." 나는 좀 우물쭈물하면서 대답했다. "아니 다른 분들은 다 할 거라는데, 왜 그렇게 생각해요?" 뜻밖이라는 듯 물어왔다. 촛불 때문이라고, 김경수 지사에 대한 애정 때문이라고, 앞뒤가 안 맞는 이야기로 들리겠다 싶어 나는 속으로 조심스럽게 말을 삼켰다.

　대통령의 마음과 결정 과정을 알기란 쉽지 않다. 단지 일상의 행동으로 유추해 짐작할 뿐이다. 문재인 대통령은 특권에 반대했다. 대통령이라는 직위 역시 국민의 한 사람으로 맡게 된 역할 분담이라 여겼다. 촛불혁명은 국민 한 사람 한 사람의 힘이 얼마나 중요한지 증명했다. 개인은 성숙해졌고 모든 삶은 자기 가치를 가지며 어울려 협력하는 것이 더 중요하게 됐다. 정치인이라고, 선출된 권력이라고 유별난 대접을 받을 수 있는 것은 아니다. 권력기관 개혁은 그렇게 시작됐다. 특권을 배제하기 위해서는 제도적 틀을 마련해야 했다. 당연히 대통령 스스로 특권에서부터 멀어져야 했다.

물론 관성을 깨기란 어렵다. 권력은 소수에게 독점됐을 때 더 힘이 세진다. 그래야 권력에 가까워질수록 얻을 것이 많고 폼도 난다. 대통령 주변이라고 모두 같을 수는 없다. 문재인 대통령이 그토록 권력을 국민과 공평하게 사용하려 했지만 권력을 이전과 같이 누린 이들도 있었다. 문 대통령이 제일 잘못한 일은 주변 사람을 챙기지 않은 것이다, 왜 권력을 제대로 사용하지 않았느냐, 하는 말들을 한다. 반대로 보면 그들은 특권이 내미는 손짓에 유혹된 것 같다. 오랫동안 권력을 추구해 왔던 입장에서는 도무지 이해할 수 없는 일일지 모른다. 하기야 발터 벤야민은 《아케이드 프로젝트》에서 1789년 프랑스 대혁명 이후 40여 넌이 지난 루이 필리프 치세에 비로소 개인이 역사에 등장한다고 말했다. 시대의 변화란 늘 반혁명에 가로막히면서 우여곡절 끝에 온다.

얼마 뒤 후배들과 창원교도소에서 김경수 전 지사를 면회했다. 섭섭하지 않으시냐 물었더니, 애초에 만기까지 채울 작정이었다고 웃으며 대답했다. 어찌 기대가 없었을까. 그러나 김 전 지사 역시 특권을 원치 않았음이 분명하다. 특권으로 복권되지 않은 것이 어쩌면 본인의 앞길을 더 분명하게 밝혀 줄 까닭이다. 여전히 권력은 저 높은 곳에 있는 것 같지만 이미 물꼬는 터졌다. 권력은 국민을 위한 행정제도에, 사회관계망서비스(SNS)에, 협력과 나눔에도 있다. 특권의 유혹을 뿌리친 대통령들이 있었고, 많은 국민은 이제 특권을 용납하지 않는다.

굳은살처럼 심장에 박혔을 언어

1971년, 김대중 대통령의 유명한 장충단공원 연설에서 '특권'이라는 단어를 발견한다. 김 대통령은 몇 사람만 잘살게 하는 특권경제를 끝내겠다고 했다. '반칙과 특권 없는 세상'은 노무현 대통령의 전매특허였다. 서민의 눈높이로 내려온 대통령으로서 새 시대를 열었다.

어느 날 연설문 수정본에서 '반칙과 특권'이라는 두 단어를 만났다. 문재인 대통령이 연필로 꾹꾹 눌러쓴 것이다. 왜 전직 대통령의 특허 상품을 가져다 쓰실까, 생각하다가 2018년 삼일절 연설문을 작성했던 기억을 떠올렸다. 대통령은 나를 불러 독도 이야기를 넣자 했고, 나는 그 자리에서 받아 적었다. 사무실로 내려와 살펴보니 노무현 대통령의 널리 알려진 독도 연설과

대통령의 독서

매우 유사했다. 연설비서관이 전임 대통령 연설을 베꼈다고 하면 어쩌나 하는 옹졸한 마음이 들었다. 그런데 그날 저녁 퇴근길 버스 안에서 무릎을 쳤다. 일부러 외우기라도 했단 말인가, 그럴 리 없다, 직접 관여했거나 함께 작성한 것이 아니라면 저리 똑같이 불러 줄 수 없다, 적어도 두 사람의 공통된 철학이었음이 분명했다. '반칙과 특권 없는 세상'도 그렇다. 두 사람이 오랜 시간 수시로 공유한 언어였으리라. 물론 두 사람과 함께했던 김 전 지사에게도 굳은살처럼 심장에 박혔을 언어였다.

　여름 휴가철에 대통령들이 읽은 책들에 주목해 본다. 김대중 대통령은 지혜를 키운다. 과거의 스승과 만나고(《맹자》《배는 그만 두고 뗏목을 타지》), 미래를 구상한다(《지식자본주의 혁명》《미래와의 대화》). 노무현 대통령은 공격적이다. 과학으로 갔다가(《파인만의 여섯 가지 물리 이야기》) 위기 돌파의 지도력으로 옮겨 갔다가(《코끼리를 춤추게 하라》), 현실 정치로 돌아온다(《민주화 이후의 민주주의》).

　《민주화 이후의 민주주의》에서 최장집 교수는 지역감정에 대해 분석한다. 정당이 어떻게 그동안의 협애함에서 벗어나 국민의 뜻을 진정으로 반영할 수 있는지를 생각하게 한다. "일반적으로 사회갈등이 정치적으로 조직되는 범위는 좌우의 이념적 스펙트럼으로 표현할 수 있"지만, "매우 협애한 이념적 범위를 갖고 있는 한국 정당 체제의 경우 좌우의 스펙트럼 위에서 정당 간 차이는 거의 없는 것이나 마찬가지"이며 "이때 남는 것은 지역감정의 정치뿐"이라는 것이 최 교수의 현실 진단이다.

한국에서 지역감정의 정치는 근본적으로 지역 간 차이나 대립 때문에 생긴 문제가 아니라, 사회의 중요한 균열 요소들이 이슈화되거나 정책의 쟁점으로 부각될 수 없는 조건, 냉전반공주의의 강한 영향력 때문에 정당 체제로 대표되는 이념적 범위가 지극히 협애한 조건에서 만들어진 문제라는 점을 이해해야 한다.

—최장집, 〈한국 민주주의의 발전을 위한 과제〉,
《민주화 이후의 민주주의》, 후마니타스, 2010

노무현 대통령이 당선된 것 자체가 민주화 이후 민주주의에 대한 새로운 요구였다. 호남의 지지로 영남의 대통령이 탄생했다. 무명의 시민들이 선두에 섰다. 정치권, 권력 기구들이 크게 요동쳤다. 노 대통령 역시 가 보지 못한 길이었다. 선명한 개혁의 추진으로 지역감정을 해소해 보려 했을 것이다. 센 역풍을 맞았지만 국토 균형 발전으로 돌파했다. 적어도 새로운 세계의 청사진은 남겨 놓았다. 정치 지형 변화에 대한 고민과 열린우리당 창당에 대한 기대가 얼마나 컸을지 책 속에서 짐작해 볼 수 있다.

바둑알 히나하나처럼 제 역할을 하는 '민서'

문재인 대통령은 평범한 사람들이 엮어 낸 역사를 마주한다. 2018년 여름에는 소설가 김성동의 대하소설 《국수(國手)》를 읽었다. 제목이 시사하듯 바둑의 최고수를 소재로 삼지만, 전체 이야기는 600년 종묘사직을 지켜 온 조선왕조의 황혼 무렵을 배경으로 의술·그림·소리와 같이 우리 것을 솜씨 있게 이어 온 사람들을 엮어 낸다. 무엇보다 고유한 우리말을 되살려 낸 역작이며, 그저 살려 낸 것이 아니라 계급과 지역에 따라 다를 수밖에 없는 언어를 아름다운 옛말로 보여 줌으로써 그 말을 쓰며 살았던 장삼이사의 삶을 고스란히 부활시켰다.

바둑알 하나하나 그 자체로 같은 크기의 민서(民庶, 민초의 고유말)이면서, 둥근 하늘이면서, 바둑판 위에서 제각기 자기 역할을 하고 있음을 대통령은 확인했을 것이다. "낮뒤가 훨씬 지난 산길은 고즈넉하기만 한데"라는 문장에서 '낮뒤'라는 단어에 달린 각주("하오. 오후는 왜말임")를 보고 나도 모르게 목이 뜨거워졌다. 지금까지 '오후'를 순우리말로 여기고 대충 서민의 삶을 잘 안다고 자만했던 것이다.

소설, 특히 장편 대하소설 속 인물들에서 우리는 한 인생의 소중함을 깨닫는다. 버락 오바마 미국 대통령 역시 다른 문화권의 소설 속에서 다른 사람들의 삶을 감명 깊게 받아들이고 이를 소개했을 것이다(《벨벳은 밤이었다》《낙원으로》 등). 문 대통령의 시선도 평범하지만 소중한 인생에 닿아 있다. 문 대통령은 2019년 여름, 할머니들이 쓴 요리책을 읽고 직접 SNS에 글을 올렸다.

'51명의 충청도 할매들'이 음식 한 가지씩 한평생의 손맛을 소개한 요리책을 냈습니다. 《요리는 감이여》라는 책을 낸 51명의 할머니들은 학교를 다니지 않아 글을 모르고 사시다가, 충청남도

교육청 평생교육원에서 초등학교 과정을 이수하며 글을 익히게 된 분들입니다. 78세의 주미자 할머니와 81세의 이묘순 할머니는 뒤늦게 초등학교를 졸업하게 된 사연을 연필로 쓴 편지로 보내오셨는데, 글씨도 반듯하게 잘 쓰시고 맞춤법과 띄어쓰기도 정확하고, 중학교·고등학교까지 계속하겠다는 향학열을 보여 주셔서 가슴이 뭉클했습니다. 특별한 요리가 아니라 김치와 장아찌, 국, 찌개와 반찬, 식혜 같은 간식 등 어릴 때 어머니 손맛으로 맛있게 먹었던 일상 음식을 구수한 충청도 사투리를 섞어 직접 쓴 레시피를 붙여 소개한 책이어서 재미도 있고, 실용적인 도움도 될 듯합니다.

순조롭지 않은 '특권 내려놓기'

"글을 모르고 사시다가"라는 짧은 문장에 우리의 슬픈 역사가 구구절절 담겨 있다. 반칙이라고는 손톱 끝에라도 남겨 두지 않고 대신 흙이 검게 끼어 있는 삶이었다. 특권이라고는 늦가을 된서리를 먼저 마주치는 것 말고는 당최 누려 보지 못한 삶이었다. 할머니들에게 진정으로 애성이 있다면 정권을 잡았다고 권력을 함부로 자기들끼리 남용할 수는 없는 일이다. 그러지 말자고 촛불을 들었다. 그러지 말자고 뜻을 모아 놓고선 그새 권력을 제대로 못 썼다고 그리 한탄할 일은 아니다.

권력의 맛을 알고, 특권으로 살아온 사람들이 있으니 세상이

순조롭게 바뀌긴 어렵다. '감자 캐기'로 지독히 평범해지고 특권을 내려놓겠다는 것이 전임 대통령의 일관된 의지이지만, 특권은 내 편 네 편을 가리지 않으니 대통령이 지내고 있는 양산은 몸살을 앓는다. 나 역시 대통령 가까이에서 일해 보았다는 것조차 무슨 특권 같아서, 혼자 괜히 몸을 사린다. 내년 여름쯤 정치의 계절이 지나서야 대통령을 찾아뵙고, 예의도 못 차린다는 지청구에서 벗어날지 싶다. 특권의 미몽에 빠져도 자기만은 잘할 것 같지만, 그게 반칙이다. 큰 그늘에서 슬쩍 나와 뙤약볕을 달려 볼 일이다.

문화체육관광부가 올해를 '책의 해'로 선정했습니다. 국민 모두가 '함께 읽고'라는 목표로 출판의 활성화를 바라고 있습니다. 오늘은 24회째를 맞는 '2018 서울국제도서전'이 열리는 날입니다. 우리나라 최대의 책 잔치입니다.

책을 생각하면 아버지가 먼저 떠오릅니다. 한번 장사를 나가시면 한 달 정도 만에 돌아오시곤 했는데, 그때마다 꼭 제가 읽을 만한 아동문학, 위인전을 사 오셨습니다. 제가 책 읽기를 좋아하게 된 것은 아버지 덕이었습니다. 독서를 통해 세상을 알게 되었고 인생을 생각하게 되었습니다.

지금도 제게 보내 주시는 책은 꼭 시간을 내어 읽습니다. 발로 뛰고 자료를 뒤지며 보낸 작가의 노력과 생각을 만나는 시간입니다. 또한 한 권의 책이 나오기까지 정성을 다한 편집출판인들에게 예의를 다하는 시간입니다. 그러나 늘 그렇듯이 제가 책을 통해 얻는 게 훨씬 많습니다.

정신이 강한 나라는 그 누구도 함부로 할 수 없고, 그 정신은 선대의 지혜와 책을 통해 강해집니다. 어떻게든 짬을 내 책을 읽다 보면 어느새 부쩍 커진 자신을 발견할 때가 있습니다. 책 속에서 얻은 지혜를 나누는 일도 즐겁고, 자연스럽게 엄마 아빠의 책 읽기를 닮아 가는 아이들을 보면 행복합니다.

더 많은 분들이 책을 읽기 위해서는 책에 접근하기 어려운 분들을 위한 노력도 계속되어야 합니다. 특히 시각장애인 중 점자를 할 수 있는 분은 5퍼센트밖에 되지 않고, 점자 도서나 녹음 도서는 전체 출판도서의 2퍼센트도 되지 않습니다. 이분들을 위해 저도 작년 2월 시각장애인용 녹음 도서 제작에 힘을 보탰습니다.

올해 '서울국제도서전'의 주제는 '확장'입니다. 다양한 분야와 형태의 책을 모두 담아내자는 취지입니다. 많은 분들이 흥미를 갖고 쉽게 책을 접할 수 있는 기회를 많이 만들어 주시면 좋겠습니다. 정부도 장애인들을 위한 출판 지원뿐 아니라 취약 계층과 소외 계층의 독서 기회를 '확장'하겠습니다.

"지금 무슨 책을 읽고 계신가요?" 올 한 해, 책으로 안부를 묻다 보면 우리 모두 지혜의 나무를 한 그루씩 키워 낼 수 있을 것입니다.

16장

언어와 역사를 지우는
전체주의에 맞설 힘

인간이 만든 다양한 도구 중에서 가장 경이로운 것은 의심할 여지 없이 책입니다. 책 아닌 나머지는 신체를 확장한 것에 지나지 않습 니다. 현미경과 망원경은 눈을 확장한 것이고, 전화기는 목소리의 확장이며, 쟁기와 칼은 팔을 확장한 것입니다. 그러나 책은 다릅니 다. 책은 기억과 상상을 확장한 것입니다.

—호르헤 루이스 보르헤스, 〈책El Libro〉,
《보르헤스 강연집Borges Oral》, 1899

다시 《1984》를 꺼내 든 까닭

디스토피아를 다룬 책이나 영화에는 얼마간의 공통점이 있 다. 첫째는 관료화된 사회의 획일성을 경계한다. 자먀찐의 《우 리들》이 대표적이다. 이념과 심리 조작, 공포로 개인의 개성을 억압하는 사회를 그린다. 둘째는 산업사회의 경쟁으로 핵전쟁이 일어나거나 인공지능이 인간을 심판하는 경우이며, 최근에는 기후 환경 변화에 따른 디스토피아가 많이 등장한다. 소설 《멋진 신세계》를 시작으로 영화 〈매트릭스〉〈블레이드 러너〉〈인터스텔라〉가 떠오른다. 셋째는 인간 본성에 질문을 던지는 작품으로 인간의 사랑, 정의, 진실, 연대의 정신이 파괴될 수 있다고 경고한다. 조지 오웰의 소설 《1984》는 핵전쟁 이후 오세아니아라는 관료 사회 안에서 벌어지는 전체주의를 묘사하며 이를 보여 준다. 얼마 전 개봉한 한국 영화 〈콘크리트 유토피아〉도 처절하게 인간 본성을 돌아보게 했다.

《1984》의 빅 브러더는 권력 집중만이 목적이다. 늘 전쟁 상태라고 선전하는 일을 지배 수단으로 삼고, 사상 통제를 위해 역사를 뒤바꾸며 새로운 말(新語)을 만든다. 프랑수아 트뤼포의 영화 〈화씨 451〉에는 '방화수'가 등장해 책과 그림을 태우며 인류의 문화예술이 형성한 사람들의 사고를 모두 함께 불사른다. 심지어 장뤼크 고다르의 영화 〈알파빌〉에서는 금지된 단어를 사용하면 사형에 처하기도 한다. 《1984》는 알려져 있듯 사회주의 나라만을 염두에 둔 작품이 아니다. 에리히 프롬은 1961년 판 《1984》 후기에서 "만약 독자가 《1984》를 야만적인 스탈린 시대를 묘사한 많은 작품 중 하나로 잘난 척 해석해 버리고 이 작품이 우리에게도 의미가 있다는 사실을 깨닫지 못한다면, 그야말로 불행한 일이다"라고 말했다. 지금 야금야금 역사 바꾸기, 새로운 말 만들기가 윤석열 정부에서 벌어지는 듯해 아주 불쾌하다. 책꽂이에서 다시 《1984》를 꺼내 든 까닭이다.

2023년 8월 29일 윤석열 정부의 2024년 예산안 발표가 있었는데, 지역서점 활성화 예산과 '국민독서문화증진 지원' 예산이 전액 삭감됐다. '국민독서문화증진 지원' 예산은 예산 코드까지 폐지했다. 앞으로 아예 하지 않겠다는 선언이다. 문화체육관광부 예산 6조 9,796억 원 가운데 이래저래 독서 관련 예산을 찾아보면 독서대전, 독서진흥유공자 포상 관련하여 대충 12억 원이다. 2023년 114억 원(이것도 부족하다) 가운데 10분의 1만 남았다. 책은 국민이 알아서 읽든지, 아무튼 독서 진흥 따위에는 신경 쓰지 않겠다는 것이다. 아직 국회라는 산을 넘어야 하지만, 정부 예산안만으로도 충분히 전체주의 냄새가 난다. 국민과 책 사이를 벌려 놓으려는 것은 삶의 가치를 스스로 찾는 일, 자각하는 일, 성찰하는 일을 방해하려는 심사다. 이러다가 〈화씨 451〉의 결말처럼 책을 통째로 외워 후대에 전하는 일이 벌어지지 말라는 법도 없다.

전체주의를 분석하는 순간 공산주의자로

한편 이런 예신안을 만들넌서 대통령은 공공연하게 '공산전체주의'라는 말을 쓴다. 신조어다. 누가 먼저 사용했든 간에 대통령 입에서 자주 나오면서 공산전체주의는 우리 삶의 영역으로 들어왔다. 이에 대한 탁월한 분석이 이미 언론에 게재됐다.

《한겨레》이유진 기자는 "일각에선 윤 대통령의 이런 발언이 식민지 근대화론을 주장하고 이승만, 박정희 독재를 옹호하는 뉴라이트 역사관과 궤를 같이한다는 지적이 나온다"라고 분석한다(《사전에도 없는 단어 '공산전체주의'》). 신형철 기자는 "정부 여당이 펼치고 있는 공산전체주의 주장이 논리에 기반한 것이 아닌 비판 세력에 대한 낙인찍기"라고 말한다(《'공산전체주의'라니, 그 생경함이란》, 《한겨레》). 박세열 기자는 "'나쁜 놈 때려잡기'는 계속 진행 중이지만, 윤석열 정부가 호기롭게 외친 연금 개혁, 교육 개혁, 노동 개혁 등 국정과제들은 언론 지면에서 슬그머니 자취를 감췄다"라고 썼다(《'공산전체주의'에 대항하는 '용산전체주의 세력'에 대한 고찰》, 《프레시안》). 그 빈자리에 '공산전체주의' '반국가세력'과 같은 거친 언사들이 껍데기처럼 나부끼고 있는 것이다. 여기에 오웰이 《1984》의 부록으로 적어 놓은 글을 덧붙여 보고 싶다.

신어의 목적에는 영사(영국 사회주의)의 신봉자들에게 적절한 세계관과 정신적 습관을 표현할 수 있는 수단을 제공해 주는 것뿐만 아니라, 다른 모든 형태의 사고방식을 불가능하게 만드는 것도 포함되었다. (…) 부차적인 의미 또한 최대한 제거했다. 예를 하나 들어 보자. '자유롭다'라는 단어는 신어에 여전히 존재했다. 그러나 이 단어는 (…) '이 들판은 잡초에서 자유롭다'라는 문장에만 쓰일 수 있었다. 과거처럼 '정치적인 자유'나 '지적인 자유'라는 의미로는 쓰일 수 없다. 정치적 자유와 지적인 자유는 이제 개념의 형태로도 존재하지 않아서 어떤 말로도 지칭할 수 없기 때문이다. 분명히 이단적인 단어들을 금지시키는 것과는 별도로, 어휘를 줄이는 것이 그 자체로서 목적으로 간주되었다. 따라서 필수 불가결하지 않은 단어는 하나도 살아남지 못했다. 신어는 사고의 폭을 넓히기 위해서가 아니라 좁히기 위해 고안된 언어다.

—조지 오웰, 〈신어(新語)의 원칙〉, 《1984》,
김승욱 옮김, 문예출판사, 2022

'공산전체주의'는 공산주의에 전체주의를 붙임으로써 공산주의가 아닌 체제에서는 전체주의라는 말을 사용하지 못하게 가로막고 있다. 우리 사회를 전체주의로 분석하면 그 순간 공산주의자가 된다. 두 어휘를 하나로 줄이면서 우리 '사고의 폭'은 극적으로 좁아지고, 윤석열 정부 지지자들에겐 '적절한 세계관'을 형성할 수 있게 해 준다. 오웰이 말한 신어의 목적에 잘 부합돼 보이는 탓에 더 끔찍하다.

독립운동가를 지우고, 민주화운동가를 지우고

문제는 '줄이는 것 그 자체를 목적으로' 하는 것이 어휘뿐이 아니라는 점이다. 언어뿐 아니라 인물을 통해서도 인간의 사고력은 향상되는데, 윤석열 정부는 인물도 하나씩 지운다. 홍범도 장군이야말로 상징적이다. 독립운동가 홍범도 장군을 지우고 나면 더 많은 독립운동가를 지우고, 당연한 수순으로 민주화운동가, 인권운동가, 반핵환경운동가를 차례대로 지울 것이다. 기실은 윤석열 정부가 공산전체주의의 본산처럼 얘기하는 북한도 그랬다. 김일성 주체사상이 정립되는 과정에서 여타의 독립운동가들은 역사에서 깨끗이 사라지고 오직 김일성과 그 일가만 남았다.

전체주의에 대응하는 민주주의 사회는 그렇지 않다. 다양한 책으로 생각을 넓히고, 다양한 어휘로 자기 생각을 표현하고, 다양한 인물을 지표로 삼는다. 민주주의자들은 어휘를 더해 오고 인물을 더해 왔다. 이루지 못한 친일 청산에서도 그랬다. 미군정과 권위주의 군부독재의 시절을 거쳐 오며 친일 부역자를 기소해 엄단하고 부정하게 획득한 재산을 국고로 회수하지 못하는 대신 우리는 우리만의 방법을 택했다. 한 명의 독립운동가라도 더 발굴해 친일보다 훨씬 풍부한 자산으로 삼았다. 학자와 작가가 남모르는 역할을 맡았다. 이회영 일가와 신흥무관학교, 님 웨일스 《아리랑》의 김산, 고정희 시인의 '남자현의 무명지', 무수한 독립운동가와 그들의 이야기를 우리는 교과서 밖에서 만났다. 인정 많은 한국인의 방법이라 혼자 생각해 보곤 했다.

2018년에는 여성 독립운동가 강주룡이 우리에게 왔다. 그해 서점에서는 '한겨레문학상'을 받은 《체공녀 강주룡》이 읽히고 있었다. 박서련 소설가는 '작가의 말'에 "아무도 불러 주지 않는 이름으로 오래 있었기 때문에 그게 어떤 일인지 알 수 있다"라고 애달프게 적었다. 약속이나 한 듯 문재인 대통령 역시 강주룡을 우리 역사로 따뜻하게 끌어안았다.

발굴하지 못하고 찾아내지 못한 독립운동의 역사가 우리를 기다리고 있습니다. 여성들은 가부장제와 사회적·경제적 불평등으로 이중삼중의 차별을 당하면서도 불굴의 의지로 독립운동에 뛰어들었습니다. 평양 평원고무공장 여성 노동자였던 강주룡은 1931년 일제의 일방적인 임금 삭감에 반대해 높이 12미터의 을밀대 지붕에 올라 농성하며 여성해방·노동해방을 외쳤습니다. 당시 조선의 남성 노동자 임금은 일본 노동자의 절반에도 못 미쳤고, 조선 여성 노동자는 그의 절반도 되지 않았습니다. 죽음을 각오한 저항으로 지사는 출감 두 달 만에 숨을 거두고 말았지만 2007년 건국훈장애국장을 받았습니다. (…) 정부는 지난 광복절 이후 1년간 여성독립운동가 202분을 찾아 광복의 역사에 당당하게 이름을 올렸습니다. (…) 정부는 여성과 남성, 역할을 떠나 어떤 차별도 없이 독립운동의 역사를 발굴해 낼 것입니다. 묻혀진 독립운동사와 독립운동가의 완전한 발굴이야말로 또 하나의 광복의 완성이라고 믿습니다.

—문재인, 〈제73주년 광복절 및 정부수립 70주년 경축식〉,
2018년 8월 15일

기억과 상상력으로 전체주의에 맞서기

2023년 6월 출간된 방현석 소설가의 장편소설 《범도》는 한

발짝 더 내디딘다. 민주주의의 발전과 더불어 중심과 주변의 경계가 모호해지고, 개인의 존재와 역할이 소중해지듯《범도》는 홍범도 장군과 함께했던, 그동안 몰랐던 인물들에게 숨결을 불어넣었다. 작가는 말한다. "이 소설의 진정한 주인공은 홍범도와 함께했던 신포수와 백무현, 백무아, 남창일, 차이경, 김수협, 장진댁, 금희네, 진포, 박한, 정파총, 안국환, 태양욱, 최진동… 범도에 등장하는 모든 인물이다." 소설에서는 홍범도 장군이 일인칭으로 이들에 대해 이야기한다. 마치 예상이라도 했듯, 자신을 버린 땅에 많은 이를 남겨 놓았다. 아마도 그래서 그들이 자신을 부른 이름, '범도'를 소설 제목으로 삼았으리라.

전체주의는 언어를 단순화해 생각을 막고 인물을 하나씩 지워 나가며 권력을 구축한다. 기억만이 전체주의를 이길 수 있는 무기이고, 상상력만이 민주주의의 자산이다. 그저 디스토피아가 소설과 영화에만 머물기를 바란다. 9월은 독서문화진흥법이 정한 '독서의 달'이다. 지역서점에서 진행하는 750여 개의 문화 프로그램이 소소하지만 행복하게 계속되길 또한 바란다.

제73주년 광복절 및 정부 수립 70주년 경축식

2018. 8. 15.

존경하는 국민 여러분, 독립 유공자와 유가족 여러분, 해외 동포 여러분!

오늘은 광복 73주년이자 대한민국 정부수립 70주년을 맞는 매우 뜻깊고 기쁜 날입니다. 독립 선열들의 희생과 헌신으로 우리는 오늘을 맞이할 수 있었습니다. 마음 깊이 경의를 표합니다. 독립유공자와 유가족께도 존경의 말씀을 드립니다.

구한말 의병운동으로부터 시작한 독립운동은 3·1운동을 거치며 국민주권을 찾는 치열한 항전이 됐습니다. 대한민국 임시정부를 중심으로 우리나라를 우리 힘으로 건설하자는 불굴의 투쟁을 벌였습니다. 친일의 역사는 결코 우리 역사의 주류가 아니었습니다. 우리 국민의 독립 투쟁은 세계 어느 나라보다 치열했습니다. 광복은 결코 밖에서 주어진 것이 아닙니다. 신열들이 죽음을 무릅쓰고 함께 싸워 이겨 낸 결과였습니다. 모든 국민이 평등하게 힘을 모아 이룬 광복이었습니다. 광복의 그날 우리는 모두 어울려 목이 터져라 만세를 불렀습니다. 우리는 그 사실에 높은 자긍심을 가져도 좋을 것입니다.

존경하는 국민 여러분!

오늘 광복절을 기념하기 위해 우리가 함께하는 이곳은
114년 만에 국민의 품으로 돌아와 비로소 온전히 우리의 땅
이 된 서울의 심장부 '용산'입니다. 일제강점기 용산은 일본
의 군사기지였으며 조선을 착취하고 지배했던 핵심이었습
니다. 광복과 함께 용산에서 한미동맹의 역사가 시작됐습니
다. 한국전쟁 이후 용산은 한반도 평화를 이끌어 온 기반이
었습니다. 지난 6월 주한미군사령부의 평택 이전으로 한미
동맹은 더 굳건하게 새로운 시대를 맞이했습니다. 이제 용산
은 미국 뉴욕의 센트럴파크 같은 생태자연공원으로 조성될
것입니다. 2005년 선포된 국가공원 조성 계획을 이제야 본
격적으로 추진할 수 있게 됐습니다. 대한민국 수도 서울의
중심부에서 허파 역할을 할 거대한 생태자연공원을 상상하
면 가슴이 뜁니다. 우리에게 아픈 역사와 평화의 의지, 아름
다운 미래가 함께 담겨 있는 용산에서 광복절 기념식을 갖게
되어 더욱 뜻깊게 생각합니다.

존경하는 국민 여러분!

용산이 오래도록 우리 곁으로 돌아오지 못했던 것처럼,
발굴하지 못하고 찾아내지 못한 독립운동의 역사가 우리를
기다리고 있습니다. 특히 여성의 독립운동은 더 깊숙이 묻혀

왔습니다. 여성들은 가부장제와 사회적·경제적 불평등으로 이중삼중의 차별을 당하면서도 불굴의 의지로 독립운동에 뛰어들었습니다.

평양 평원고무공장 여성 노동자였던 강주룡은 1931년 일제의 일방적인 임금 삭감에 반대해 높이 12미터의 을밀대 지붕에 올라 농성하며 여성해방·노동해방을 외쳤습니다. 당시 조선의 남성 노동자 임금은 일본 노동자의 절반에도 못 미쳤고, 조선 여성 노동자는 그의 절반도 되지 않았습니다. 죽음을 각오한 저항으로 지사는 출감 두 달 만에 숨을 거두고 말았지만 2007년 건국훈장 애국장을 받았습니다.

1932년 제주 구좌읍에서는 일제 착취에 맞서 고차동, 김계석, 김옥련, 부덕량, 부춘화 다섯 분의 해녀로 시작된 해녀 항일운동이 제주 각지 800명으로 확산되었고, 3개월 동안 연인원 1만 7,000명이 238회에 달하는 집회 시위에 참여했습니다. 지금 구좌에는 제주해녀항일운동기념탑이 세워져 있습니다.

정부는 지난 광복절 이후 1년간 여성 독립운동가 202분을 찾아 광복의 역사에 당당하게 이름을 올렸습니다. 그중 26분에게 이번 광복절에 서훈과 유공자 포상을 하게 됐습니다. 나머지 분들도 계속 포상할 예정입니다. 광복을 위한 모든 노력에 반드시 정당한 평가와 합당한 예우를 받게 하겠습니다. 정부는 여성과 남성, 역할을 떠나 어떤 차별도 없이 독립운동의 역사를 발굴해 낼 것입니다. 묻혀진 독립운동사와 독립운동가의 완전한 발굴이야말로 또 하나의 광복의 완성이라고 믿습니다.

존경하는 국민 여러분!

대한민국은 국민 모두가 각자의 자리에서 힘을 보태 함께 만든 나라입니다. 정부수립 70주년을 맞는 오늘, 대한민국은 세계적으로 자랑스러운 나라가 됐습니다. 제2차 세계대전 이후 식민지에서 해방된 국가들 가운데 우리나라처럼 경제성장과 민주주의 발전에 함께 성공한 나라는 없습니다. 세계 10위권 경제 강국에 촛불혁명으로 민주주의를 되살려 전 세계를 경탄시킨 나라, 그것이 대한민국의 모습입니다.

분단과 참혹한 전쟁, 첨예한 남북 대치 상황, 절대 빈곤, 군부독재 등 온갖 역경을 헤치고 이룬 위대한 성과입니다. 아직 부족한 부분이 많지만 전 세계에서 우리만큼 역동적인 발전을 이룬 나라가 많지 않다는 사실만큼은 누구도 부인할 수 없을 것입니다. 선대뿐만 아니라 이 시대를 살고 있는 모든 세대가 함께 이뤄 냈습니다. 우리는 우리의 위상과 역량을 스스로 과소평가하는 경향이 있습니다. 그러나 외국에 나가보면 누구나 느끼듯이 한국은 많은 나라들이 부러워하는 성공한 나라이고 배우고자 하는 나라입니다. 그 사실에 스스로 자부심을 가졌으면 합니다. 그 자부심으로 우리는 새로운 70년의 발전을 만들어 가야 할 것입니다.

존경하는 국민 여러분!

지금 우리는 우리의 운명을 스스로 책임지며 한반도의 평화와 번영을 향해 가고 있습니다. 분단을 극복하기 위한 길입니다. 분단은 전쟁 이후에 국민의 삶 속에서 전쟁의 공포를 일상화했습니다. 많은 젊은이의 목숨을 앗아 갔고 막대한 경제적 비용과 역량 소모를 가져왔습니다. 경기도와 강원도 북부 지역은 개발이 제한되었고 서해 5도 주민은 풍요의 바다를 눈앞에 두고도 조업할 수 없었습니다.

분단은 대한민국을 대륙으로부터 단절된 섬으로 만들었습니다. 분단은 우리의 사고까지 분단시켰습니다. 많은 금기들이 자유로운 사고를 막았습니다. 분단은 안보를 내세운 군부독재의 명분이 되었고, 국민을 편 가르는 이념 갈등과 색깔론 정치, 지역주의 정치의 빌미가 되었으며, 특권과 부정부패의 온상이 됐습니다. 우리의 생존과 번영을 위해 반드시 분단을 극복해야 합니다. 정치적 통일은 멀더라도 남북 간 평화를 정착시키고 자유롭게 오가며 하나의 경제공동체를

대통령의 독서

이루는 그것이 우리에게 진정한 광복입니다.

저는 국민과 함께 그 길을 담대하게 걸어가고 있습니다. 전적으로 국민의 힘 덕분입니다. 제가 취임 후 방문한 11개 나라, 17개 도시의 세계인은 촛불혁명으로 민주주의와 정의를 되살리고 나라다운 나라를 만들어 가는 우리 국민에게 깊은 경의의 마음을 보냈습니다. 그것이 국제적 지지를 얻는 강력한 힘이 됐습니다.

가장 먼저 트럼프(Donald Trump) 대통령과 만나 한미동맹을 위대한 동맹으로 발전시킬 것을 합의했습니다. 평화적 방식으로 북핵 문제를 해결하기로 뜻을 모았습니다. 독일 메르켈(Angela Merkel) 총리를 비롯해 G20 정상들도 우리 정부의 노력에 전폭적 지지를 표명했습니다. 아세안 국가들과도 더불어 잘사는 평화공동체를 함께 만들어 가기로 했습니다. 시진핑(習近平) 주석과는 전략적 동반자 관계를 더욱 발전시키기로 했고, 지금 중국은 한반도 평화에 큰 역할을 해 주고 있습니다. 푸틴(Vladimir Putin) 대통령과는 남·북·러 3각 협력을 준비하기로 했습니다. 아베(安倍晋三) 총리와도 한일 관계를 미래 지향적으로 발전시켜 나가고 한반도와 동북아 평화 번영을 위해 긴밀하게 협력하기로 했습니다. 협력은 결국 북일 관계 정상화로 이끌어 갈 것입니다.

판문점선언은 그와 같은 국제적 지지 속에서 남북 공동의 노력으로 이루어진 것입니다. 남과 북은 우리가 사는 땅, 하늘, 바다 어디에서도 일체 적대 행위를 중단하기로 했습니다. 지금 남북은 군사당국 간 상시 연락 채널을 복원해 일일 단위로 연락하고 있습니다. 분쟁의 바다 서해는 군사적 위협이 사라진 평화의 바다로 바뀌고 있고 공동 번영의 바다로 나아가고 있습니다. 판문점 공동경비구역의 비무장화, 비무장지대의 시범적 감시초소 철수도 원칙적으로 합의를 이뤘습니다. 남북공동 유해 발굴도 이루어질 것입니다. 이산가족 상봉도 재개됐습니다. 앞으로 상호대표부로 발전하게 될 남북공동연락사무소도 사상 최초로 설치하게 됐습니다. 대단히 뜻깊은 일입니다.

며칠 후면 남북이 24시간 365일 소통하는 시대가 열리게 될 것입니다. 북미 정상회담 또한 함께 평화와 번영으로 가겠다는 북미 양국의 의지로 성사됐습니다. 한반도 평화와 번영은 양 정상이 세계와 나눈 약속입니다. 북한의 완전한 비핵화 이행과 이에 상응하는 미국의 포괄적 조치가 신속하게 추진되기를 바랍니다.

존경하는 국민 여러분!

이틀 전 남북 고위급 회담을 통해 판문점회담에서 약속

한 가을 정상회담이 합의됐습니다. 다음 달 저는 국민의 마음을 모아 평양을 방문하게 될 것입니다. 판문점선언의 이행을 정상 간 확인하고 한반도의 완전한 비핵화와 함께 종전선언과 평화협정으로 가기 위한 담대한 발걸음을 내디딜 것입니다.

남북과 북미 간 뿌리 깊은 불신이 걷힐 때 서로의 합의가 진정성 있게 이행될 수 있습니다. 남북 간 더 깊은 신뢰 관계를 구축하겠습니다. 북미 간 비핵화 대화를 촉진하는 주도적인 노력도 함께해 나가겠습니다.

저는 한반도 문제는 우리가 주인이라는 인식이 매우 중요하다고 생각합니다.

남북 관계 발전은 북미 관계 진전의 부수적 효과가 아닙니다. 오히려 남북 관계의 발전이야말로 한반도 비핵화를 촉진시키는 동력입니다. 과거 남북 관계가 좋았던 시기에 북핵 위협이 줄어들고 비핵화 합의에까지 이를 수 있었던 역사적 경험이 그 사실을 뒷받침합니다. 완전한 비핵화와 함께 한반도에 평화가 정착되어야 본격적인 경제 협력이 이뤄질 수 있습니다. 평화경제, 경제공동체의 꿈을 실현시킬 때 우리 경제는 새롭게 도약할 수 있습니다.

우리 민족 모두 함께 잘사는 날도 앞당겨질 것입니다. 국책기관 연구에 따르면 향후 30년간 남북 경협에 따른 경제적 효과는 최소한 170조 원에 이를 것으로 전망합니다. 개성공단과 금강산 관광 재개에 철도 연결과 일부 지하자원 개발 사업을 더한 효과입니다. 남북 간 전면적인 경제 협력이 이루어질 때 그 효과는 비교할 수 없이 커질 것입니다. 이미 금강산 관광으로 8,900여 명의 일자리를 만들고 강원도 고성의 경제를 비약시켰던 경험이 있습니다. 개성공단은 협력 업체를 포함해 10만 명에 이르는 일자리의 보고였습니다. 지금 경기도 파주 일대의 상전벽해 같은 눈부신 발전도 남북이 평화로웠을 때 이루어졌습니다. 평화가 경제입니다. 군사적 긴장이 완화되고 평화가 정착되면 경기도와 강원도 접경 지역에 통일경제특구를 설치할 것입니다. 많은 일자리와 함께 지역과 중소기업이 획기적으로 발전하는 기회가 될 것입니다.

판문점선언에서 합의한 철도, 도로 연결은 올해 안에 착공식을 갖는 것이 목표입니다. 철도와 도로의 연결은 한반도 공동 번영의 시작입니다. 1951년 전쟁 방지, 평화 구축, 경제 재건이라는 목표 아래 유럽 6개 나라가 '유럽석탄철강공동체'를 창설했습니다. 이 공동체가 이후 유럽연합의 모체가 됐습니다. 경의선과 경원선의 출발지였던 용산에서 저는 동북아 6개국과 미국이 함께하는 '동아시아철도공동체'를 제안합니다. 이 공동체는 우리의 경제 지평을 북방 대륙까지 넓히고 동북아 상생 번영의 대동맥이 되어 동아시아 에너지 공동체와 경제공동체로 이어질 것입니다. 그리고 이는 동북아 다자평화안보 체제로 가는 출발점이 될 것입니다.

존경하는 국민 여러분, 독립 유공자와 유가족 여러분, 해외 동포 여러분!

식민지로부터 광복, 전쟁을 이겨 내고 민주화와 경제발전을 이뤄 내기까지 우리 국민은 매 순간 최선을 다해 왔습니다. 국민이 기적을 만들었고 대한민국은 공정하고 정의로운 나라로 가고 있습니다. 독립의 선열들과 국민은 반드시 광복이 올 것이라는 희망 속에서 서로를 격려하며 고난을 이겨 냈습니다. 한반도 비핵화와 경제 살리기라는 순탄하지 않은 과정이 우리를 기다리고 있지만 지금까지처럼 서로의 손을 꽉 잡으면 두려울 것이 없습니다.

한반도 평화와 번영은 우리가 어떻게 하느냐에 달려 있습니다. 낙관의 힘을 저는 믿습니다. 광복을 만든 용기와 의지가 우리에게 분단을 넘어 평화와 번영이라는 진정한 광복을 가져다줄 것입니다.

감사합니다.

17장

당신 발자국에
내 발자국을 포개며

청년 세대는 진보적이며 구세대는 그 자체로 보수적이라는 가정만
큼 허구적인 것은 없다.

—카를 만하임, 《세대 문제》, 이남석 옮김, 책세상, 2013

너는 왜 싸우지 않느냐 물을 수 없다

아들이 독립을 선언했을 때, 내심 걱정이 컸다. 22사단
GOP(일반전초)에서 군 복무를 마치자마자 청년전세대출을 알아
보더니 학교 앞으로 짐을 옮겼다. 지레짐작으로 맘껏 놀거나 여
기저기 사회활동에 관심을 가질 거라 여겼다. 오월 광주학살에
분노해 거리와 감옥에서 청춘을 보낸 엄마 아빠를 두었으니, 말
릴 명분이 별로 없었다. 아들이 빠져나간 문간방을 치우며 그
자리에 아내와 나는 한숨을 채워 넣었다.

아들에게 별로 해 줄 일이 없었다. 자취방 근처 중국집에서 짜

대통령의 독서

장면을 함께 비비고, 가끔 간다는 생맥줏집 주인과 인사를 나누는 일이 그럭저럭 정을 이어 줬다. 아무튼 홀로서기는 성공한 것 같다. 복학 뒤 다섯 학기를 부지런히 보냈다는 것은 짐작이 아니다. 학기 말마다 보내오는 성적표로 이를 증명했고, 졸업 전에 취업을 했다. 종종 친구들과의 갈등으로 청춘의 몸살을 앓고 간혹 작은 사고로 번지기도 했지만, 스스로 수습하는 성숙함도 보여 줬다.

지난여름, 아들 회사 인근에 월셋집을 계약하고 "아빠가 못한 일을 해 줘서 고맙다"라고 했다. 할머니가 무척 좋아하실 터였다. 대학 마지막 학기, 어머니는 수배 중인 아들을 찾아 인문대 138계단을 올라오셨다. 한 언론사의 입사 원서를 건네주시며 여기만 들어간다면 소원이 없겠다 하셨다. 정의에 목마른 아들은 불효자였다. 취업은커녕 그해 겨울, 어머니는 갓 태어난 조카를 업고 남산 안기수 수사실 부근을 서성이고, 서울구치소에 면회를 다니셔야 했다. 나에게만큼은 취업에 얽힌 이야기들 모두 눈물겨운 서사였다.

"현장을 존중하고, 노동자들을 존경해야 한다"라고 아들에게 말했다. 그러겠다고 대답한다. "꿈을 가져야 한다"라고 말했다. 내 꿈은 엄마 아빠처럼 다복한 가정을 꾸리는 것이라 대답한다. 작은 반성이 인다. 그래도 뭔가 다른 꿈은 없냐고 물었다. 사회정의, 남북 관계 개선 같은 대답을 기대했을지도 모른다. 아니면 적어도 입사한 기업의 임원이 되는 것. 대답은 단호했다. "아직 모르겠어요." 아차 싶었다.

내가 세상을 바꾸고 싶다고, 아들에게 "너는 왜 싸우지 않니?"라고 물을 수는 없다. 아들이 스스로 생각하고 행동하는 존재라는 사실을 부정하는 일이다. "왜 꿈이 없니?" 역시 마찬가지다. 앞선 세대의 발자국이 과연 아들 세대가 가려는 곳으로 향했는지 되물어야 할 일이다. 장혜령 시인은 민주화운동으로 대의를 다했지만 늘 부재했던 아버지를 소환해서 묻는다.

물러나라. 목적어가 없는 피켓을 들고 당신들은 불시에 흩어집니다. 그렇게 햇빛이 사라진 곳에서 어느 날 다시 눈을 뜹니까. 엎드려 손을 머리 위로. 명령어로 이루어진 세계에서 여전히 손과 발이 없는 감정을 연습합니까.

바다의 뼈가 부서지는 소리를 들으며 파도는 묻습니다.

아버지,
나의 피는
검게 수직으로 고동칩니까.

—장혜령, 〈파도가 묻다〉 부분,
《발이 없는 나의 여인은 노래한다》, 문학동네, 2021

시인은 아버지의 '명령어로 이루어진 세계'를 벗어나 서 있고, 아들은 이제 자신이 짊어지고 가야 할 세계에 서 있다. 나와 동시대를 살았던 세대는 정의에 즉각적으로 반응했고, 다음 세대를 위해 당대에 세상을 바꾸고자 했다. 어느 정도는 진전을 이뤘고, 어느 정도는 그로 인해 다른 문제들이 야기됐다. 아들이 자기 삶을 찾아간다면 갈 수 있도록 해야 한다. 최소한의 여건이 조성됐다면 비록 발자국이 희미해졌더라도 아버지 세대는 수고한 것이다. 그렇지 못했다면 자신을 탓할 일이지 아들에게 정의롭게 살아라 타박할 일은 아닌 것이다.

아들은 젠더 문제로 누나와 얼굴을 붉히고, 친구들과 논쟁 끝에 동아리를 그만두기도 했다. 북한이나 난민 문제에는 또래와 비슷하게 보수적으로 열을 올리고, 청년전세대출의 이자가 급작스럽게 오르자 정부를 향해 진보적으로 불만을 표출하기도 했다. 강의실 안에서의 경쟁이 치열한 것 같지만 친구들을 응원하고 취업을 축하하는 마음엔 별로 이기심이 엿보이지 않았다. 공대생이었지만 아빠의 인문학 이야기에 귀 기울여 줬고, 면접에 도움이 됐다는 칭찬의 말도 아끼지 않았다. 딱히 아빠의 생각을 따르지 않는 게 불편한 적은 없다. 시대와 함께 자연스럽게 고민하고 성장해 가는 것만은 분명했다.

살아서 꿈틀대기만 한다면

카를 만하임은 말한다. "청년들이 보수적일지, 반동적일지, 진보적일지는 현존 사회구조와 그 구조 안에서 청년들이 차지하고 있는 지위가 청년 자신들의 사회적 목적들과 지적 목적들의 촉진에 기여할지 안 할지에 달려 있다"라고. 정치에 관심 가져야 한다, 투표해야 한다, 투쟁해야 한다(그중에서도 왜 화염병을 들지 않느냐고 한 진보 인사의 말은 정말 끔찍하다), 이 모든 말은 기성세대가 멋대로 설계한 유토피아, 프로크루스테스의 침대에 아들을 눕혀 놓는 것과 같다. 자신의 세계를 자신이 살아가고, 느끼고, 개선하도록 용기를 주고 기꺼이 그 도전에 응전해야 한다. 아들에게 대신 무슨 말을 해야 할까. 문재인 대통령의 졸업 축사 한 구절을 들려주고 싶다.

청춘의 시간은 한마디로 표현하기 어렵지만, 제 청년 시절을 되돌아보면 희망이기도 하고 고통이기도 한 시간이었습니다. 인생에 대한 회의가 가득 찬 때도 있었습니다. 인생에 정답이란 게 있다면 누군가 알려 주면 좋겠다는 생각도 했습니다. 졸업장을 쥐고 막 교문을 나서는 여러분의 마음도 경험해 보지 못한 미래에 대한 설렘과 두려움이 함께하리라 생각합니다. 더구나 여러분이 맞이할 미래는 과거 어느 때보다 불확실합니다. 저 역시 여러분께 답을 드릴 수는 없습니다. 다만 청춘을 먼저 보낸 선배로서 여러분이 청년의 시간을 온전히 청년답게 살아가길 바랍니다. 어떤 자세와 태도로 인생을 대하는지, 어떤 인생 경로를 걸어가는지는 각자의 선택입니다. 없는 길을 찾아 개척하고 도전하는 삶을 꿈꿀 수도 있고, 안정적인 삶을 살고자 할 수도 있습니다. 다만 얼마든지 기성세대에 도전하고 무엇이든 이룰 수 있다는 자신감만은 꼭 가슴에 담아 달라고 말하고 싶습니다.
— 문재인, 〈유한대학교 졸업식 축사〉, 2019년 2월 21일

대통령의 독서

기성세대가 보수든 진보든, 청년에게는 모두 도전의 대상이다. 청년이 보수든 진보든, 한 세대 안에서 서로 다투며 조화를 이룬다. 오히려 이들을 가르는 것은 기성세대의 정치적 기대일 뿐이다. 아들은 환경을 위해 텀블러를 사용하고 옳은 일에는 기꺼이 마음을 나눌 것이다. 자신이 개입하지 못하는 일에 선구자로 나선 친구가 있다면 시간을 보탤 것이다. 제사를 정성껏 지내면서 상 위에는 자신이 좋아하는 음식을 올릴 것이다. 용서할 것은 용서하면서 저항할 것에는 저항할 것이다. 두산 베어스를 응원하고, 콘서트를 보러 다니는 일은 결코 포기하지 않을 것이다. 그렇지만 한 가지, 살아서 꿈틀대야 한다. 살아 있는 인간이어야 한다. 살아 있으므로 해야 할 일이 있는 인간이어야 한다.

스테판 에셀은 조언한다. "분노할 일에 분노하기를 결코 단념하지 않는 사람이라야 자신의 존엄성을 지킬 수 있고, 자신이 서 있는 곳을 지킬 수 있으며, 자신의 행복을 지킬 수 있다."라고. "따로 또 같이, 정의롭지 못한 일이 자행되는 곳에 압박을 가하는 것이 우리 각자가 해야 할 일"이다. "이런 문제들을 제대로 인식하고 이해하려 애쓰는 것은 우리 각자의 몫인 것"이다(스테판 에셀, 〈한국어판 출간에 부쳐 - 저자와의 인터뷰〉, 《분노하라》).

이래라저래라 할 것 없다

김남주, 문익환, 김근태 같은 존경하는 분들의 장례식을 준비하고 참여하면서 늘 아버지의 죽음을 생각했다. 죄송스러웠다. 이만큼 마음을 쏟았던가. 얼마나 반항했고, 기대에 미치지 못했던가. 그렇지만 나는 누구보다 무명인 아버지의 발자국을 찾고 있었다. "당신 발자국에 내 발자국을 포개며 걸었다. 당신은 없고 당신은 보이지 않고 오직 이것만이 길이라는 듯. 지우면서 지워지면서 따라가는 걸음 있었다."(장혜령, 〈새벽의 창은 얇은 얼음처럼 투명해서 2〉 부분, 위의 책) 아들도 그럴 것이다. 지우면서 지워지면서.

시대의 경험이란 피해 갈 수 없다. 광주든, 세월호든, 촛불이든, 이태원이든 함께 분노했다고 한 시대가 모두 같은 삶을 살아간 것도 아니다. 이래라저래라 할 것 없다. 앞선 세대가 그랬듯 자신들의 언어 안에 꿈과 색깔이 있다. 오직 오늘 내 발걸음이 중요하다.

졸업생 여러분!

축하합니다. 유한대학교 졸업식에 함께하게 되어 영광입니다. 가족들과 교수님들께도 축하와 감사 인사를 드립니다. 청춘의 시간은 한마디로 표현하기 어렵지만, 제 청년 시절을 되돌아보면 희망이기도 하고 고통이기도 한 시간이었습니다. 인생에 대한 회의가 가득 찬 때도 있었습니다. 인생에 정답이라는 게 있다면 누군가 알려 주면 좋겠다는 생각도 했습니다. 졸업장을 쥐고 막 교문을 나서는 여러분의 마음도 경험해 보지 못한 미래에 대한 설렘과 두려움이 함께하리라 생각합니다. 더구나 여러분이 맞이할 미래는 과거 어느 때보다 불확실합니다.

저 역시 여러분께 답을 드릴 수는 없습니다. 다만 청춘을 먼저 보낸 선배로서 여러분이 청년의 시간을 온전히 청년답게 살아가길 바랍니다. 어떤 자세와 태도로 인생을 대하는지, 어떤 인생 경로를 걸어가는지는 각자의 선택입니다. 없는 길을 찾아 개척하고 도전하는 삶을 꿈꿀 수도 있고, 안정적인 삶을 살고자 할 수도 있습니다. 다만 얼마든지 기성세대에 도전하고 무엇이든 이룰 수 있다는 자신감만은 꼭 가슴에 담아 달라고 말하고 싶습니다.

저는 여러분이 아직 무엇을 이루기에 어리다고 생각하거나, 기성세대가 만든 높은 장벽에 좌절해 도전을 포기하지는 않기를 바랍니다. 도전하고 실패하며 다시 일어서는 것에 대해 두려움을 가져서는 안 됩니다. 4차 산업혁명의 새로운 시대가 시작되고 있습니다. 여러분이 더 큰 희망과 능동적인 변화를 꿈꿀 기회입니다. 세계는 이미 새로운 인재, 창의적인 인재에 열광하고 있습니다.

젊음 그 자체가 4차 산업혁명의 경쟁력이 될 수 있습니다. 앞선 세대가 이룩해 놓은 것들을 해체하고, 새롭게 융합하는 창의적인 사고가 4차 산업혁명 시대가 필요로 하는 인재입니다. 여러분의 신선하고 발랄한 생각, 자유로운 의사소통과 삶의 일부가 된 ICT 기술과 문화는 기성세대가 갖지 못한 능력입니다. 반짝이는 아이디어가 경쟁력이고, 감수성도 경쟁력이며, 공감 능력도 경쟁력입니다. 특히 유한대학교는 일찍부터 4차 산업혁명에 대응해 ICT 융합 교육을 강화하고, IT 분야와 산업을 연결하는 새로운 인재를 양성해 왔습니다. 준비한 사람만이 미래를 이끌 수 있습니다. 저는 유한대학교 인재들이 우리나라 혁신성장을 이끌어 가는 든든한 동량이 될 것이라 믿습니다.

졸업생 여러분!

도전을 선택하든 안정을 선택하든 살아가는 동안 여러분은 수많은 어려움을 만나게 될 것입니다. 도전하고 싶어도 여건이 안 될 때가 있고, 안정적이고 싶어도 빠르게 변하는 시대의 조류가 가만두지 않을 수도 있습니다.

과거라고 크게 다르지 않았습니다. 국가 산업 전체로 보면 시대에 따라 주력 산업이 농업에서 경공업, 중화학공업, 첨단 ICT산업으로 변해 왔습니다. 모두 제가 살아오는 동안 일어난 변화들입니다. 시대에 따라 선호하는 직업도 달라졌습니다. 정부와 기업, 사회에서 요구하는 인재도 달라졌습니다. 경제와 산업의 발전은 유행하는 아이템도 달라지게 했습니다. 성공하는 사업도, 각광받는 서비스 업종도 빠르게 변화했습니다. 제가 대학에 입학한 시기에 인기 있었던 학과가 졸업 무렵에는 인기 없는 학과가 되기도 하고, 심지어 없어진 학과도 있습니다. 동서 고금을 통틀어 변화하지 않는 시대나 나라는 없습니다.

여러분에게 강조하고 싶은 것은 그 변화에 대한 능동적인 대처입니다. 앞으로 더 많은 청년들이 글로벌기업에 직장을 얻고, 세계 곳곳에서 살게 될 것입니다. 일하는 공간은 국내에 있더라도, 세계를 무대로 경쟁하게 될 것입니다. 어쩌면 예상보다 더 빨리 인공지능과 경쟁하게 될지도 모릅니다.
변화에 대한 능동적인 대처만이 변화를 이겨 내는 길입니다.
여러분 개개인이 꿈꾸는 행복한 미래 속에 더 나은 우리 사
회를 위한 희망도 함께하기를 바랍니다.

　이 자리에 오기 전 유일한 선생 묘역을 다녀왔습니다. 선
생은 아홉 살 어린 나이에 유학길에 올라 미국에서 성장했지
만, 소년의 꿈은 독립군사령관이었습니다. 조국이 위기에 놓
이자 열다섯 살 유일한은 한인소년병학교를 지원합니다. 그
용기 있는 선택으로 유일한 선생은 재미 한인들로 구성된 맹
호군 창설의 주역이 되었고, 이후 기업을 일으켜 독립군 활
동을 뒷받침할 수 있었습니다. 기업은 개인의 것이 아니라
사회의 것이며 사원들의 것이라는 경영 철학은 애국애족의
정신과 함께 새로운 도전에 대한 두려움이 없었기에 가능했
을 것입니다. 더 나은 세상에 대한 선생의 꿈이 교육 사업으
로 이끌렸고 유한대학교 설립으로 이어졌습니다. 졸업생 여
러분의 가슴에는 사회와 국가를 위해 헌신해 온 유일한 선생
의 인류 평화와 봉사, 그리고 자유정신이 흐르고 있다는 사
실을 잊지 말기 바랍니다.

　저도 대통령으로서 끊임없이 도전하고 있습니다. 공정한
사회, 평화경제, 함께 잘사는 나라는 국민과 함께하지 않고
는, 저 혼자의 힘만으로는 이룰 수 없다는 사실을 잘 알고 있

습니다. 모든 물이 모여 큰 강을 이루고 바다를 향해 나아가 듯이 여러분도 끝까지 포기하지 않고 함께해 주실 것이라고 믿습니다. 누구나 평등한 기회 속에서 공정하게 경쟁하고 노력하는 만큼 자신의 꿈을 성취할 수 있는 사회를 원합니다. 여기 계신 졸업생뿐만 아니라 이 땅 모든 청년들의 소망이기도 할 것입니다. 저도 그 소망을 위해 항상 여러분과 함께하겠습니다.

졸업생 여러분!

제가 좋아하는 유일한 선생의 말씀은 "마음먹은 것은 포기하지 말고 끝까지 하라"는 말씀입니다. 청년을 청년답게 사는 여러분이 되어 주십시오. 포기하지 말고 끝까지 가 보는 여러분이 되어 주십시오. 인생 선배로서 경험을 말하자면, 제 삶을 결정한 중요한 일들이 단번에 이루어지는 일은 없었습니다. 대학 입시도, 졸업도, 사법시험도, 변호사도, 대통령 선거도 실패 후에 더 잘할 수 있었습니다. 모두에게 적용되는 인생의 정답이란 없지만, 여러분이 포기하지 않고 열심히 사는 하루하루가 여러분 인생의 답이 될 것입니다.

삶의 만족은 다른 사람 시각에 있는 것이 아니라 자신이 좋아하는 일에 있다는 사실을 잊지 말기 바랍니다. 행복도 다른 사람 기대에 맞출 때 오는 것이 아니라 자신에게 만족할 수 있을 때 오는 것입니다.

정부도 여러분의 행복한 미래를 바라고 기원합니다. 여러분이 행복한 나라, 무한한 가능성의 날개를 펼쳐 훨훨 날 수 있는 나라, 때로 현실의 벽에 부딪혀 상처받고 쓰러지더라도 다시 훌훌 털고 일어설 수 있게 뒷받침하는 나라를 반드시 만들겠습니다.

학교에서 배운 정의와 공정의 가치를 믿고, 국가의 뒷받침을 믿고, 불안보다 더 큰 희망과 설렘을 담아 힘차게 사회로 나아가기 바랍니다. 모든 학교의 졸업생 여러분을 응원합니다.

감사합니다.

18장

이제 '함께'
잘사는 나라

미국에서 복지(welfare)라는 용어는 '복지에 의존한다(on welfare)'라는 뜻이었다. 즉, 가난하고 무직이며 사회의 짐이 된다는 의미였다. 이와 대조적으로 핀란드어에서 '복지국가'에 가장 가까운 용어는 hyvinvointivaltio(위빈보인티발티오)이다. 문자 그대로 풀자면 이 용어는 '웰빙(well-being) 국가'를 뜻한다.

―아누 파르타넨, 《우리는 미래에 조금 먼저 도착했습니다》,

노태복 옮김, 원더박스, 2017

국가와 사회가 우리를 버리지 않는다는 감각

임기 5년 동안, 문재인 대통령이 연설문에 가장 빈번하게 담은 문구는 '함께 잘사는 나라'다. 이 문구는 포용국가를 설명하거나 시정연설에서 국회의원을 설득할 때 사용됐고, 아세안 10개 나라를 방문할 때 협력을 강조하거나 한반도 평화와 경제 통일을 뒷받침하는 중요한 근거로도 작용했다. 임기 후반 팬데믹(코로나19 대유행)과 탄소중립 연설에서는 지구적 위기를 극복하는 방법론으로 '함께'에 더 큰 방점을 찍었다.

이 문구는 지극히 평범해서 별로 가슴을 울리지 못한다. 어쩌면 너무 당연한 말 같아서 듣고도 훅 지나가 버린다. 그러나 "우리는 지금 '잘사는 나라'를 넘어 '함께 잘사는 나라'를 향해 가고 있다(2019년 〈전국새마을지도자대회 축사〉)라는 말처럼 '잘사는 나라'와 만나 대비를 이뤘을 때는 느낌이 달라진다. 대한민국 성장과 복지의 서사에 불을 지피고, 불현듯 생기를 얻는다. '함께 잘사는 나라'는 이어달리기의 한 주자로서 앞선 지도자들의 노력을 계승한 대통령 문재인의 결과물이다. 포용국가 비전에 그 정신이 잘 담겨 있다.

포용국가는 국가가 국민에게 또는 잘사는 사람이 그보다 못한 사람에게 시혜를 베푸는 나라가 아닙니다. 서로가 서로에게 힘이 되어 주면서 국민 한 사람과 국가 전체가 더 많이 이루고 더 많이 누리게 되는 나라입니다. '국가가 국민의 일상을 지켜 줘야 한다'는 개념이 정책에 반영되고 그 정책이 국민에게 체감되기 시작한 것은 얼마 되지 않았습니다. 김대중 정부에서 처음으로 국민기초생활보장제도를 도입했습니다. 빈곤층 국민께서 최소한의 삶을 영위할 수 있도록 했습니다. 지금으로부터 정확히 20년 전의 일입니다. 20년 사이에 국민 인식은 더욱 높아졌고 국가는 발전했습니다. 최소한의 삶을 보장하는 것만으로는 인간으로서 존엄을 지킬 수 없다는 것을 알게 됐습니다. 대한민국의 국력과 재정도 더 많은 국민께서 더 높은 삶의 질을 누릴 수 있도록 뒷받침하는 데 충분할 정도로 성장했습니다. 우리 정부가 추진하는 포용국가의 목표는 바로 이 지점, 기초생활을 넘어서 국민의 기본생활을 보장해야 한다는 점에서 시작합니다.

—문재인, 〈포용국가 사회정책 대국민 보고〉, 2019년 2월 19일

김대중 대통령은 일찍부터 '생산적 복지'라는 말을 가슴에 품었다. 복지가 자선이 아니라 인권이라는 확고한 철학이 있었다. 외환위기 극복 과정에서 철저한 시장경제 원칙을 강조하며 '신자유주의자'라는 비판을 받았지만, 한편에서는 시장경제의 부작용을 시정하고 보완하기 위해 과감한 복지 정책을 준비했다. 과다한 복지가 가져온 유럽의 실패를 공부했고 국가 경제에도 국민 스스로에게도 도움이 되는 우리만의 '생산적 복지'를 구상했다.

존 케네스 갤브레이스의 《불확실성의 시대》가 깊은 영향을 주었으리라. 김 대통령이 가족에게도 꼭 읽어 보라고 추천한 책이다.

우리는 무엇이 이루어져야 하는가를 알고 있지만, 무기력과 금전상의 이해와 감정 또는 무지 때문에 그것을 말하고 싶지 않을 뿐이다. 부유한 나라와 가난한 나라의 문제는 현재의 부 또는 적어도 잠재적인 부의 재분배 외에는 해결 방법이 없다. 이것을 이

해하는 것은 별로 어려운 일이 아니다. 다만 이 해결책을 공약으로 내거는 결단력을 가진 사람이 많지 않을 뿐이다. (…) 부유한 나라에서도 빈곤의 문제에 대처하는 데에는 마찬가지 어려움이 있다. 가난한 사람들에게 소득을 주는 이상으로 효과적인 해결책은 없는 것이다. 식량, 주택, 의료 서비스, 교육 또는 현금, 어떠한 형태를 취하든 간에 소득은 빈곤에 대한 최선의 구제책이다. 그러나 이처럼 명백한 진리이면서도 이만큼 교묘한 핑계를 낳게 한 예는 없다.

—존 케네스 갤브레이스, 〈민주주의·지도력·결단〉,
《불확실성의 시대》, 원창화 옮김, 홍신문화사, 1995

"지도자는 그 시대의 불안에 맞설 수 있는 능력이 있어야 한다"라고 갤브레이스는 말한다. 김대중은 결단한다. 2000년 10월, 국민기초생활보장제도가 실시됐다. 복지가 국민의 권리이며 국가의 의무임을 법률로 규정했고, 법정 용어도 '보호대상'에서 '수급권자'로 바꿨다. 1997년 37만 명이던 수급자는 2002년 155만 명으로 늘었다. 최소한 돈이 없어 굶거나 공부를 못하는 것만은 막아 냈고, 이들이 이웃과 국가 발전에 함께할 수 있도록 장치를 마련했다. 물론 반대도 있었다. 사회주의적 접근 방식이라느니, 시기상조라느니 하는 의견이었다. 다행히 공동체가 급속도로 해체되는 상황에서 김대중 대통령은 무엇이 이뤄져야 하는지를 분명히 알고 있었다.

2000년 7월에는 145개 의료보험조합을 하나로 묶어 새로운 건강보험 체제를 출발시켰다. 모든 국민에게 동등한 의료 혜택이 돌아가게 됐지만, 미숙한 면도 있었다. 의료 이용량, 노인 의료비 급증, 고가 약 처방을 예측하지 못하면서 엄청난 재정 적자가 전망됐다. '국민의 정부' 시절 6명의 보건복지부 장관이 재직할 정도로 복지 정책은 파란만장했고 실수도 많았다. 그러나 "국가와 사회가 우리를 버리지 않고 걱정해 주고 있다는 것을 느끼도록 해 줘야" 한다는 김 대통령의 말은 지금 이 순간까지 긴 여운을 남긴다.

복지 정책을 성장 전략으로

우리가 세계경제체제 안에서 발전하고 제도를 빌려 와 민주주의를 꽃피웠다고 해서, 우리 스스로 가꿔 온 경제와 복지 체계가 없는 것은 아니다. 《지조론》을 쓴 조지훈 선생의 생가 '호은종택'은 1629년 인조 7년에 지어졌는데, 지금도 굳건하다. 청렴하고 강직하게, 부정한 방법으로는 돈을 벌지 않겠다는 후손을 남겼다. 전북 남원에 가면 죽산 박씨들의 고택인 몽심재가 유명하다. 이 500년 고택은 오가는 손님들을 후하게 대하며 항상 나보다 못한 사람을 생각했다. 원불교 성직자 40여 명을 배출한 기반이다. 대구 달성군 화원읍 본리리 인흥마을 남평 문씨 집안은 '인수문고'라는 특별한 문고를 가졌는데, 경술국치를 당해 일제에 등을 돌리는 방법으로 인수문고의 기반이 된 만권당을 세웠다. 돈이 아닌 지혜를 물려준 것이다. 모두 《5백년 내력의 명문가 이야기》에 담긴 뿌듯한 전통이다. 그중에서도 단연 경주 최 부잣집이야말로 현대판 노블레스 오블리주다. 한국식 복지 제도를 구상할 자격을 우리에게 충분히 제공해 준다.

과거를 보되 진사 이상은 하지 말라. 재산은 만석 이상 모으지 말라. 만석 이상 넘으면 사회에 환원하라. 과객을 후하게 대접하라. 사방 100리 안에 굶어 죽는 사람이 없게 하라. 경주 최 부잣집에 내려오는 400년 전통의 가훈이다. (…) 최 부잣집은 만석 이상 불가의 원칙에 따라 그 이상의 재산은 사회에 환원했다. 환원 방식은 소작료를 낮추는 것이었다. 소작료는 수확량의 7~8할 정도를 받는 것이 관례였는데, 최 부잣집은 5할이나 아니면 그 이하로도 받았다. 그러니 주변 소작인들이 앞을 다투어 최 부잣집의 논이 늘어나기를 원하는 현상이 발생했다. (…) 저 집이 죽어야 내 집이 사는 것이 아니라, 저 집이 살아야 내 집이 산다는 상생의 방정식을 생각해 보라. 이 어찌 아름답고도 통쾌한 풍경이 아니겠는가!

—조용헌, 〈경주 최 부잣집〉, 《5백년 내력의 명문가 이야기》,

푸른역사, 2002

노무현 대통령은 복지 정책을 성장 전략의 하나로 삼았다. '한국적 복지국가의 길'이 더 많은 개인의 성장과 참여를 통한 성장 동력의 확충, 이를 위한 사회복지의 선진화에 있다고 믿었다. 그래서 '소설 같은 전망'이라는 비난을 무릅쓰고 2020년에 복지 재정을 2001년의 경제협력개발기구(OECD) 평균 수준으로, 1인당 국내총생산(GDP)은 2020년 3만 6,000달러, 2030년 4만 9,000달러에 이른다는 목표를 세웠다. 복지는 사회 투자로서 우리가 놓칠 수 없는 국가 발전 전략이었다. 장기적 계획이었다. 어느 정도는 이뤘고, 이룰 수 있는 능력도 있다.

아누 파르타넨에 따르면, 노르딕(노르웨이, 핀란드, 스웨덴 등 북유럽) 나라들에서는 상향 사회이동이 생생한 현실이라고 한다. 당연히 아주 잘사는 사람들은 조금 더 세금을 내라는 요청을 받고 대신에 좋은 의료 체계와 좋은 학교를 갖춘다. 시민들 역시 그런 사회환경을 지지한다. 명백히 공평하기 때문이다. 문재인 대통령은 "전장에 바친 목숨과 논밭을 일군 주름진 손, 공장의 잔업과 철야가 쌓여 우리는 이만큼 잘살게 되었"고, "누구 한 사람 예외 없이 존경받아야 할 것"(2019년 11월 13일, 전태일 열사 추모 메시지)이라 말했다. 우리가 일군 성장의 크기만큼 차별과 격차를 줄이지 못해 아쉬워하며 '함께 잘사는 나라'를 밀고 나갔다. 대한민국의 역동성에 기본생활이 받쳐 준다면 공평한 상생 도약이 불가능하지 않다.

불안에 맞서지 않고 불안을 조장하는 정부

고령화와 의료비 증가는 불가분의 관계다. 실제 한 해 의료

비가 40조 원이 넘는다. 그런데 윤석열 정부는 건강보험 재정 악화의 원인으로 과잉 진료를 지목한다. '문재인 케어' 때문이라고 주장한다. 의료 이용량에 따라 본인 부담률을 90퍼센트까지 높이고 있다. 소득수준에 따라 연간 본인 부담금이 최대 100만 원 정도를 넘으면 나머지는 건강보험에서 부담해 주는 본인부담상한제는 서민들에게 실질적으로 도움이 된다. 그런데 이를 축소하거나 사실상 폐지하겠다고 한다. 진단이 잘못됐으니, 결과가 잘 나올 리 없다. 우리 가운데 많은 이가 다시 의료비에 허덕이게 될 것이다. 아니면, 치료를 포기하게 될 것이다.

불확실한 시대의 불안에 맞서지 않고 정부가, 지도자가 불안을 조장한다. 장기적 전망은커녕 하루 앞도 보지 못한다. 엉뚱한 데 재정을 쓴다. 차별과 격차를 키운다. 있을 수 없는 일이다. '교묘한 핑계'를 그만 듣고 싶다. '함께 잘사는 나라'를 거듭 쓰며 품었던 '아름답고도 통쾌한 풍경'을 되찾고 싶다.

참석해 주신 모든 분들께 감사드립니다. 우리 정부의 포용국가 추진 계획을 국민 여러분께 보고드리고자 이 자리를 마련했습니다.

우리 정부는 혁신적 포용국가를 목표로 하고 있습니다. 4차 산업혁명 시대를 맞아 혁신성장을 이뤄 가면서 동시에 국민 모두 함께 잘사는 포용적인 나라를 만들어 가자는 뜻입니다. 대한민국이 혁신적 포용국가가 된다는 것은 혁신으로 함께 성장하고, 또 포용을 통해서 성장의 혜택을 모두 함께 누리는 나라가 된다는 뜻입니다. 혁신성장이 없으면 포용국가도 어렵지만, 포용이 없으면 혁신성장도 어렵습니다.

혁신성장도 포용국가도 사람이 중심입니다. 포용국가에서는 국민 한 사람 한 사람의 역량이 중요합니다. 마음껏 교육받고, 가족과 함께 충분히 휴식하고, 또 기본적인 생활을 유지해야 개인 역량을 발전시킬 수 있습니다. 이 역량이 4차 산업혁명 시대의 지속 가능한 혁신성장의 원동력이 될 것입니다. 포용국가는 국가가 국민에게, 또는 잘사는 사람이 그보다 못한 사람에게 시혜를 베푸는 나라가 아닙니다. 서로가 서로에게 힘이 되어 주면서 국민 한 사람과 국가 전체가 더 많이 이루고 더 많이 누리게 되는 나라입니다.

'국가가 국민의 일상을 지켜 줘야 한다'는 개념이 정책에 반영되고 그 정책이 국민에게 체감되기 시작한 것은 얼마 되지 않았습니다. 김대중 정부에서 처음으로 국민기초생활보장제도를 도입했습니다. 빈곤층 국민께서 최소한의 삶을 영위할 수 있도록 했습니다. 지금으로부터 정확히 20년 전의 일입니다. 20년 사이에 국민 인식은 더욱 높아졌고 국가는 발전했습니다. 최소한의 삶을 보장하는 것만으로는 인간으로서 존엄을 지킬 수 없다는 것을 알게 됐습니다.

대한민국의 국력과 재정도 더 많은 국민께서 더 높은 삶의 질을 누릴 수 있도록 뒷받침하는 데 충분할 정도로 성장했습니다. 우리 정부가 추진하는 포용국가의 목표는 바로 이 지점, 기초생활을 넘어서 국민의 기본생활을 보장해야 한다는 점에서 시작합니다.

오늘 발표한 포용국가 추진 계획은 돌봄, 배움, 일, 노후까지 보는 국민의 생애 전 주기를 뒷받침하는 것을 목표로 합니다. 건강과 안전 소득과 환경, 주거에 이르기까지 삶의 모든 영역을 대상으로 합니다. 모든 국민께서 전 생애에 걸쳐 기본생활을 영위할 수 있는 나라, 포용국가 대한민국의 청사진입니다. 이미 최저임금 인상, 건강보험 보장성 강화, 치매

국가책임제, 기초연금 인상, 아동수당 도입을 비롯한 정책들로 많은 국민께서 거대한 변화의 시작을 느끼고 계십니다.

오늘 발표된 계획이 차질 없이 추진되는 2022년이면 유아부터 어르신까지, 노동자부터 자영업자와 소상공인까지, 또 장애가 있어도 불편하지 않게 국민이라면 누구나 남녀노소 없이 기본생활을 누릴 수 있게 됩니다. 포용국가 4대 사회정책 목표를 통해 국민의 삶이 어떻게 달라질 수 있을지 말씀드리겠습니다.

첫째, 국민 누구나 기본생활이 가능한 튼튼한 사회안전망을 만들고 질 높은 사회 서비스를 제공하겠습니다. 사회서비스 분야 일자리가 늘어나고 일자리의 질도 높아질 것입니다. 그 결과는 국민의 안전과 삶의 질이 높아지는 '돌봄경제 선순환'으로 돌아올 것입니다.

둘째, 사람에 대한 투자를 아끼지 않겠습니다. 기술이 발전하고 산업이 발달하는 모든 원천은 사람에게 있습니다. 누구나 돈 걱정 없이 원하는 만큼 공부하고, 실패에 대한 두려움 없이 꿈을 위해 달려가고, 노후에는 안락한 삶을 누릴 수 있게 됩니다. 이런 토대 위에서 이루어지는 도전과 혁신이 우리 경제를 혁신성장으로 이끌 것입니다.

셋째, 일자리를 더 많이, 더 좋게 만들겠습니다. 누구도 배제되지 않고 차별과 편견 없이 일할 수 있는 나라, 실직할지 모른다는 두려움 없이 일할 수 있는 나라가 될 것입니다. 새로운 시대, 새로운 직업에 적응하기 위해 교육을 보장하고 자신의 역량을 키울 수 있는 나라로 만들어 가겠습니다.

넷째, 충분한 휴식이 일을 즐겁게 하고 효율을 높입니다. 더 높은 삶의 질을 누릴 수 있도록 여가가 우리 일상이 되도록 하겠습니다. 아이가 커 가는 시간에 더 많이 더 자주 함께하면서도 소득이 줄지 않게 하겠습니다. 과도한 노동시간을 줄이고, 일터도 삶도 즐거울 수 있게 하겠습니다. 멀리 가지 않고도 바로 집 근처에서 문화를 즐기실 수 있게 할 것입니다.

세계는 지금 지나친 양극화와 경제적 불평등으로 인한 갈등, 차별과 배제의 극복, 나라 간 격차와 환경 문제 등 각 나라가 직면한 현실과 전 지구적인 문제 해결을 위해 혁신적 포용국가에 주목하고 있습니다. 세계은행, 유엔, IMF, OECD를 비롯한 많은 국제기구들도 각 나라에 포용국가의 길을 권고하면서 우리나라의 도전을 지켜보고 있습니다.

변화는 늘 두렵습니다. 그러나 우리는 식민지와 전쟁을 겪으면서 아무것도 없는 빈손으로 불과 70년 만에 세계 11위 경제 대국이 됐습니다. 이런 성과를 우리는 변화에 빠르게 대처하면서 이뤄 냈습니다. 농업에서 경공업, 중화학공업, 첨단 ICT에 이르기까지 그 어느 나라도 해내지 못한 엄청난 변화를 스스로 이뤄 내며 제2차 세계대전 후 신생 독립국가 중 유일하게 선진국으로 도약했습니다.

우리는 맨손으로 성공을 이룬 저력이 있습니다. 우리는 변화를 두려워하지 않고 오히려 능동적으로 이용하는 국민입니다. 우리 국민의 저력과 장점이 함께 모이면 포용국가로의 변화를 우리가 선도할 수 있고, 우리가 이뤄 낸 포용국가가 세계 포용국가의 모델이 될 수 있다고 자신합니다.

그러기 위해 남은 과제들을 잘 해결해야 합니다. 무엇보다 국회의 입법과 예산 지원이 필요합니다. 정부는 상반기에 중기재정계획을 마련하고 당·정·청이 긴밀히 협의해 관련 법안과 예산을 준비할 것입니다. 행복한 삶은 국민이 누려야 할 당연한 권리입니다. 함께 잘사는 길로 가는 만큼 국회의 초당적인 협력을 반드시 이끌어 낼 것입니다. 포용국가는 모두 함께 가는 나라입니다. 정부와 국민 간에, 서로가 서로에게 힘이 되기를 희망합니다.

감사합니다.

19장

우리의 정치에
'어제'와 '내일'을

기후변화의 책임은 너무나 거대해서 결코 고작 몇 사람이 짊어질수 있는 문제가 아니다. 전등 스위치를 켜거나 비행기 표를 사거나투표를 잘못할 때마다 우리 모두가 미래의 자신에게 고통을 떠안긴것이다. 따라서 각본의 다음 장을 써야 할 책임 역시 우리 모두에게주어져 있다. 우리가 기후를 파멸시키는 방법을 찾아냈으므로 파멸을 막는 방법도 찾아낼 수 있을 것이다.

—데이비드 월러스 웰즈, 〈미래를 낙관할 만한 이유가 있는가〉,

《2050 거주불능 지구》, 김재경 옮김, 추수밭, 2020

당파 내문에 나라가 망하는 것이 아니다

짧은 여의도 생활에서 느낀 게 있다. 우리 정치에는 '오늘'만있다. '어제'가 없다. 어제 무엇을 했는지, 어떤 이야기를 했는지무감각하다. 어제를 떠올리자고 하면 세상 돌아가는 걸 모르는,

한가한 사람이 된다. 약속을 기억하고 있다가는 오늘 이 자리에서 밀려난다. 역사의 교훈은 말해서 무엇하랴, 정치에 어울리는 사람이 아닌 것이다.

'내일'도 없다. 일단 오늘 권력을 갖는 게 중요하다. 내일은 그 뒤의 일이다. '오늘', 오늘만 반복된다. 필요한 이야기, 적절한 인물을 오늘 모두 써 버린다. 마치 내일 자신들만 남을 것처럼 오늘 죽자 살자 거친 언행을 불사한다. 이슈가 이슈를 밀어내고, 뉴스가 뉴스를 덮는다. 백년대계는 말해서 무엇하랴, 정치에 필요한 사람이 아닌 것이다.

정치인 한 사람을 보면, 한 집안이나 나라의 기둥이 될 만한 동량지재(棟梁之材)다. 처음부터 오늘에 안달복달했을 리 없다. 나라의 어제에서 뜻을 찾아 국민의 내일을 걱정했을 사람들이다. 다만 기회를 보다가 뜻을 묵혀 버리거나 권력이 주는 이익에 취해 어느새 뜻이 있었는지조차 잊은 듯하다. '그놈이 그놈'으로 되는 것은 한순간이다. 좋은 인재들을 친(親)·비(非)로 나눠 사익을 앞세우는 사이, 국민을 위해 무엇을 설계하고 있는지, 정치가 안갯속에 숨고 말았다.

무이념(無理念)의 오합지중이 머릿수 입수만 묶어서 자리를 노리고 강요하는데 어찌 통일된 정책과 방안을 만들 신념과 힘이 생기며 백성이 어찌 또 그것을 신용할 수가 있겠는가. 여(與)·야(野)와 보수·혁신을 막론하고 오늘 우리나라의 정당은 이 타성을 벗어난 게 하나도 없다. 사회단체도 마찬가지다. 정권이 바뀔 때마다 매달려서 얼마의 돈을 타 쓰고, 깃발을 들어 주고 또는 때에 맞추어 사진을 팔고 조각품을 팔고 뼈다귀를 파는 따위, 애국을 파는 장사꾼들이 우후죽순처럼 쏟아져 나오는 게 민망하기 짝이 없다.

—조지훈, 〈봉당구국론〉, 《지조론》, 나남, 2016

오늘의 풍경 같지만, 조지훈 선생의 1961년 글이다. 선생은 "3·15 부정선거 모의에 사표를 던진 장관이 한 자(者)도 없을 때", 민족의 의기를 슬퍼했다. 지극히 상식적이어서 좋은, 언행이 일치해 솔선 궁행하는 사람, 앞날의 정치적 생명을 개의하지 않고 목숨까지 걸어 국정의 대의에 임하는 사람이 마땅히 있어야 할 것이라 했다. 선생은 "당파 때문에 나라가 망한다고 생각하지 말고 요사스러운 당파, 가짜 당파 때문에 나라가 망한다고 생각해야 한다"라고 말한다. 여야를 막론하고, 진실한 이념으로 뭉친 정당으로 거듭나는 것이 안개를 걷어 내는 일이다.

미래를 낙관할 수 있는 유일한 이유

우리 근현대사에서 쓸만하다고 알려진 인물이 너무 많이 죽었다. 의문의 죽음과 고문, 납치, 추방으로 사라진 인물이 다반사다. 이런 와중에 우리가 이만큼 성장한 것은 전적으로 국민의 힘이지만, 진흙탕에 기꺼이 발을 담근 정치인이 있어 가능했다.

홀로 깨끗할 수 있었으나 인물 부재의 적막을 헤치고 나서 주었다. 다행히 이제 인물은 넘친다. 임금 곁을 어슬렁대지 말고, 뜻을 위해 사익을 내려놓아야 할 뿐이다. 오늘의 혁신성장과 복지, 내일의 한반도 평화와 기후 환경 문제 해결을 위해 흔들리지 않고 걸어 나갈 사람이 필요하다. 어려운 일이 아니다. 자신의 뒤에 자신을 주시하는 '평범하지만 위대한 국민'이 있다는 사실을 잊지 않으면 된다.

물론 오늘 시작하지 않은 일은 내일에도 이뤄지지 않는다. 그런 의미의 오늘은 너무나 중요하다. 오직 그 오늘은 어제의 약속을 기억하는 오늘이어야 하고, 내일로 이어질 오늘이어야 한다. 어제와 오늘, 내일을 서사로 엮으면서 오늘 할 일을 정확히 찾아내는 것이 정치라 여긴다. 당연히 인물을 넉넉히 담아내고 뚝심 있게 전진할 수 있도록 버텨 주는 든든한 정당이 있어야 가능하다.

2023년 3월 윤석열 정부가 발표한 '국가 탄소중립 녹색성장 기본계획'은 오늘만 바라본 대표적 사례다. 산업계의 2030년 (2018년 대비) 탄소 배출 감축 목표치를 11.4퍼센트로 조정했다. 문재인 정부에서 설정한 14.5퍼센트보다 3.1퍼센트포인트 낮다. 문제는 진정성이다. 윤 정부 임기인 2027년까지 매년 탄소 배출 감축 목표를 1.9퍼센트로 삼았다. 2023~2027년 약 5,000만 톤, 2028~2029년 약 5,000만 톤에 이어 2030년 1년 만에 약 1억 톤을 감축한다는 계획이다. 2030년까지 감축해야 할 총량의 75퍼센트를 다음 정부로 넘겨 버린 것이다. 전형적인 무책임이다. 미래를 생각하지 않는 무성의다. 윤 정부는 '기업 경쟁력'을 이유로 들었지만, 그것도 근시안이다. 기업 경쟁력은 거래와 봐주기로 이뤄지지 않는다. 목표를 두고 가열차게 돌파해야 가능하다. 혁신을 미뤄도 된다는 시그널을 기업에 줌으로써 장기적인 기업 경쟁력도 약화됐다.

국민은 1990년 2.3킬로그램에 이르던 1인당 하루 생활 쓰레기 양을 종량제를 전면 도입한 1995년 1.06킬로그램으로 줄여냈다. 지금까지도 1킬로그램 내외로 유지하고 있다. 지난 20년간 재활용률은 67.1퍼센트에서 86.1퍼센트로 올랐다. 기업들도 수년 전부터 환경·사회·지배구조 같은 비재무적 성과를 중시하는 ESG(Environmental, Social, Governance) 경영전략을 세우고, 석탄 사업을 중단하는 대신 RE100(Renewable Energy 100%)과 탄소중립 선언으로 에너지전환에 앞장서고 있다. 국민은 일상 속 작은 실천으로 지구 살리기에 동참하고, 기업은 녹색산업과 순환경제로 새로운 경쟁력을 갖추고 있는데 정부만 철부지 같다.

정부와 정치는 낡은 이익 카르텔에서 과감히 손을 떼야 한다. 개인과 기업의 노력에도 불구하고 기후변화 속도는 빨라지고 있다. 눈앞의 이익 때문에 오늘에 머물러선 안 된다. 국민과 기업에 용기를 불어넣는 것이 힘겨운 오늘을 제대로 사는 길이며 희망으로 이어진 내일의 길을 여는 방법이다. 그것이 정부가 할 일이다.

위기는 이미 우리 눈앞에 다가오고 있습니다. 각 나라가 앞다투어 '2050년 탄소중립'을 선언하고 있는 이유입니다. 세계 각국과 글로벌 기업들은 인류 공동의 목표를 달성하기 위해 협력하는 한편 새로운 시대에 맞는 경쟁력을 갖추기 위해 혁신의 속도를 높이고 있습니다. 이미 EU를 시작으로 주요국들은 탄소국경세 도입을 기정사실화하고 있습니다. 친환경 기업 위주로 거래와 투자를 제한하려는 움직임이 확산하고 있고, 국제경제 규제와 무역 환경도 급변하고 있습니다. 제조업의 비중이 높고 철강·석유화학을 비롯하여 에너지 다소비 업종이 많은 우리에게 쉽지 않은 도전입니다.

그러나 전쟁의 폐허를 딛고 농업 기반 사회에서 출발해 경공업, 중화학공업, 아이시티(ICT)에 이르기까지 끊임없이 발전하며 경제성장을 일궈 온 우리 국민의 저력이라면 못 해낼 것도 없습니다. 우리는 배터리·수소 등 우수한 저탄소 기술을 보유하고 있고, 디지털 기술과 혁신 역량에서 앞서가고 있습니다. 200년이나 늦게 시작한 산업화에 비하면 비교적 동등한 선상에서 출발하는 탄소중립은 우리나라가 선도 국가로 도약할 기회이기도 합니다.

(…) 우리 모두의 일상 속 작은 실천으로 지구를 살리고 나와 이웃, 우리 아이들의 삶을 바꿀 수 있습니다. 더 늦기 전에, 지금 바로 시작합시다.

—문재인, 〈대한민국 탄소중립 선언〉, 2020년 12월 10일

국민과 기업이 행동하고 있다는 것, 그것이 우리가 미래를

낙관할 수 있는 단 한 가지 이유라는 게 안타깝다. 오죽하면 매콜리 경(토머스 배빙턴 매콜리)은 "인류 연보의 거의 모든 페이지에 씌어 있는 것은 개인들의 노동이 이뤄 낸 업적"이라고 단언한다.

(개인은) 정부가 낭비하는 것보다 빠른 속도로 창조하고, 침략자들이 파괴하는 무엇이든 수리해 낸다. 전쟁과 세금, 기근과 대화재, 해로운 금지령, 더 해로운 보호무역과 힘겨운 투쟁을 벌이면서 말이다.

매트 미들리, 〈카탈락시, 2100년을 바라보는 이성적 낙관주의〉,
—《이성적 낙관주의자》, 조현욱 옮김, 김영사, 2010

최소한 개인의 노력에 찬물을 붓지 않는 게 정부의 도리 아닐까. 분명한 것은 기후변화가 어떤 한 국가의 문제이거나 특정한 정부나 기업, 개인에게 한정된 일이 아니라는 것이다. 지금보다 훨씬 큰 강도로 기술 발전을 이뤄야 에너지전환 비용을 낮출 수 있으며 정부와 정치가 국민과 기업의 고단한 실천 이상으로 앞장서 행동해야 한다는 것이다.

낯 모르는 후손을 생각하며 옷깃을 여며야

정부와 정치가 역사의 조롱거리가 되지 않기 위해서는 무거운 책임감을 가져야 한다. 국가 연구개발(R&D) 예산을 삭감하는 일은 자해다. 때마다 전임 정부를 탓한다고 무능이 감춰지지 않는다. 변명은 도리어 자신을 깎는다. 혹여나 누가 해도 마찬가지라는 생각이 조금이라도 있다면 '용산'과 '여의도'에 앉아 있을 자격이 없다. 그곳은 내일을 바꿔 내기 위해 신념을 가지고 오늘의 치욕을 견뎌 내는 사람들의 자리다.

할 일은 많고, 갈 길이 바쁘다. 후퇴하는 일은 늘 있는 법이다. 숨을 고르고 내일, 아직 얼굴을 알 수 없는 후손을 생각하며 옷깃을 여며야 한다. 어제를 돌아보며 오늘을 책임지고 내일을 생각하는 사람을 우리는 맞이해야 한다. 정치 변화도 탄소중립도 우리는 결국 해낼 것이다. 새로운 인물을 목 놓아 기다렸던 조지훈 선생의 염원도 그렇게 이뤄질 것이라 믿는다.

기다리는 사람아 어서 오라. 성인(聖人)이 나면 봉황(鳳凰)이 온다더니 봉황은 오지 않고 까막까치만 우짖누나.

—조지훈, 〈인물대망론〉, 《지조론》

존경하는 국민 여러분!

올 한 해 정말 애 많이 쓰셨습니다. 코로나19로 사랑하는 이를 잃어야 했던 모든 분과 지금 이 순간에도 병마와 싸우고 계신 분들께 위로의 마음을 전합니다.

불편과 불이익을 감수하며 방역에 함께해 주신 국민 여러분께 진심으로 경의를 표하며, 내 이웃과 가족을 위해 묵묵히 땀 흘리며 헌신하고 계시는 수많은 생활 속 영웅들께도 감사 인사를 올립니다.

국민 여러분!

많은 과학자가 오래전부터 기후위기와 그로 인한 신종 감염병이 인류를 위협하게 될 것이라고 경고해 왔습니다. 그러나 일상에 바쁜 우리에게 절실하게 와닿지 않았습니다. 무너져 내리는 빙하나 길 잃은 북극곰을 보며 안타까워했지만 먼 나중의 일로 여겼습니다. 그런데 어느새 기후위기가 우리의 일상에 아주 가까이 와 있었습니다. 지난 10년 사이 100년 만의 집중호우, 100년 만의 이상고온, 100년 만의 가뭄·폭염·태풍, 최악의 미세먼지 등 '100년 만'이라는 이름이 붙는 기록적 이상기후가 매년 한반도를 덮쳤습니다.

올해 태어난 우리 아이들이 30대에 접어드는 2050년이면 한반도의 일상은 지금과 또 달라질 것입니다. 여름은 길어지고 겨울은 짧아질 것입니다. 폭염과 열대야 같은 극한 기후가 더 많이 늘어날 것입니다. 병해충 피해가 겹치게 되면 쌀을 비롯한 곡물 수확량도 많이 감소할 수 있습니다. 가축을 키우는 일도 지금보다 어려워질 것입니다. 우리나라에만 분포하는 한라산의 구상나무, 소백산의 은방울꽃은 사진으로만 남고, 청개구리 울음소리마저 듣지 못할지도 모릅니다.

그나마 우리나라는 나은 편입니다. 시야를 바깥으로 돌려보면 세계적인 이상 기후가 세계 도처에서 이미 인류에게 많은 고통을 주고 있습니다. 기후위기는 코로나19와 마찬가지로 가장 취약한 지역과 계층, 어려운 이들을 가장 먼저 힘들게 하다가 끝내는 모든 인류의 삶을 고통스럽게 할 것입니다.

국민 여러분!

그러나 지금 말씀드린 암담한 미래는 인류가 변화 없이 지금처럼 살아간다면 그렇게 될 것이라는 말입니다. 어제의 우리가 오늘을 바꿨듯 오늘의 우리가 어떻게 하느냐에 따라 내일을 바꿀 수 있습니다.

　우리 국민께서는 이미 30년 전부터 환경을 지키기 위한 실천을 계속해 왔습니다. 1990년 2.3킬로그램에 이르던 1인당 하루 생활 쓰레기는 종량제를 전면 도입한 1995년부터 줄어들어 지금 1킬로그램 내외로 유지하고 있습니다. 지난 20년간 재활용률도 크게 증가하여 매립하거나 소각해야 하는 쓰레기 양도 많이 줄었습니다. 국민께서는 음식물 쓰레기와 일회용품 줄이기, 재활용품 분리배출 같은 일상 속 실천으로 지구를 살리는 일에 이미 동참하고 계십니다.

　그동안 정부는 국민과 함께 기후위기를 극복하기 위해 노력해 왔고, 성과도 많았습니다. 산업 발전과 함께 지속적인 증가 추세였던 온실가스 배출량이 지난해 처음으로 감소로 돌아섰고, 올해 더 감소할 것으로 예상합니다. 우리 정부는 신규 석탄발전소 건설 허가를 전면 중단하고, 노후 석탄발전소 10기를 조기 폐지하는 등 석탄발전을 과감히 감축하고, 재생에너지를 확대했으며, 노후 경유차의 공해 저감과 친환경차 보급에 많은 노력을 기울여 왔습니다. 기업들도 탈탄소 대표 산업인 태양광·전기차·수소차 분야에 적극적으로 투자하여 세계시장을 선도하고 있습니다. 전기차 배터리와 에너지 저장 장치 분야에서도 세계시장 점유율 1위를 차지하고 있습니다.

　　　　　　　　　　　대통령의 독서

그럼에도 심각한 것은 기후변화의 속도가 빨라지고 있다는 사실입니다. 2018년 우리나라에서 열린 IPCC(기후변화에 관한 정부 간 협의체) 48차 총회에서 만장일치로 채택된 〈지구온난화 1.5℃ 특별보고서〉는 산업화 이후 지구 온도가 1.5℃이상 상승하면 해수면 상승과 이상기후 등으로 수많은 인류의 삶이 위기에 처할 것이라고 경고했습니다. 위기는 이미 우리 눈앞에 다가오고 있습니다. 각 나라가 앞다투어 '2050년 탄소중립'을 선언하고 있는 이유입니다.

세계 각국과 글로벌 기업들은 인류 공동의 목표를 달성하기 위해 협력하는 한편 새로운 시대에 맞는 경쟁력을 갖추기 위해 혁신의 속도를 높이고 있습니다. 이미 EU를 시작으로 주요국들은 탄소국경세 도입을 기정사실화하고 있습니다. 친환경 기업 위주로 거래와 투자를 제한하려는 움직임이 확산하고 있고, 국제경제 규제와 무역 환경도 급변하고 있습니다. 제조업의 비중이 높고 철강·석유화학을 비롯하여 에너지 다소비 업종이 많은 우리에게 쉽지 않은 도전입니다.

그러나 전쟁의 폐허를 딛고 농업 기반 사회에서 출발해 경공업, 중화학공업, ICT에 이르기까지 끊임없이 발전하며 경제성장을 일궈 온 우리 국민의 저력이라면 못 해낼 것도 없습니다. 우리는 배터리·수소 등 우수한 저탄소 기술을 보유하고 있고, 디지털 기술과 혁신 역량에서 앞서가고 있습니다. 200년이나 늦게 시작한 산업화에 비하면 비교적 동등한 선상에서 출발하는 탄소중립은 우리나라가 선도 국가로 도약할 기회이기도 합니다.

지난 7월 발표한 그린 뉴딜은 2050 탄소중립 사회를 향한 담대한 첫걸음입니다. 한발 더 나아가 탄소중립과 경제 성장, 삶의 질 향상을 동시에 달성하는 '2050년 대한민국 탄소중립 비전'을 마련했습니다. 전 세계적인 기후위기 대응을 포용적이며 지속 가능한 성장의 기회로 삼아 능동적으로 혁신하며, 국제사회를 선도하는 것이 목표입니다. 우리 아이들의 건강하고 넉넉한 미래를 만들어 가는 것입니다.

첫째, 산업과 경제, 사회 모든 영역에서 탄소중립을 강력히 추진해 나가겠습니다. 재생에너지 중심으로 에너지 주공급원을 전환하고, 재생에너지·수소·에너지 IT 등 3대 에너지 신산업을 육성하겠습니다.

둘째, 저탄소 산업생태계 조성에 힘쓰겠습니다. 저탄소 신신업 유망 업체들이 세계시장을 선점할 수 있도록 지원하겠습니다. 대기업부터 스타트업까지 서로 협력할 수 있는 플랫폼을 구축하여 혁신 생태계를 조성하겠습니다. 원료와 제품 그리고 폐기물의 재사용·재활용을 확대하여 에너지 소비를 최소화하는 순환경제를 활성화하겠습니다.

셋째, 소외되는 계층이나 지역이 없도록 공정한 전환을 도모하겠습니다. 지역별 맞춤형 전략과 지역 주도 녹색산업 육성을 통해 지역 주민의 일자리와 수익을 창출할 것입니다.

정부의 책임이 무겁습니다. 우리 정부에서 기틀을 세울 수 있도록 말씀드린 세 가지 목표를 달성하기 위해 과감히 투자하겠습니다. 기술개발을 확대하고, 연구·개발 지원을 대폭 강화하겠습니다.

2050 탄소중립 목표를 이루기 위해서는 기술 발전이 가장 중요합니다. 기술 발전으로 에너지전환의 비용을 낮춰야 합니다. 우리의 핵심 기술이 세계를 선도하고, 미래 먹거리가 될 수 있도록 정부가 든든한 뒷받침이 되겠습니다. '탄소중립 친화적 재정프로그램'을 구축하고, 그린 뉴딜에 국민의 참여가 활발해질 수 있도록 녹색 금융과 펀드 활성화에도 적극적으로 나서겠습니다.

내년 5월 우리는 제2차 P4G(녹색성장과 글로벌 목표 2030을 위한 연대) 정상회의를 서울에서 개최합니다. 국제사회와 함께 탄소중립 실현에 앞장서겠습니다. 임기 내에 확고한 탄소중립 사회의 기틀을 다지겠습니다.

존경하는 국민 여러분!

탄소중립은 어려운 과제이지만 피할 수 없는 과제입니다. 그러나 우리가 어려우면 다른 나라들도 어렵고, 다른 나라가 할 수 있으면 우리도 할 수 있습니다. 우리는 코로나19를 극복하며 세계를 선도하고 있습니다. K-방역은 세계의 표준이 되었고, 세계에서 가장 빨리 경제를 회복하고 있습니다.

'2050 탄소중립 비전' 역시 국민 한 분 한 분의 작은 실천과 함께하면서 또다시 세계의 모범을 만들어 낼 수 있다고 믿습니다. 우리 모두의 일상 속 작은 실천으로 지구를 살리고 나와 이웃, 우리 아이들의 삶을 바꿀 수 있습니다. 더 늦기 전에, 지금 바로 시작합시다.

감사합니다.

20장

다시, 책 읽는 대통령을 기다리며

적어도 내게는 이런 꿈이 있어요. 심판의 날이 와서 위대한 정복자와 법률가와 정치가들이 왕관이나 월계관을 쓰고 불멸의 대리석 위에 선명하게 그 이름이 새겨지는 보상을 받을 때, 옆구리에 책을 끼고 다가오는 우리를 보고 신께서 베드로에게 이렇게 말씀하시는 꿈이죠. "보게나, 저들에게는 달리 보상이 필요 없어. 우리가 여기서 줄 수 있는 건 아무것도 없네. 책 읽기를 정말 좋아하는 사람들 아닌가.

— 버지니아 울프, 〈책은 어떻게 읽어야 할까?〉, 《책 읽기를 정말 좋아하는 사람들 아닌가》, 정소영 옮김, 온다프레스, 2021

누구든 책을 쓰는 시대에 잊지 말아야 할 것

책이 모든 걸 알려 줄 수는 없다. 책이 아니고도 지혜를 얻을 방법은 많고, 글을 못 배웠을지라도 떨어지는 나뭇잎만으로 큰 깨달음에 이를 수 있다. 독서가 한 사람의 삶에서 꼭 필수인 것도 아니다. 오히려 자기 확신은 무지에서 오는 경우가 대부분이고, 그 오만함이 시원해 보이기도 한다. 책은 읽는 사람을 끊임없이 겸손하게 하고, 자기 생각을 의심하게 하고, 심지어 다른 책으로 옮겨 가도록 유혹하기 십상이어서 책을 많이 읽을수록 함부로 결정을 내리지 못한다. 물론 논쟁에서 우위를 갖는 것 역시 쉽지 않다.

그렇다고 책이 사라질 것 같진 않다. 움베르토 에코는 책이 수저나 망치나 바퀴, 또는 가위 같은 것, 즉 일단 한번 발명되고 나면 더 나은 것을 발명할 수 없는 그런 물건이라 말한다. 에코와 대담을 나눈 장클로드 카리에르도 영화와 라디오, 텔레비전조차 책에서 아무것도 빼앗지 못했다고 한다(움베르토 에코·장클로드 카리에르, 〈책은 죽지 않는다〉, 《책의 우주》). 컴퓨터를 사용하면서 쓰기와 읽기에 대한 필요성은 더 절실해졌고, 자기 생각을 표현할 일도 더 빈번해졌다. 자신의 효율성을 이미 증명한 책은 자신을 구성하는 요소가 변할지언정 지금의 그것으로 남을 가능성이 크다.

최근 출판기념회 몇 곳을 찾았다. 자신의 삶과 포부를 알려야 할 정치 신인들의 자리였다. 담담하게 자기 생각을 적거나, 부지런히 사람들을 찾아가 대담을 나누거나, 전문성을 솔직하게 드러내거나, 저마다의 기획으로 한 권의 책을 완성해 내고 있었다. 책은 수고로 가득했고, 정치적 입장이 명징했고, 도전의지와 약속이 무겁게 담겨 있었다. 넘쳐나는 주장에 약간의 어지러움, 책의 운명에 대한 과민 반응을 느끼는 것은 어쩔 수 없다. 이제 책의 용도가 꼭 독자의 정신을 살찌우는 데만 있는 것은 아니니까. 쓰는 과정에서 마음이 커지고, 읽는 과정에서 애정이 더 풍부해지면 됐다고, 조금 외로운 마음으로 생각했다.

이제 필요에 따라 누구든 책을 쓰고 독자에게 내보일 수 있다. 발전한 시대임이 분명하다. 시인 랭보처럼 열여섯에 고전 교양의 견고한 성을 쌓거나 철학자 하이데거처럼 10년을 도서관에 앉아 신학부터 수학, 철학에 이르러 '존재'에 다가갈 필요는 없다. 각자의 삶은 고전이 전하는 지혜보다 역동적이고, 시시각각으로 접하는 소식은 책이 주는 것보다 훨씬 강렬한 체험을 선사한다. 누구든 자기 눈으로 세상을 볼 수 있고, 자기주장이 가능하다. 그러나 한 가지, 그럴수록 다른 이들의 책을 읽어야 한다는 것만은 잊지 말아야 한다. 다른 이들의 생각에 깊이 천착해 보고, 다른 생각과 대화를 나누며 자기 생각을 구성해야 자신의 책이 히틀러의 《나의 투쟁》처럼 되지 않을 것이다.

150년 전으로 거슬러 올라가 스승을 찾아라

나의 대학 은사 윤재근 선생은 본래 다섯 세대를 거슬러 올라가 선생을 찾아보라는 것이 우리네 학문 습속이라 하셨다. 열 길 물속은 알아도 한 길 사람 속은 모른다고 했다. 적어도 150년 전으로 올라가 선생을 찾아 모시라고 하는 것은 긴 세월이 지나서야 사람 속을 알 수 있는 까닭이다. 선생님이 모신 옛 스승(古師)은 원효, 일연, 박세당, 김만중, 정약용 같은 분들이었다. 가장 한국다운 정신을 세운 분들로, 오래 묵어서 마음을 훤히 내비친다. 이런 옛 스승의 뜻을 탐구의 지표로 삼을 때, 이리저리 표류하지 않고 '사대(事大)의 병'에 걸리지 않는다 하셨다. 남의 얘기나 따라 하는 앵무새 짓거리를 하지 말라는 일침이었다.

서로의 생각이 다르더라도 어느 지점에서 동의할 수 있는 전범이나 옛 스승의 말씀이 있으면 언제든 연결이 가능하다. 우리가 고전을 읽어야 하고, 진정성 있게 자기 생각을 구축해야 하는 이유이기도 하다. 그런데 그것이 우리 시대에 있는지 잘 모르겠다. 대부분이 합의한 내용조차 임의로 수정해 비판거리로 삼아 버리는 지경에 이르렀으니, 앵무새 짓거리가 시대를 분열시키는 주범이라 생각할 수밖에 없다. 우리에게 좀 낯선, 러시아의 언어학자 니콜라이 트루베츠코이는 유럽화가 그렇게 '민족 구성원들의 협동을 방해한다'고 한 세기 전에 남겼다.

유럽화의 가장 나쁜 결과 가운데 하나는 민족의 동질성을 파괴하는 것이다. 대부분의 유럽화는 위에서 아래로 내려간다. 즉 처음에는 사회적 상류층, 귀족, 도시민, 평판 높은 직업을 가진 사람들을 포함하고, 다음으로 민족의 다른 성원들에게 점차적으로 전파된다. (…) 따라서 사회적, 경제적, 직업적 차이는 본래 로마-게르만 환경에서보다 유럽화된 민족의 환경에서 훨씬 강하다. 이러한 양상의 부정적 결과는 유럽화된 민족의 삶 속에서 매번 드러난다. 민족의 분열은 계급투쟁을 격화시키며, 사회의 한 계급에서 다른 계급으로의 이동을 어렵게 한다. 유럽화된 민족

대통령의 독서

성원 간의 이러한 괴리는 모든 새로운 제도와 발명의 전파를 더욱더 가로막으며, 문화 창조에서 민족의 모든 구성원의 협동을 방해한다. (…) 유럽화 이후의 역사 진행에서 유럽으로부터 받은 모든 것이 진보라고 간주된다. 반면 유럽의 기준으로부터 이탈한 모든 것은 반동이 된다. 점차 민족은 자신의 모든 독창적이고 민족적인 것을 업신여기는 데 익숙해진다.

—니콜라이 트루베츠코이, 〈유럽 문화에 편입되는 것은 선인가? 악인가?〉,
《유럽과 인류》, 박지배 옮김, 지식을만드는지식, 2012

트루베츠코이는 유럽화가 불가피하다고 여겼다. 다만 유럽화가 진행되는 과정에서 유럽 문화가 우월하다는 잘못된 생각을 버리고, 자기 민족의 문화를 지키면서 유럽 문화의 요소를 지혜롭게 받아들여야 한다고 했다. 《유럽과 인류》는 세계의 역사가 다양한 방향으로 발전해 왔으며 각 민족의 독창성과 고유성이 유지돼야 한다는 주장의 이론적 기반이 됐다. 이후 유라시아주의의 토대를 구축해 레프 구밀료프의 신유라시아주의로 이어졌다.

문재인 대통령은 2018년 6월, 러시아 하원 두마 연설에서 우리와 러시아 간의 유라시아 협력을 제안하며 "러시아가 구원받을 수 있다면 유라시아주의를 통해서만 가능할 것"이라고 한 레프 구밀료프의 말을 인용했다. 유라시아는 광활한 사막, 스텝, 툰드라, 삼림이 교차하는 공간으로 상호 협력이 필수적이고 형제애가 발휘됐던 곳이다. 유라시아주의는 러시아가 애초에 여러 민족으로 구성됐다고 본다. 더 나은 문화도, 더 못한 문화도 없다는 명제가 구현돼야 할 곳이다. 문 대통령은 그러한 기초적 지식을 통해 '그런 유라시아 정신으로 정책을 펼쳐야 한다'고 강조했다. 러시아 국민과 하원의 뜨거운 호응에도 불구하고, '서구(西歐)의 입장에선 도발적 언사'라고 한 일부의 비판이 매우 억지스러웠다.

사대에 길든 정신은 충고와 아부를 구분하지 못한다. "중국이 법과 덕을 앞세우고 널리 포용하는 것은 중국을 대국답게 하는 기초"(중국 베이징대학 연설문)라고 했던 문 대통령의 표현에는 사드 배치로 인한 관광 중지같이 좀스러운 일을 하지 말라는 호통이 담겼는데, 이를 부각하기 위해 쓴 '작은 나라'에만 집착해서 난리였다. "러시아의 저력은 인간에 대한 깊은 이해에 있다고 생각합니다"(러시아 하원 연설문)라는 문장의 행간에는 러시아의 역할과 성찰을 권유하고 있었지만 일군의 적대적인 사람들은 알아듣지 못했다. 스스로 개척하고 상황을 바꿔 낼 자신이 없으니, 손 놓고 괜히 중국과 러시아를 적으로 돌려놓는다. 제 살 깎아 먹는 일인 줄도 모르고 K-방역, K-팝, K-경제 등 K가 붙은 우리의 독창적인 성과를 업신여긴다.

기다리며, 다시 책을 든다

김대중 대통령은 고전으로 역사와 만나면서 우리 자신의 힘을 믿었고, 석학들의 책을 읽으면서 미래를 항상 준비했다. 그래서 산업화의 출발에는 뒤늦었지만 세계가 모두 정보기술(IT)이라는 출발점에 섰을 때, 동시에 출발할 수 있었다. 자신감 넘치는 일본 문화 개방과 함께 한류도 시작됐다. 노무현 대통령은 다양한 독서로 국민을 만났고, 성숙한 국민의 역량을 믿었다. "독도는 우리 땅"이라 당당하게 외쳤고, 과감한 개혁은 국민의 수준과 국격에 맞게 진행됐다.

독서는 행위 자체로 소통이고 즐거움이기에 책 읽는 대통령들은 버지니아 울프의 바람처럼 왕관이나 월계관 같은 보상을 바라지 않는다. 수습보다는 예방을 우선하고, 권위보다 자발성을 중요시하기에 그 성과조차 모르고 지나가거나 한참 지나서야 드러난다. 독서는 윤리의식을 키웠다. 자기를 점검하고 부정한 곳에 발도 들이지 않게 했다. 미래를 예측하는 시야도 밝아지게 했다. 그 때문에 그들은 인기 없는 정책을 시도하고 미래에 성과와 공을 배려했지만, 그들을 기억하면 지금 아무리 절망적인 상황이어도 대한민국이 좋아진다.

저 위에서 한 인간의 영혼을 들여다보듯 서로에 대한 판단이 거침없는 시대다. 기실 한 사람을 제대로 알기 위해서는 만나서 대화하고, 거기서 자신 스스로도 열어 봐야 한다. 과거의 사람이라면 결국 책으로 만나 대화해야 할 것이다. 책이 모든 걸 알려줄 수는 없더라도 역지사지의 태도에 익숙하게 하고 우리를 합의점으로 데려다주기는 할 것이다.

다시 책 읽는 대통령을 기다린다. 민주주의가 그렇듯, 다양한 생각이 자신 안에서 논쟁을 벌이는 일은 늘 즐겁다. 다시 책을 들고, 나와 다른 생각과 겨뤄보고 싶다.

러시아 하원 연설

2018. 6. 21.

존경하는 러시아 국민 여러분, 뱌체슬라프 빅토로비치 볼로딘(Vyacheslav Viktorovich Volodin) 하원 의장님과 의원 여러분!

모스크바(Moskva)로 오는 비행기 안에서 나는 광활한 대지가 인간에게 주는 경외심을 생각했습니다. 그로 인해 자연과 인간을 더 깊이 이해하게 된 러시아의 마음을 떠올렸습니다. 유라시아 대륙의 크기만큼 긴 호흡으로 러시아는 세계사에 굵직한 흔적을 남겼습니다. 조국전쟁과 대조국전쟁으로 세계사의 흐름을 바꾸고 인류 정신사와 과학기술을 동시에 이끌어 왔습니다.

이곳 하원 두마(Duma)도 러시아 국민의 힘으로 탄생했습니다. 지금은 러시아 민의를 대표하며 러시아 국민의 단합된 힘을 보여 주고 있습니다. 대한민국 대통령 최초로 두마에서 연설할 기회를 주신 볼로딘 의장님과 올가 예피파노바(Olga Epifanova) 부의장님, 레오니드 슬루츠키(Leonid Eduardovich Slutskiy) 외교위원장님을 비롯한 의원님들께 깊이 감사드립니다. 나에게는 아주 큰 영광입니다. 동시에 양국의 새로운 발전을 기대하는 러시아 정부와 의회, 국민의 기대를 느낍니다.

러시아 국민 여러분!

"러시아가 구원받을 수 있다면 유라시아주의를 통해서만 가능할 것이다"라고 러시아의 역사지리학자 레프 구밀료프(Lev Gumilyov)는 말했습니다. 유라시아의 광활한 대륙은 크고 작은 문명이 교류와 상호작용을 통해 미래로 나아가면서 희망을 키우는 공간입니다.

블라디미르 푸틴(Vladimir Putin) 대통령님의 신동방 정책은 평화와 공동 번영의 꿈을 담은 유라시아 시대의 선언입니다. 서구 문명과 동양 문명이 이룬 장점을 유라시아라는 거대한 용광로에 담아 인류에게 새로운 비전을 제시하려는 웅대한 설계입니다. 한국 국민 또한 한반도의 항구적 평화를 넘어 동북아 전체의 평화와 공동 번영을 바라고 있습니다.

내가 2017년 동방경제포럼에서 발표한 신북방 정책은 신동방 정책에 호응하는 한국 국민의 꿈입니다. 나는 한국과 러시아의 협력이 한반도 평화와 동북아 번영의 주춧돌이라고 생각하며 그동안 진심으로 노력해 왔습니다. 대통령 당선 직후 푸틴 대통령님과 통화에 이어 한국 대통령으로서는 처음으로 취임특사를 파견해 북핵 문제의 평화적 해결과 극동 개발을 위한 협력 방안을 협의했습니다.

또한 러시아의 극동개발부에 맞춰 러시아와 경제 협력을 전담하는 북방경제협력위원회를 대통령 직속 기구로 설치했습니다. 푸틴 대통령님은 2017년 9월 동방경제포럼에 나를 초청해 주셨고, 나는 그 기회에 신북방 정책을 발표하고 한·러 간 실질적 경제 협력 방안을 함께 논의했습니다.

올해 1월 내 고향 거제도에서는 세계인의 시각을 유라시아와 북극으로 돌리게 할 뜻깊은 장면이 있었습니다. 러시아 북극 탐험가의 이름을 붙인 쇄빙 LNG선 블라디미르 루자노프(Vladimir Rusanov) 호가 시범 출항을 했습니다. 나는 그 현장에 직접 참석하여 한국이 러시아와 함께 이룬 성과를 세계에 알리고 축하했습니다.

나는 오늘 러시아와 함께하려는 한국 국민의 노력이 여러분에게 진정으로 전달되기를 바라며, 유라시아가 가진 무궁무진한 가능성을 우리의 우정으로 활짝 열 수 있다고 믿습니다.

러시아 국민 여러분!

한국인들의 서재에는 도스토옙스키(Fyodor Mikhailovich Dostoevskii), 톨스토이(Leo Tolstoy), 투르게네프(Ivan Sergeevich Turgenev)의 소설과 푸시킨(Aleksandr Sergeevich Pushkin)의 시집이 꽂혀 있습니다. 나도 젊은 시절 낯선 러시아의 지명과 등장

인물을 더듬으며 인간과 자연, 역사와 삶의 의미를 스스로 묻곤 했습니다.

20세기 초 한국에 소개된 러시아 근대문학은 한국 현대문학 발전에 큰 영향을 주었습니다. 한국에서 러시아문학은 휴머니즘 교과서였습니다. 인간의 존엄성과 영성에 대한 탁월한 묘사를 통해 물질문명을 살아가는 우리에게 정신적 가치의 중요성을 남겨 주었습니다. 지구 바깥으로 나간 인류 최초의 우주인 유리 가가린(YuriiAlekseevich Gagarin)도 과학기술 이상의 깨달음을 우리에게 주었습니다. 지구가 우리에게 얼마나 소중하고 절대적인 존재인지 알려 주었습니다. 러시아의 저력은 이와 같이 인간에 대한 깊은 이해에 있다고 생각합니다. 그것이 어떠한 도전과 어려움에도 굴하지 않는 러시아 국민의 힘이 됐습니다.

한국인들도 전통적으로 인간을 존중하고 서로 간의 협력과 믿음을 가치 있게 여겨 왔습니다. 그 힘으로 수많은 외침을 극복하고 오늘날 당당한 국가로 성장할 수 있었습니다. 제2차 세계대전 후 독립한 국가 중 유일하게 높은 경제성장과 민주주의 발전을 함께 이룩한 나라가 됐습니다. 러시아 국민과 마찬가지로 한국 국민도 정신적으로도 아주 강인합니다. 나는 이것이 우리가 똑같이 톨스토이를 사랑하는 이유라고 생각합니다.

러시아 국민 여러분!

202년 전 외교사절로 북경을 방문한 한국인 조인영이 러시아정교 전도단장 비추린(Nikita Yakovlevich Bichurin)을 만나 우정을 나눈 이후 한국과 러시아의 관계는 우애와 존중으로 이어져 왔습니다. 1905년 한국 최초의 주러시아 상주공사였던 이범진 공사는 러시아 땅에서 망국의 소식을 들었습니다. 그때 따뜻한 도움의 손길을 내민 것이 러시아 정부였습니다. 안중근, 홍범도, 최재형, 이상설 선생 등 수많은 한국의 독립투사들이 이곳 러시아에 망명하여 러시아 국민의 도움으로 힘을 기르고 국권 회복을 도모했습니다.

1980년대 말 한국 정부는 한반도 냉전의 벽을 허물기 위해 북방 정책을 추진했습니다. 당시 소련 정부는 이념의 벽을 넘어 1988년 서울올림픽에 대규모 선수단을 파견했습니다. 양국 국민 사이에 우정과 신뢰가 쌓였고, 그리하여 드디어 1990년 수교가 이뤄졌습니다. 한국 기업들이 러시아에서 생산한 자동차와 가전제품들이 러시아 국민의 사랑을 받고 있습니다. 러시아는 2013년 선진 우주기술을 한국에 전수했고, 한국은 나로호 로켓을 성공적으로 발사할 수 있었습니다.

지난 5월 푸틴 대통령님은 '2024 러시아연방 국가발전목표'를 발표했습니다. 국민이 피부로 느낄 수 있는 변화와 국민 한 사람 한 사람이 잘사는 경제를 목표로 합니다. 내가 추진하고 있는 사람 중심 경제도 목표가 같습니다. 경제성장의 혜택을 국민에게 고루 돌려주기 위한 것입니다. 양국이 극동 지역에서 꾸는 꿈도 다르지 않습니다. 유라시아 평화와 번영을 위해 노력하는 것은 우리 모두가 국민으로부터 부여받은 사명입니다.

존경하는 러시아 국민 여러분, 볼로딘 의장님과 의원 여러분!

2020년은 한국과 러시아가 새롭게 이웃이 된 지 30년이 되는 해입니다. 우리 양국은 뜻깊은 수교 30주년에 맞춰 유라시아 발전을 위한 협력을 더욱 강화하고 교역액 300억 달러, 인적 교류 100만 명을 달성하자는 구체적 계획을 세웠습니다. 나는 이 자리에서 한국과 러시아의 협력 확대 방안을 말씀드리고자 합니다.

첫째, 미래 성장 동력 확충입니다. 혁신을 통해 미래 성장을 준비하는 것은 양국 국민에게 일자리를 제공하고 지속 가능한 성장 기반을 다진다는 면에서 아주 중요합니다. 한국은 국내에 한·러 혁신센터를 설립하고 모스크바에 있는 한·러 과학기술협력센터를 확대할 것입니다. 세계 최고의 원천 기술, 기초과학기술을 지닌 러시아와 IT기술에 강점을 가진 한국이 협력하여 4차 산업혁명 시대를 선도해 가길 기대합니다.

대통령의 독서

둘째, 극동 개발 협력입니다. 2017년 동방경제포럼에서 나는 '9개의 다리(9-Bridges) 전략'을 중심으로 양국의 협력을 제안했습니다. 가스, 철도, 전력, 조선, 일자리, 농업, 수산, 항만, 북극 항로 개척 등 9개 중점 분야에서 협력을 더욱 강화해야 합니다. 민간의 참여도 확대할 필요가 있습니다. 러시아 극동 지역과 한국의 지방정부들 사이에도 협력 포럼이 준비되고 있습니다.

셋째, 국민복지 증진과 교류 기반을 강화하는 것입니다. 러시아의 '2024 국가발전목표'에서 최우선 과제 중 하나는 국민 삶의 질을 높이기 위한 국민 보건 향상입니다. 그 과제에 협력하기 위해 한국의 고급 의료 기술이 스콜코보(Skolkovo)에 함께하게 될 것입니다. 러시아와 한국 기업의 협력으로 설립되는 최첨단 한국형 종합병원은 암, 심장, 뇌신경에 특화된 의료 서비스를 제공하고 재활을 도울 것입니다.

나는 양국의 긴밀한 협력으로 양국의 국민이 더 행복해지길 바랍니다. 양국 관계의 소중함을 국민이 일상 속에서 피부로 느끼게 되기를 바랍니다.

러시아 국민 여러분!

내일은 77년 전 러시아 대조국전쟁이 시작된 날입니다. 수많은 영웅들과 무고하게 숨진 희생자들을 기리는 추모와 애도의 날입니다. 러시아뿐 아니라 인류 모두에게 평화가 얼마나 소중한지 다시 한번 깊이 새기는 날이 되기를 바랍니다.

평화의 소중함은 전쟁의 참화 속에서 평화를 일궈 내기 위해 헌신한 사람들에게 더 깊게 다가옵니다. 러시아와 마찬가지로 한국 또한 참혹한 전쟁을 겪었습니다. 나도 피난민의 아들로 태어나 전쟁의 고통과 평화의 소중함을 일찍부터 절감해 왔습니다.

지금 한반도에는 역사적 대전환이 일어나고 있습니다. 나는 지난 4월 북한의 김정은 국무위원장을 만났습니다. 우리는 판문점선언을 통해 완전한 비핵화와 함께 "더 이상 한반도에 전쟁은 없다"고 세계 앞에 약속했습니다. 이어서 열린 북미 정상회담에서도 한반도의 완전한 비핵화와 북미 간 적대 관계 종식을 선언했습니다. 북한은 핵실험장과 미사일 실험장 폐기 등 완전한 비핵화를 위한 실질적 조치들을 진행하고 있고, 한국과 미국은 대규모 한미연합훈련 유예 등 대북 군사적 압박을 해소하는 조치로 호응하고 있습니다. 이제 남·북·미는 전쟁과 적대의 어두운 시간을 뒤로하고 평화와 협력의 시대로 나아가고 있습니다. 이 놀라운 변화에 러시아 정부와 국민의 적극적인 지지와 협조가 큰 힘이 됐습니다.

나는 한반도와 유라시아의 항구적인 평화와 공동 번영을 꿈꾸어 왔습니다. 이 자리에 계신 의원 여러분께서도 그 길

대통령의 독서

에 함께해 주실 것으로 믿습니다. 한반도에 평화 체제가 구축되면 남북 경제 협력이 본격화될 것이며 러시아와 3각 협력으로 확대될 것입니다. 러시아와 남과 북 3각 경제 협력은 철도와 가스관, 전력망 분야에서 이미 공동 연구 등의 기초적 논의가 진행되어 왔습니다. 3국 간의 철도, 에너지, 전력 협력이 이뤄지면 동북아 경제공동체의 튼튼한 토대가 될 수 있을 것입니다. 남북 간의 공고한 평화 체제는 동북아 다자 평화·안보 협력 체제로 발전할 수 있을 것입니다.

존경하는 러시아 국민 여러분, 의원 여러분!

이곳 모스크바 야로슬라브스키역에서 언해주 항구도시 블라디보스토크(Vladivostok)까지 달리는 시베리아 횡단열차는 단순한 하나의 철도가 아닙니다. 러시아 노동자들의 '황금손'에 의해 건설된 생명의 길이며 세계 인식의 지평을 넓힌 문명의 길이고 평화의 길입니다. 이 길은 단순히 상품과 자원만 오가는 것이 아니라 유라시아의 한복판에서 동양과 서양이 만나는 길입니다. 그야말로 유라시아 시대를 여는 관문입니다. 어느덧 100년을 달려온 시베리아 횡단열차는 이제 육상교통의 중심을 넘어 유라시아 공동체 건설의 상징이자 토대가 되고 있습니다. 이제 한국은 한반도의 항구적 평화를 통해 시베리아 횡단철도가 내가 자란 한반도 남쪽 끝 부산까지 다다르기를 기대하고 있습니다. 한국과 북한이 유라시아의 새로운 가능성에 동참하고 유라시아의 공동 번영을 이뤄 내는 데 함께하게 되기를 바랍니다.

"한 명의 지혜는 좋지만 두 명의 지혜는 더 좋다"라는 러시아 속담이 지금 우리에게 필요합니다. 한국의 지혜와 러시아의 지혜, 여기에 북한의 지혜까지 함께한다면 유라시아 시대의 꿈은 대륙의 크기만큼 크게 펼쳐질 것입니다.

끝으로, 세계인의 축제인 월드컵이 성공적으로 열리고 있는 것을 진심으로 축하합니다. 올해 2월 평창동계올림픽에서 멋진 경기를 보여 준 러시아 선수들에게 나와 우리 국민은 큰 박수를 보냈습니다. 러시아월드컵에 참가한 한국 선수단에게도 러시아 국민께서 따뜻한 응원으로 격려해 주시길 바랍니다.

한국과 러시아의 국민은 양국의 새로운 미래를 확신하고 있습니다. 서로에 대한 존중과 신뢰를 더 깊게 쌓아 가면 그 어떤 난관과 도전도 함께 헤쳐 나갈 수 있을 것입니다. 자연과 인간이 공존하는 유라시아에 인류의 새로운 희망이 있습니다. 전쟁의 시대를 넘어 평화와 번영의 시대를 향해 한국과 러시아가 함께 걸어갈 것입니다.

발쇼예 스파시-바(Большое спасибо, 대단히 감사합니다)!
감사합니다.

참고문헌

1장 언제나 두려움 속에서, 희망을 향해 책장을 넘기다

김대중, 〈21세기는 누구 것인가?〉, 《김대중 자서전 2》, 삼인, 2010.

신동엽, 〈산문시 1〉 부분, 《신동엽 시전집》, 창비, 2013.

앨빈 토플러, 《제3의 물결》, 원창엽 옮김, 홍신문화사, 2006.

오르한 파묵, 《다른 색상Oteki renkler》, 1999.

움베르토 에코, 《가재걸음》, 김희정 옮김, 열린책들, 2012.

표도르 도스토옙스키, 《카라마조프가의 형제들》, 김연경 옮김, 민음사, 2007.

피터 홉커크, 《그레이트 게임》, 정영목 옮김, 사계절, 2008.

2장 비과학의 악령이 출몰하는 세상에서

리처드 도킨스, 〈진실과의 근접 조우〉, 《리처드 도킨스, 내 인생의 책들》, 김영사, 2023.

빌 브라이슨, 《거의 모든 것의 역사》, 이덕환 옮김, 까치, 2020.

이정동, 《축적의 길》, 지식노마드, 2017.

제러미 리프킨, 《수소 혁명》, 이진수 옮김, 민음사, 2003.

해리 콜린스, 《중력의 키스》, 전대호 옮김, 오정근 감수, 글항아리사이언스, 2020.

3장 우리는 더 친절해져야 한다

뤼트허르 브레흐만, 《휴먼카인드》, 조현욱 옮김, 인플루엔셜, 2021.

마쓰모토 미치히로, 《오바마의 서재》, 이재화 옮김, 책이있는풍경, 2010.

베르톨트 브레히트, 〈후손들에게〉, 《나, 살아남았지》, 이옥용 옮김, F, 2018.

브라이언 헤어·버네사 우즈, 《다정한 것이 살아남는다》, 이민아 옮김, 박한선 감수, 디플롯, 2021.

어니스트 헤밍웨이, 《누구를 위하여 종은 울리나 1》, 김욱동 옮김, 민음사, 2012.

후지타 쇼조, 〈어느 상실의 경험〉, 《정신사적 고찰》, 조성은 옮김, 돌베개, 2013.

4장 권력 따위 지옥에나 보내 버려!

김대중, 〈그래도 영원한 것은 있다〉, 《김대중 자서전 2》, 삼인, 2010.

니코스 카잔자키스, 《그리스인 조르바》, 이윤기 옮김, 열린책들, 2009.

사마천, <손자오기열전>, 《사기》.

시어도어 젤딘, 《인간의 내밀한 역사》, 김태우 옮김, 어크로스, 2020.

지그문트 바우만·카를로 보르도, 〈철회된 약속〉, 《위기의 국가》, 안규남 옮김, 동녘, 2014.

프리드리히 니체, 《차라투스트라는 이렇게 말했다》, 장희창 옮김, 민음사, 2004.

5장 전쟁을 끝내고 평화로 갈 만큼 힘센 나라

레프 니콜라예비치 톨스토이, 《전쟁과 평화 4》, 연진희 옮김, 민음사, 2018.

박명림, 〈한국전쟁과 한국 정치의 변화〉, 《한국전쟁과 사회구조의 변화》, 백산서당, 1999.

아자 가트, 《문명과 전쟁》, 오숙은·이재만 옮김, 교유서가, 2024.

조정래, 《태백산맥》, 해냄, 2020.

6장 함께 산 5000년, 헤어진 70년

김대중, 〈나의 3단계 통일론〉, 《김대중 자서전 1》, 삼인, 2010.

민영규, 〈강화학 최후의 광경〉, 《강화학 최후의 광경》, 우반, 1994.

이용악, 〈전라도 가시내〉, 《오랑캐꽃》, 시인생각, 2013.

최영태, 《빌리 브란트와 김대중》, 성균관대학교출판부, 2020.

7장 K컬처, 대한민국 진경시대

김민희 묻고 이어령 답하다, 《이어령, 80년 생각》, 위즈덤하우스, 2021.

오주석, 〈맺는말〉, 《오주석의 한국의 미 특강》, 푸른역사, 2017.

최완수, 〈조선왕조의 문화절정기, 진경시대〉, 《진경시대 1》, 돌베개, 1998.

8장 체르노빌, 후쿠시마, 그리고 월성

다카기 진자부로, 《원자력 신화로부터의 해방》, 김원식 옮김, 녹색평론사, 2011.

서경식, 《시의 힘》, 서은혜 옮김, 현암사, 2015.

스베틀라나 알렉시예비치, 《체르노빌의 목소리》, 김은혜 옮김, 새잎, 2011.

재레드 다이아몬드, 《어제까지의 세계》, 강주헌 옮김, 김영사, 2013.

프리모 레비, 〈고정관념들〉, 《가라앉은 자와 구조된 자》, 이소영 옮김, 돌베개, 2014.

9장 국민 한 사람의 존엄이 곧 애국

김수영, 《거대한 뿌리》, 민음사, 1995.

박은식, 《한국독립운동지혈사》, 남만성 옮김, 서문당, 2019.

이홍섭, 《딸이 전하는 아버지의 역사》, 번역공동체잇다 옮김, 논형, 2018.

10장 광주가 온다

김남주, 《사랑의 무기》, 창비, 1989.

김대중, 〈순결한 '5월 광주'〉, 《김대중 자서전 1》, 삼인, 2010.

한강, 《소년이 온다》, 창비, 2014.

황석영·이재의·전용호 기록, 광주민주화운동기념사업회 엮음, 〈해방기간 IV〉 《죽음을 넘어 시대의 어둠을 넘어》, 창비, 2017.

황석영·이재의·전용호 지음, 〈해방기간 II〉, 《죽음을 넘어 시대의 어둠을 넘어》, 창비, 2017.

11장 태극기를 드는 마음은 달라도

빅토르 위고, 〈세 아이〉 《93년》, 이형식 옮김, 열린책들, 2011.

이혜경, 《맹자, 진정한 보수주의자의 길》, 그린비, 2008.

헤르타 뮐러, 〈노벨문학상 수상 연설문〉 《저지대》, 문학동네, 2010.

12장 공이 아닌 골키퍼를 보는 일

정재용, 〈슬픈 금메달〉, 《죄송합니다 운동부입니다》, 레인보우북스, 2014.

크리스토퍼 맥두걸, 〈인간은 달리기 위해 태어났다〉, 《본 투 런》, 민영진 옮김, 여름언덕, 2016.

페터 한트케, 《페널티킥에 대한 골키퍼의 두려움Die Angst Tormanns Beim Elfmeter》, 1970.

13장 뒤집힌 세계지도의 꿈

어니스트 헤밍웨이, 《노인과 바다》, 김욱동 옮김, 민음사, 2012.

찰스 만, 《1493》, 최희숙 옮김, 황소자리, 2020.

팀 마샬, 〈북극, 21세기 경제 및 외교의 각축장이 되다〉 《지리의 힘》, 김미선 옮김, 사이, 2016.

14장 배울 것은 배우고, 가르칠 것은 가르쳐야

KBS 〈명견만리〉 제작팀, 《명견만리: 윤리, 기술, 중국, 교육 편》, 인플루엔셜, 2016

박제가, 〈북학에 대한 변론 1〉 《북학의》. 1778.

이철, 《중국의 선택》, 처음북스, 2021.

15장 반칙도 특권도 없는 세상

김성동, 《국수(國手) 4》, 솔출판사, 2018.

발터 벤야민, 《아케이드 프로젝트》, 조형준 옮김, 새물결, 2005.

최장집, 《민주화 이후의 민주주의》, 후마니타스, 2010

16장 언어와 역사를 지우는 전체주의에 맞설 힘

님 웨일즈·김산, 《아리랑》, 송영인 옮김, 동녘, 2006.

박서련, 《체공녀 강주룡》, 한겨레출판, 2024.

조지 오웰, 《1984》, 김승욱 옮김, 문예출판사, 2022.

호르헤 루이스 보르헤스, 〈책〉 《말하는 보르헤스》, 송병선 옮김, 민음사, 2018.

17장 당신 발자국에 내 발자국을 포개며

스테판 에셀, 《분노하라》, 임희근 옮김, 돌베개, 2011.

장혜령, 《발이 없는 나의 여인은 노래한다》, 문학동네, 2021.

카를 만하임, 《세대 문제》, 이남석 옮김, 책세상, 2013.

18장 이제 '함께' 잘사는 나라

아누 파르타넨, 〈국가가 당신을 위해 무엇을 할지 물어라〉, 《우리는 미래에 조금 먼저 도착했습니다》, 노태복 옮김, 원더박스, 2017.

조용헌, 〈경주 최 부잣집〉, 《5백년 내력의 명문가 이야기》, 푸른역사, 2002.

조지훈, 《지조론》, 나남출판, 2016.
존 케네스 갤브레이스, 《불확실성의 시대》, 원창화 옮김, 홍신문화사, 1995.

19장 우리의 정치에 '어제'와 '내일'을
데이비드 월러스 웰즈, 〈미래를 낙관할 만한 이유가 있는가〉, 《2050 거주불능 지구》, 김재경 옮김, 추수밭, 2020.
매트 미들리, 〈카탈락시, 2100년을 바라보는 이성적 낙관주의〉 《이성적 낙관주의자》, 조현욱 옮김, 김영사, 2010.
조지훈, 〈붕당구국론〉, 《지조론》, 나남출판, 2016.
조지훈, 〈인물대망론〉, 《지조론》, 나남출판, 2016.

20장 다시, 책 읽는 대통령을 기다리며
니콜라이 트루베츠코이, 〈유럽 문화에 편입되는 것은 선인가? 악인가?〉, 《유럽과 인류》, 박지배 옮김, 지식을만드는지식, 2012.
버지니아 울프, 〈책은 어떻게 읽어야 할까?〉, 《책 읽기를 정말 좋아하는 사람들 아닌가》, 정소영 옮김, 온다프레스, 2021.
움베르트 에코·장클로드 카리에르, 〈책은 죽지 않는다〉, 《책의 우주》, 임호경 옮김, 열린책들, 2011.

지은이 신동호

시인, 전 청와대 연설비서관. 강원고등학교 3학년 시절 《강원일보》 신춘문예로 시인이 되었다. 빨리 어른이 되고 싶어서 시를 썼는데, 아직 어른들의 세계에 적응하지 못하고 있다. 남과 북이 친하게 지내는 일이 삶과 상상력의 영역을 확장시키는 일이라 여기고 오랫동안 대동강과 두만강, 송악산과 금강산 부근을 오갔다. 그 경험으로 민주주의 정부에 기여해 보리라 결심했지만, 뜻과 다르게 청와대 연설비서관이 되었다. 매일 새벽 10킬로미터를 달리며 권력의 유혹을 털어내고 겸손을 주워 담으려고 애썼다. 대통령의 정직하고 선한 마음을 믿고 꼬박 5년을 글쓰기로 보좌했다. 달리기가 글쓰기에 도움이 된다는 것에 놀라고, 대통령과 독서 경험이 맞아떨어질 때의 기분을 잊을 수 없다.

시집으로 《겨울 경춘선》《저물 무렵》《장촌냉면집 아저씨는 어디 갔을까》《그림자를 가지러 가야 한다》를 냈고, 산문집으로 《유쾌한 교양읽기》《꽃분이의 손에서 온기를 느끼다》《분단아, 고맙다》《세월의 쓸모》《자승스님의 묵묵부답》(공저)이 있다.

대통령의 독서

ⓒ 신동호, 2025

초판 1쇄 인쇄 2024년 12월 23일
초판 1쇄 발행 2025년 1월 10일

지은이 신동호
펴낸이 이상훈
인문사회팀 김지하 최진우
마케팅 김한성 조재성 박신영 김효진 김애린 오민정

펴낸곳 ㈜한겨레엔 www.hanibook.co.kr
등록 2006년 1월 4일 제313-2006-00003호
주소 서울시 마포구 창전로 70(신수동) 화수목빌딩 5층
전화 02-6383-1602~3
팩스 02-6383-1610
대표메일 book@hanien.co.kr
ISBN 979-11-7213-195-1 03810